에리직톤의 초상

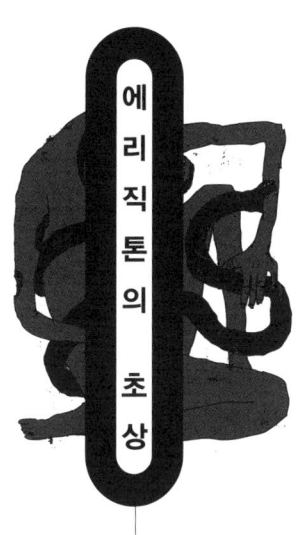

에리직톤의 초상

이승우 장편소설 ―

위즈덤하우스

| 차례 |

제1부

01 아담의 폭력, 카인의 폭력	009
02 인간은 신이 아니다	024
03 바벨탑의 시민들	065
04 땅의 절망, 하늘의 희망	129

제2부

05 암살자의 시간	157
06 부정한 모의	172
07 에리직톤을 위한 변명	213
08 이곳에 살기 위하여 1	248
09 인간의 이름으로	267
10 이곳에 살기 위하여 2	290

작가의 말 310

제 1 부

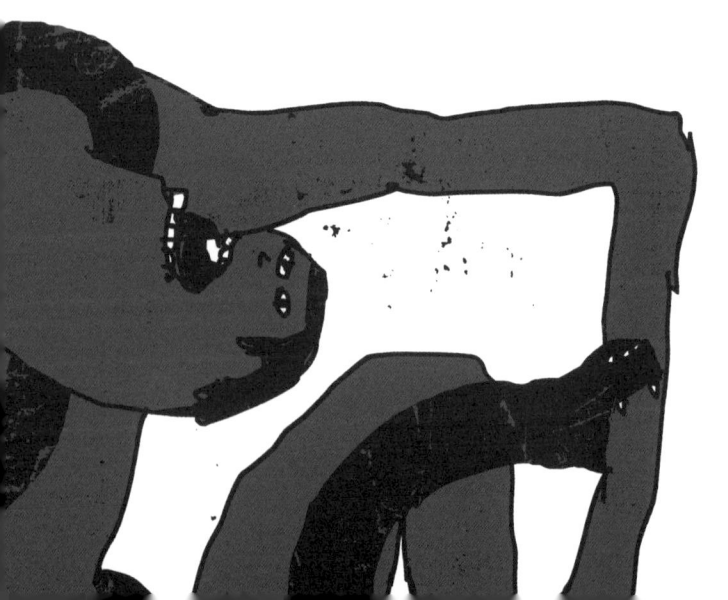

01
아담의 폭력, 카인의 폭력

──────── 얼마 전 내가 재직하고 있는 대학에서 연극반 학생들이 무대에 올린 연극 한 편을 보았습니다. 장 클로드 반 이탤리라는 극작가의 〈뱀〉이라는 실험극이었습니다. 전위적인 요소가 많은 작품이라고 들어서 학생들이 잘 소화할 수 있을지 조금 조마조마한 심정으로 객석에 앉아 있었습니다. 연극은 그리 오래되지 않은 과거에 우리가 경험했으며 그로 말미암아 인간의 폭력 성향과 파괴 본성을 자인하지 않을 수 없게 만들었던 요인 암살 장면을 구체적이고 실감 나게, 그러나 다분히 도식적으로 보여줍니다. 이를테면 마틴 루터 킹 목사나 존 F. 케네디 대통령의 암살 장면을 슬로비디오 영상 기법까지 동원해서 반복적으로 재생해내는 식입니다. 무대 위의 총소리와 비명 소리와 놀라 흩어지는 군중과 그곳으로 쏟아지는 핏빛 조명은 객석의 침 삼키는 소리와 어우러져 묘한 실감을 불러일으킵니다. 뭐라고 할까요, 연극적 현장감이라고나 이름 붙일 구체적이고 생생한 감동? 아니, 그것은 감동 이상입니다. 편안한 자세로 객석에

앉아 연극을 보고 있는 것이 아니라 그 역사의 현장에, 바로 그 암살 사건의 목격자가 되어 몸을 덜덜 떨고 있는 것 같은 실감을 느꼈습니다. 전율과 충격으로 숨을 제대로 쉴 수 없었습니다. 감동은 혹시 몰라도 충격이 추상적일 수는 없는 법이지요. 그러나 너무 일찍 놀라면 안 됩니다. 이 연극이 겨냥하고 있는 바가 단순히 케네디 대통령과 킹 목사 암살 장면을 보여줌으로써 관객들의 충격을 유도하려는 데 있는 건 아니기 때문입니다…….

대학을 졸업한 후 처음 접하는 정 교수의 강연은 여전히 매력적이었다. 단어 하나하나를 씹어 뱉듯 정확하고 감칠맛 나는 말투에, 억양에만 희미하게 남은 경상도 발음의 약간 희극적인 악센트는 나로 하여금 대학 시절의 강의실을 떠올리게 하기에 충분했다. 그의 강의는 전공 분야에 대한 깊이 있는 지식만이 아니라 다방면에 걸친 박식과 청중을 사로잡는 담화의 기술이 교수에게 얼마나 중요한가를 실증시키는 본보기와 같았다. 그는 박식했고 현학적이었고 달변이었다. 그러나 그의 현학은 지나치지 않았고 달변은 저속하지 않았다. 형이상학의 입구에 머리를 집어넣고자 섣불리 이국적 사고에 취하고 모호한 관념어에 뜻 모르고 끌리던, 나와 같은 젊은 신학생들에게 그는 어떻게든 닮고 싶은 대상이었다. 강의 도중 그 나이의 남자에게서는 좀처럼 보기 힘든 긴 머리카락을 슬쩍 쓸어 올릴 때 부각되는, 여자의 그것처럼 곱고 기다란 손가락에까지 매력의 구실을 부여할 정도였다. 그의 말투나 손짓을 따라 하던 대학 시절 일이 자연스럽게 떠올랐다. 그는 자기가 원하는 대로 우리를 울리고 웃기고 겁주고 긴장시킬 수 있었는데, 그것은 우리가 쉽게 사로잡혔고, 어느 정도는 자진해서 사로잡히려 했기 때문이었다. 가을 무렵 흐드러지게 피어 있는 코스모스를 배경으로 교정의 경사로를 위태롭게 걸어 오르는 비쩍 마른 그를 보면서 도대체 저런 몸의 어디에 그런 열정이 숨어 있는 것인지 궁금해하기도 했다.

이제 나는 안다. 그 나이의 우리에게는 우상이 필요했다. 존경하고 모방하고 따를 대상이 있어야 했다. 아마도 정 교수가 아니라면 다른 누군가에게 그렇게 열광했을 것이다. 그런 사람이 없으면 만들어내기라도 했을 것이다. 생각해보면 우리를 매료시켰던 그의 독특한 강의법이라고 하는 것도 사실 그렇게 굉장한 것은 아니었다. 그는 늘 강의를 시작하기 전에 그날 가르칠 내용과는 다소 거리가 있는 것으로 여겨지는 이야기를 꺼내 학생들의 관심을 유도하는 방법을 사용했는데, 그 다른 이야기라고 하는 것은 흥미와 암시를 겸비한 것이어야 했으므로 대개 신문에서 읽은 특이한 사건이나 문학작품에서 읽은 내용들이었다. 인정하지 않을 수 없는 것은 그의 독서의 양과 깊이보다 읽은 것을 소화해서 전달하는 솜씨였다. 그의 입을 거치면 어떤 이야기나 정보도 실제보다 더 실감 나고 더 빛났다. 탐정소설을 읽는 것 같은 흥미와 긴장이 입혀진다고 해야 할까, 강의를 하는 도중 잠깐 말을 멈추고 학생들을 둘러볼 때면 나는 왜 그런지 조마조마하고 초조하여 가슴의 방망이질을 어찌지 못했었다. 그런 흥미와 긴장감을 느낀 사람이 나 혼자만이었을 거라고 생각하지 않는다. 그러나 어쨌든 그 매력의 절반은 우리 안에서 만들어진 것이다, 라고 이제 그 시절의 열정과 호기심으로부터 어느 정도 벗어난 나는 생각하는 것이다.

 ……두 개의 암살 신(scene)을 세뇌하듯 반복적으로 보여주던 무대는 아무런 암시도 없이, 실험극이니까요, 막이나 장의 구별도 없이 갑자기 에덴동산으로 옮겨 갑니다. 다섯 명의 배우가 한 마리 뱀을 연기합니다. 우리는 이 뱀을 알고 있습니다. 이 뱀은 그냥 뱀이 아닙니다. 인류 역사의 출발점에 이 뱀이 있었습니다. 유일한 뱀, 인간의 정원에 모든 것의 시작을 불러온 원초적 상징으로서의 뱀입니다. 뱀이 하와를 유혹합니다. 먹어라. 열매를 따 먹어라. 우리가 알고 있는 대로 교활한 뱀의 논리적 언변 앞에서 하와는 너무나 쉽게 금단의 열매를 만지고, 아담에게 권하고, 마침내 최초의 인류인 두 사람은 신의 명령을 어기고 선악과를 먹고 맙니다. 그리고 그들은 낙원에서 추방당하지요. 역사가 계속됩니다. 아니, 에덴에서 나온 후 비로소 인간의 역사가 시작됩니다. 카인이 동생 아벨을 죽입니다. 폭력이 그렇게 탄생합니다. 그들의 신이 카인을 불러 아벨을 찾습니다. 너의 동생 아벨이 어디 있느냐? '아벨을 죽이려 했으나 그것이 아벨의 죽음을 초래하리라는 걸 미처 인식하지 못했던' 카인은 당황해서 더듬거리

며 변명합니다. 내가 내 동생을 지키는 자입니까? 변명은 항의가 됩니다. 모든 것이 굴절되고 왜곡됩니다. 이제 인간의 세상은 어둠과 절망의 늪이 됩니다. 불신과 폭력의 아수라장입니다. 보지 못하는 눈과 듣지 못하는 귀들은 장식품이라기에는 너무 장식스럽지 못합니다.

연극은 매우 의미심장한 메시지를 던집니다. 물론 관점에 따라 여러 해석이 가능할 겁니다. 제 감상은 이렇습니다. 인간의 세계는 크고 작은 폭력과 테러와 전쟁으로 물들어 있습니다. 어제만 그런 것이 아니고 오늘만 그런 것이 아닙니다. 내일은 그렇지 않을 거라는 전망을 할 수 없습니다. 인간 세상에 만연한 크고 작은 모든 폭력이 인류의 역사와 함께 시작되었다고 이 연극은 말하는 것 같습니다. 폭력의 기원이 에덴동산의 사건에 있다는 것이 이 연극의 인식이라고 이해됩니다. 이 작가는, 인간 안에 내재된 폭력성의 유전적 보전을 원죄의 관점에서 드러내려는 자신의 의도를 선명히 하기 위해 복음서의 서두를 장식하고 있는 하나의 족보를 낭독하게 합니다. 마태가 기록하고 있는 그리스도의 족보는 인류의 중심 줄기를 요약한 것으로 볼 수 있습니다. 인간의 역사는 역사 이전과 연결되어 있습니다. 역사는 역사 이선으로부터 유입된 것입니다. 마태가 기록한 족보를 들어보십시오. 아브라함은 이삭을 낳고, 이삭은 야곱을 낳고, 야곱은 유다와 그의 형제를 낳고, 유다는 다말에게서 베레스와 세라를 낳고, 베레스는 헤스론을 낳고…… 낳고…… 낳고…… 낳고…….

새벽이 지상에 부랴부랴 입김을 뿜어대기 시작할 무렵에 원고 정리를 겨우 끝냈다. 5시가 조금 지난 시간이었다. 밤새 한 줌의 수면도 공급받지 못한 눈알이 따끔거리고 어깨가 결렸다. 잠깐이라도 눈을 붙이고 일어날까? 나는 조금 망설였다. 출근하기에는 이른 시간이었지만 잠깐 눈을 붙였다가 뗄 자신이 없었다. 혹시라도 수면의 깊이 모르는 동굴 속으로 빨려들었다가 빠져나오지 못하면 밤새운 작업이 허사가 되어버릴 터였다. 부장의 날카로운 눈가 주름과 더 가늘어질 실눈을 떠올리자 다른 선택이 불가능했다. 나는 팔을 흔들어 맨손체조를 하고 대충 얼굴을 씻은 다음 집을 나섰다. 덜 깬 아침을 힐끔거리며 부지런한 사람들이 도심의 거대한 아가리 속으로 빨려들고 있었다.

여섯 쪽이나 되는 《뉴욕 타임스》 기사를 하룻밤에 번역해 넘기는 건 내 실력으로는 수월한 일이 아니었다. 퇴근 시간이 다 되어서야 들어온 부장이 방금 들어온 외신이라며 당장 퇴근해도 좋으니까 내일 오전까지 기사를 만들어 오라고 은근한 목소리로 지시하는 순간, 나는 그 영자 기사를 재빨리 훑어보았고, 우리말로 옮기면 족히 100매는 되겠다는 계산을 훑어본 속도만큼이나 재빨리 해냈고, 부장의 말이 끝나기 전에 내 실력으로 해낼 수 없는 일이라고 판단했다. 누군가 다른 사람이 맡을 것이다. 부장이 내 능력을 과대평가하지는 않을 거라고 생각했다. 그러나 내 능력에 대한 부장의 판단은 중요한 문제가 아니었다. 그 영자지 기사는 교황 저격범에 대한 후속 보도였는데, 그것은 내가 맡고 있는 사건이었다. 하필이면 그자를 맡아가지고 이 고생을 할 게 뭐람. 투덜거렸지만 마다할 도리가 없었다.

교황 저격범에 대한 세간의 관심은 사건 발생 한 달이 지나도 끊어지지 않고 이어지고 있었다. 세계가 들끓었다. 각지에서 다양한 외신들이 줄기차게 텔레타이프를 통해 전달되었지만 분명하고 정확한 것은 없고 대부분 추측성 기사들이었다. 어떤 통신사는 아그자라는 범인이 과격 테러 집단의 일원이라고 했고, 어떤 신문은 근본주의 종교의 광신자라고 했고, 또 다른 신문은 외로운 늑대에 비유했다. 몇 명의 공범 내지는 동조자에 대해 쓴 기사도 있었다. 그럴듯한 자료와 제법 신빙성 있어 보이는 정보가 동원되었지만 어떤 추측도 확실하지 않았다. 어떤 추측도 확실하지 않으니까 더 많은 추측들이 생겨났다. 범인과 교황의 사적인 관계에 대한 과격한 상상이 나오는가 하면 장난삼아 교황의 용태에 대해 내기를 거는 불경한 일도 일어나고 있었다.

어쩔 수 없었다. 다른 신문사가 선수를 치면 곤란하다는 부장의 다그침이 아니라도 내가 피할 수 있는 일이 아니었다. 그렇다고 해도 굳이 밤을 새울 필요까지는 없었는데, 생색내듯 3회 정도 분재를 해도 괜찮을 거라는 부장의 말에 자극을 받은 측면이 있었다. 나를 배려하는 것 같은 그의 말이 내 영어 실력에 대한 불신을 드러내는 것으로 이해되었기 때문에 나는 오기를 부려 밤새 완역을 했다. 자존심을 지렛대로 이용한 부장의 수에 넘어갔다는 생각이 스탠드 불빛 아래서 눈을 크게 뜨고 영어 사전을 뒤적거릴 때 떠올랐지만, 이미 늦은 터였다. 그 생각이 더 일찍 떠올랐다고 해도 사정이 달라지진 않았을 거라고 나는 입술을 깨물며 인정했다. 사람은 어리석지만 어리석다는 걸 안다고 해서 어리석지 않게 되는 것이 아니라는 것도.

완구점의 장난감들처럼 질서 정연하게 배열된 책상들과 제자리에 앉아 고개를 처박고 있는 동료들을 보자, 밤을 새며 일을 할 때는 감지하지 못했던 두통이 미열과 함께 엄습했다. 눈 속에 가느다란 거미줄이 쳐진 것처럼 아릿아릿하고 침침했다. 따뜻한 물속에 몸을 담그고 죽은 듯 늘어져 있으면 참 좋을 것 같았다. 오전 중에 자리를 지키고 앉아 있다가 일찌감치 사무실을 빠져나가리라 마음먹었다. 실상 꼭 해야 할 일이 있는 것도 아니었다. 그러나 그건 내 생각이었다.

"김 형, 취재할 일 생겼어."

적당한 기회를 보아 달아날 궁리를 하고 있던 참인데 책상을 나란히 쓰고 있는 안 기자가 종이컵에 커피를 뽑아 들고 들어오면서 말했다.

"취재라뇨?"

"저녁에 와이엠시 회관에서 강연회가 열리는데."

나는 납득이 되지 않는다는 표정으로 그를 바라봤다. 그는 그럴 거라는 듯 고개를 끄덕이고는 입가에 장난스럽게 놀리는 것 같은 웃음을 흘렸다.

"연사가 정상훈이라고 하는데, 김 형 출신 학교 교수님이던데.

주제가 '폭력으로부터의 자유'라나 뭐라나. 교황이 일반인한테 총 맞은 게 보통 이슈가 아니야. 종교계는 더 민감하지. 우리도 수요일 특집판에 '테러리즘'을 다루기로 했잖아. 그분 강연 내용이 어떤지 한번 들어보고, 그 문제에 대해 짤막한 인터뷰도 땄으면 하는가 봐. 김 형이 아무래도 모교 은사님을 한번 만나는 게 좋을 것 같은데……."

그렇게 되었다. 그렇게 되어 나는 오랫동안 연락을 하지 않고 지낸 은사님께 내 휴식 시간을 바침으로써 빚을 갚는다는 마음으로 강연장을 찾아갔던 것이다. 할 수만 있으면 피하고 싶은 일이었다. 부장도, 진심은 모르겠지만 말로는, 할 수만 있으면 다른 사람에게 맡기고 쉬게 해주고 싶다고 했다.

"그렇지만 어쩌겠나? 신학대학 교수님 말을 김 형보다 더 잘 알아들을 수 있는 사람이 여기 누가 있어? 쭉 써온 교황 저격 사건하고 무관한 강연도 아니고 말이야."

나는 거절하지 못했다. 부장의 말이 틀린 데가 없는 데다가 거절한다고 받아들여질 거라고 확신할 수 없었기 때문이다.

회관은 수강생들로 가득한 대학 강의실을 연상시켰다. 청중의 숫자도 그렇지만 분위기가 진지하고 무거웠다. 그런 정도의 굉장한 호응이 그의 명성 때문인지, 아니면 주제의 시기적절함 덕분인지 정확하게 알 수는 없었다. 하긴 구태여 꼭 알아야 할 필요가 있는 것도 아니었다.

……성경의 첫 부분에서 하나님은 천지창조라는 최초의 신적 사역을 수행하십니다. 빛과 하늘과 땅과 식물과 동물들이 그의 말씀에 따라 속속 창조됩니다. 어떤 작가가 저작권 표시로 자기가 집필한 책에 스탬프를 찍는 행위를 연상시키지 않습니까? 그런데 창조주인 신은 자신이 수영을 즐기기 위해 바다를 만든 것이 아닙니다. 마찬가지로 자신의 배를 채우기 위해 고기나 식물을 길러낸 것도 아닙니다. 우리의 신은 수영을 즐기기 위해 바다를 필요로 하는 분이 아니고 배를 채우기 위해 식물을 필요로 하는 분도 아닙니다. 그분에게 수영이나 음식에 대한 욕망이 있다고 할 수 없습니다. 그렇다고 신의 행위에 아무 의미나 목적이 없다고 할 수도 없습니다. 만일 그런 신이 인간을 만든 것이라면 그렇게 존재하게 된 우리 인생은 또 얼마나 하찮고 목적 없고 무의미하겠습니까? 「창세기」를 접한 분들은 창조주의 모든 창조 작업이 그가 마지막으로 창조한 아담과 그 후손들을 위한 것임을 잘 알고 있을 것입니다.

　그렇습니다. 하나님은 이 세상의 모든 것을 인간을 위해 만드셨습니다. 인간을 축복하고 에덴의 모든 생물들을 다스리게 했습니다. 인간은 에덴의 주인입니다. 축복받은 청지기입니다. 인류가 의식·무의식 중에 꿈꿔왔고 꿈꾸고 있는 파라다이스가 이때의 에덴이었습니다. 무죄의 시대. 아니, 죄를 알지 못했던 시대. 자연이 인간과 하나여서 구분되지 않았던 시대. 그런 구분이 무의미하던 시대. 어느 것도 나누어지지 않았던 시대. 나눔과 분리와 구별이 없던 시대. 그래서 행복할 수밖에 없던, 아니 그것이 행복인지조차 몰랐던, 그런 걸 알 필요가 없던, 행복할 필요도 요구도 없던 시대. 이 행복한 무지의 시기가 얼마나 오래 지속되었는지 우리는 알지 못합니다. 말할 수 있는 건 낯선 음모와 불행한 지혜가 하나님의 창조 세계 속으로 침투해 들어오기 전까지라는 정도입니다. 뱀이 불행한 지혜를 가지고 들어옵니다. 선과 악, 행복과 불행이 나뉩니다. 분리가 일어납니다. 인간의 일방적인 절교 선언에 의해 인간이 하나님과 분리됩니다. 자연이 인간과 분리되고 인간이 인간과 분리됩니다. 나는 이 사건을 그들의 삶을 위해 모든 조건을 부여해준 신을 향한 '인간의 폭력'이라고 부릅니다. 네, 실로 「창세기」야말로 시작의 책입니다. 천지의 시작, 역사의 시작, 인간의 시작, 그리고 죄의 시작, 반항의 시작, 살인의 시작, 폭력의 시작……. 이 사건의 결과로 인간에게 주어진, 혹은 인간이 얻어낸 선악에 대한 지식은 죽음을 전제로 한 것이기에 하나의 형벌입니다. 나치에 의해 교수형을 당한 한 젊은 독일 신학자의 표현대로 하면, 이 죽음은 이제 생명을 은사가 아니라 계율로 가지는 것을 의미합니다. 삶은 누리는 것이 아니라 감당해야 하는 것이 됩니다. 노동해야 하고 아파야 하고 미워해야 하고 싸워야 하고 죽어야 합니다. 신은 은혜 베풀기를 좋아하지만 항상 그런 것은 아닙니다. 신의 은혜는 관계 안에 있습니다. 관계 안에 있을 때 한없이 자비롭지만 관계 밖으로 나가면 다른 쪽 얼굴을 보여줍니다…….

정 교수는 스스로 취해 열을 더해갔다. 도수 높은 안경알 속에서 눈동자가 하나의 독립된 개체인 양 예리하게 번득였다. 말을 하고 있는 것이 그의 입이 아니라 눈이라는 생각이 들 정도였다. 자기 시선에 붙들려 있는 진지한 표정의 청중들을 휘둘러보고 잠깐 만족스런 미소를 지을 듯 말 듯 하다가 준비된 원고를 만지작거리는 폼까지 과거와 달라진 것이 없었다. 짧은 순간 그의 시선과 마주친 것 같아 고개를 숙였다. 그가 나를 알아보았을까? 나는 죄를 지은 사람처럼 흠칫 놀라 시선을 피하는 나 자신을 이해할 수 없었다. 둘 중 누군가 시선을 피해야 한다면, 그래야 하는 사람은 정 교수이지 내가 아니지 않은가. 내가 왜……. 나는 전의를 다지듯 다문 입에 힘을 주었다.

……인간의 폭력에 대한 신의 보응이 무서운 것은 그것이 에덴에서의 추방, 축복의 회수를 뜻하기 때문만이 아니라 여기서부터 비로소 인간을 파멸의 구렁텅이로 몰아넣은 이기주의가 독버섯처럼 싹트기 시작했기 때문입니다. 아담은 자기 잘못을 자기와 잠자리를 같이하는 하와에게 돌렸습니다. 그리고 그녀를 내게 준 건 당신이 아니냐고 신에게 항의했습니다. 마치 신이 그에게 준 것이 하와뿐인 것처럼 항의했습니다. 사태의 책임을 신에게 돌리는 비겁한 항변인 셈입니다. 왜곡된 자아의 등장. 나와 나 아닌 것이 확실한 구별. 불신과 반목. 치졸한 떠넘기기. 이전에는 결코 이런 일이 없었습니다. 나아가 합당한 이유 없이,

다만 질투에 눈이 멀어 동생을 죽인 카인의 살인은 이기심과 불신으로 인해 생긴 인간 사이의 벽이 인간을 얼마나 비참하게 만들 수 있는지, 질투가 살의에 불을 지를 때 그것이 얼마나 무서운지 너무나 끔찍하게, 너무나 폭력적으로 보여줍니다. 인간의 육체 속에 그 불씨가 얼마나 위험하게 전수되고 있는지 우리는 압니다. 그런데 눈치채셨겠지만, 인간이 인간을 향해 저지르는 이런 수평적 폭력은 신과 인간 사이의 수직적 폭력을 전제하고 있다는 사실을 이해하는 것이 중요합니다. 카인은 신에게 제사 드리는 일에 실패했습니다. 신이 카인의 제사를 받지 않았습니다. 그러자 아벨을 들로 불러내 죽였습니다. 아벨이 카인에게 무슨 짓을 한 것이 아닙니다. 아벨이 카인에게 무슨 짓을 해서 카인이 아벨을 죽인 것이 아닙니다. 둘 사이에 분리가 일어났을 뿐입니다. 아벨은 카인이 아니고 카인은 아벨이 아니게 되었다는 것뿐입니다. 신과 인간 사이 관계의 궤멸이 인간과 인간 사이 관계의 궤멸을 불러냅니다. 아담의 폭력이 없었다면 카인의 폭력 또한 없었을 것입니다. 수직 관계가 폭력에 의해 파괴되지 않았다면 수평 또한 흔들리지 않았을 것입니다.

절대자와의 비뚤어진 수직 관계를 방치하고 인간 사이의 평등한 관계만을 기획하는 것은 환상에 불과합니다. 신으로부터 떨어져 나간 인간에게는 그런 능력이 없습니다. 신을 거론하지 않은 모든 휴머니즘은 허무주의라는 기형의 자식밖에는 낳지 못할 것이고, 종국에는 절망이라는 기항지에 도달하게 될 것입니다. 바벨탑이 그 본보기입니다. 자기들끼리 연합하여 하늘까지 이르려는 목이 곧은 땅의 백성들을 보다 못한 신은 이 땅을 징계합니다. 언어가 나뉘고 혼란스러워집니다. 말이 통하지 않자 소통이 어려워집니다. 이제 폭력은 개인 간의 문제가 아니게 됩니다. 전쟁의 양상을 띤 폭력은 집단화되고 조직화되고 한층 난폭해집니다…….

한 시간 동안 물 한 모금 들이켜지 않고 열변을 토해내는 정 교수의 꼿꼿한 자세에서 특유의 열정과 진지함이 묻어났다. 그는 성경 이야기에 이어서 심리학과 사회학 이론을 끌어들여 현대인의 피해 의식과 그것의 퇴행적인 메커니즘으로서의 파괴 성향을 비교적 소상히 설명했다. 인간의 내면에는 질투와 미움이 도사리고 있다. 크거나 작고 개인적이거나 집단적이다. 우리는 아담이고 카인이고 또 바벨탑의 시민이다. 그는 폭력을 이 시대의 코드라고 지칭하면서도 그 기원을 「창세기」에서 찾음으로써 인간 본성과 뗄 수 없는 것으로 간주했다. 그것이 증상에 딱 들어맞는 치료제를 처방할 수 없는 이유였다. 본성이라는 건 인간 종이 멸종되거나 천재지변에 걸맞은 어떤 요인에 의해 확실한 변이가 일어나지 않는 한 바뀔 수 없는 것이니까. 그는 신학적 예방책이라고 할 방법을 결론으로 제시하고 강연을 끝냈는데, 그것은 겉으로 드러나 있는 빙산의 일각에 매달릴 것이 아니라 수면 아래 숨어 있는 뿌리를 찾아 제거하는 일이 우선되어야 한다는 내용이었다. 폭력의 뿌리는 어디 있는가? 그는 태초의 에덴, 그곳의 뱀을 다시 끄집어 올렸다. 뱀은 하나의 상징이다. 그것은 폭력을 비롯한 모든 악, 모든 부정적인 것의 근원이요, 본체이며 뿌리이다. 완전한 에덴을 허문 것은 뱀이었다. 폭력 또한 뱀과 함께 뱀에 의해서 들어왔다. 그런데 이것은 장 클로드 반 이탤리라는 희곡작가의 작품에 잘 표현된 대로 유전자를 통해 우리 영혼 속에 보존되어 내려오고 있다. 비유를 들어 말하자면, 우리는 각자 우리 영혼의 습지 한쪽에 독성의 혀를 날름거리는 뱀을 한 마리씩 키우고 있는 것이다.

   정 교수는 교육과 예술의 중요성을 역설했다. 그러나 그는 교육과 예술이 우리 안의 뱀을 제거할 수 있기 때문에 중요하다고 말하지 않았다. 그것들은 뱀을 찾아내고 그 뱀의 독성을 확인하는 일밖에 하지 못한다고 했다. 그것도 대단하지만 궁극적인 해결은 아니라고 했다. 그는 영혼의 습지에 똬리를 틀고 앉아 모든 부정적인 것을 획책하는 뱀을 다룰 수 있는 것은 종교라고 결론을 내렸다. 뱀을 제거해야 한다. 명제는 뱀의 존재를 인정하는 것을 전제한다. 그는 다시 수직으로 돌아갔다. 그에게 모든 문제의 출발점은 수직의 와해였다. 따라서 모든 문제의 해결 또한 당연히 수직의 회복에 있었다. 신과의 관계를 옳게 설정하는 것이야말로 그가 가지고 있는 유일하고 궁극적인 해답이었다.

02
인간은 신이 아니다

그녀의 귀국은 뜻밖이었다.

강연을 마친 정 교수는 오랜만에 만난 친구 대하듯 내 어깨를 툭툭 치며 기분 좋은 웃음을 흘렸다. 처음에는 인사만 하고 그곳을 떠날 생각이었다. 녹음한 강연 내용을 풀어 쓰는 것으로 충분할 것 같았다. 굳이 인터뷰는 하고 싶지 않았다. 그러나 어깨를 붙잡힌 다음에는 마음대로 벗어날 수 없었다. 그가 바깥 공기가 신선하다며 좀 걷자고 하고는 휘적휘적 걸어 나갔기 때문에 나는 그 뒤를 따를 수밖에 없었다. 달과 별을 눈멀게 한 인공의 불빛들이 선정적인 기류를 도심에 흩뿌리고 있었다. 익사 직전의 어둠이 낯선 공기 속에서 휘청거리는 것처럼 보였다. 걷다가 뒤돌아보며 그는, 이 친구, 세상에 너무 정 주는 것 같아, 중의 혀가 고기 맛에 익숙해지는 거, 그거 별로 환영할 일은 아닌데, 하며 씩 웃었는데, 내가 긴장하고 있어서 그런지 눈은 전혀 웃지 않은 것처럼 보였다. 절반은 웃고 절반은 정색을 하고 있는 그의 기묘한 표정 위로 프랑스의 어떤 잘생긴 남자 배우 얼굴이 언뜻 떠올랐다가 사라졌다. 입가의 잔잔한 웃음은, 상대방의 내면을 꿰뚫어 보는 날카로운 눈빛을 간파당하지 않으려 의도적으로 만들어 붙인 것처럼 느껴졌다. 나는 그에게 간파당하지 않기 위해 그의 눈을 피했다.

졸업 후 목회를 하지 않고 신문사에서 밥벌이를 하고 있는 나는 학교 선배나 교수를 만나는 일이 어쩐지 거북하고 불편했다. 마치 외도라도 하다 들킨 것처럼 공연히 안절부절못하는 심정이 되곤 했다. 떳떳하지 않은 무언가가 내 마음속에 있다는 증거였다. 평소에는 생각하지 않고 지내다가도 신학을 공부했다는 사실을 의식하게 만드는 상황 앞에서는 어쩔 수 없이 민감해진다는 뜻이었다. 나는 그 사실을 부정하기라도 하듯 다소 퉁명스럽게 받았다.

"중이라도 되어야 익숙해질 고기 맛이 있지요."

무슨 심보로 그런 말을 했는지 안다는 듯 정 교수가 발걸음을 멈추고 빤히 쳐다보았기 때문에 나는 그의 시선을 피했다. 꾸중 들을 것을 예상하는 어린애처럼 갑자기 목이 막혀 가만히 있었다. 그러나 그는 아무 말도 하지 않았다. 웃음이 뚝 그친 공간으로 갑자기 침투해 들어온 이상한 침묵이 공기를 차갑게 만들었다. 그가 무슨 말인가를 해서 차가운 공기를 깨뜨려주기를 바라는 내 마음 한편에는 그가 꺼낸 말로 공기가 더 차가워질지 모른다는 우려가 자리하고 있었다.

"혜령이와의 약속…… 기억하나?"

우려는 실현되었다. 팽팽한 긴장이 예리한 칼날에 의해 툭 잘려나간 것 같은 느낌이 찾아왔다. 그만큼 허무하고 또 동의할 수 없는 심정이었다. 하마터면 울컥할 뻔했다. 나는 의식적으로 밤바람이 차갑다는 생각만 하려 했다. 시종 번쩍거리며 시야를 어지럽히는 저놈의 네온사인……. 나는 다른 상황으로 달아날 수 있는 무슨 생각인가를 하려고 애를 썼다. 지나가는 사람들의 가지각색의 입술에서 어떤 관념인가를 건져내려고 헛된 수고를 하기도 했다. 입술들이 입술의 숫자만큼 다양한 색깔을 가지고 있다고, 대단한 깨달음이라도 되는 것처럼 되뇌었다.

약속이라니. 약속에 대해 언급하지 않은 지 오래되었다. 아니, 그와 나, 그리고 혜령 사이에 더 이상 약속 같은 건 존재하지 않는다고 생각해왔다. 사실은 그런 생각도 하지 않았다. 그런 게 있기는 했다. 그러나 그것은 어느 순간 누구도 언급하지 않음으로써 자연스럽게 사라졌고, 누군가 부르지 않는다면 영원히 깨어나지 않을 유물이 되었다. 어쩌면 그에 대한 우리들의 의도적인 무관심이나 침묵은 일종의 묵계라고 할 수 있었다. 그리고 그 묵계를 더 확실하게 실천하는 방법으로 인위적인 거리를 만들어온 것도 사실이었다. 굳이 말한다면 그 묵계를 더 성실하게 이행해야 할 짐은 그가 지고 있었다. 그런데 그가 먼저 묵계를 파괴하려고 하는가. 어떻게 그가, 그럴 수 있는가. 내 안에서 그런 소리가 나오려고 했다. 나는 불편함을 느꼈다. 그 불편함은 자존심이 손상을 입었을 때 생겨나는 좋지 않은 감정을 애써 숨기려고 할 때 생기는 것이었다. 남에게 조소의 대상이 되고 있다는 느낌만큼 자존심에 상처를 주는 것은 없다. 그리고 자존심에 생긴 상처만큼 사람을 위험한 감정의 벼랑에 세우는 것도 없다. 그러면 그 순간에 나는 조소의 대상이 되고 있다고 느꼈던가. 아마 그랬던 것 같다. 굳어진 표정으로 고개를 돌려 무슨 말인가를 꺼내려고 하는데 아무 말도 나오지 않았다. 나를 바라보는 그의 예상 밖의 표정 때문이었다. 침울하고 호소하는 듯한 표정이 거기 있었다. 강연장에서의 열정이나 진지함과는 전혀 다른 어떤 것이었다. 나는 그를 마주 보고 있기가 괴로웠다. 정 교수의 강연장에 온 것이 새삼 후회되었다. 자동차들이 소음을 뱉어내며 빠르게 오갔다. 자동차 불빛들이 마음을 할퀴는 것 같았다. 알 수 없는 곳에서 바람이 불어와 길고 부드러운 그의 머리카락을 헝클어놓고 지나갔다.

"혜령이가…… 돌아왔네."

정 교수가 숨을 크게 들이쉬었다가 소리 안 나게 내뿜었다. 강인하고 단단하게만 보이던 그에게서 피곤 같은 것이 읽히는 게 낯설고 이상했다. 그의 목소리가 방언처럼 들렸다. 나는 내 귀가 주워 담은 그의 말을 얼른 해독하지 못했다. 귓속이 웅웅거렸다. 나는 한동안 아무 대꾸도 할 수 없었다. 저놈의 자동차 불빛들…… 그냥 콱…… 나는 애꿎은 자동차 불빛을 트집 잡으며 눈을 비볐다.

"자네한테 알릴 생각은 없었어. 그럴 만큼 뻔뻔하진 않아, 나도. 그런데 내 앞에 자네가 나타났어. 예정된 일이 아니었지. 상상도 하지 않았어. 이렇게 자네를 보게 될 거라고는. 내 눈을 의심했지. 그리고 어쩔 수 없이 이런저런 생각을 하게 되더군. 편리한 합리화라고 할지 모르겠네만, 어떤 뜻이 있을지 모른다는 생각도 들고……."

정 교수는 근처 찻집에 들어가 구석 자리를 차지하고 앉자 본격적으로 이야기를 시작했다. 나는 왜 돌아서지 못하고 찻집까지 따라 들어왔을까. 그는 뜨거운 커피를 한 모금 마시고 탁자 위에 내려놓았다. 그는 연구와 집필을 비롯한 자신의 모든 작업에 없어서는 안 되는 도구 이상의 필수품으로 뜨거운 커피를 꼽았다. 그의 연구실에서 커피를 끓여내던 기억이 떠올랐다. 십 분의 쉬는 시간은 항상 커피를 마시는 시간이었다. 나는 기억을 몰아내기 위해 고개를 저었다.

"해묵은 옛 기억을 불러내 자네를 구속하려는 건 아니야. 그럴 자격도 없고. 그렇지만, 염치없고 말도 안 되는 억지같이 들리겠지만, 혜령이에게 자네가 도움을 줄 수 있을 거라는 생각이 들어. 그 애, 지금 아주 불안하거든. 이건 물론 오늘 자네를 보기 전까지는 생각하지 않았던 거야."

그녀는 연락도 없이 불쑥 돌아와서 두문불출이라고 했다. 달래고 따지고 윽박질러도 무슨 일이 있었는지 한마디도 하지 않는다고 했다. 무슨 일인가가 있었던 것은 확실한데 무슨 일인지 알 수 없으니 답답하고, 또 그녀가 무슨 일을 저지를지 몰라 불안하다며 두 손을 모아 쥐는 정 교수에게서 어떤 간절함이 풍겨왔다. 불과 반 시간 전의 꼿꼿하고 의젓한 그의 모습을 미처 지우지 못하고 있는 나에게 그의 평범한 부성애의 체취는 놀랍도록 낯설고 불편했다. 그녀는 왜? 도대체 그곳에서 무슨 일이?

내 안에서는 질문들이 들끓었지만 나는 입을 다물고 버텼다. 나는 갑갑해서 견디기 힘든 심정이었는데, 그것이 들어야 할 이유가 없는 이야기를 늘어놓고 있는 그를 향한 것인지, 들어야 할 말을 충분히 들려주지 않는 그를 향한 것인지 분간하기 어려웠다. 그녀의 이름이 불린 데 대한 당황과 그녀의 신상에 일어난 심상치 않은 변화에 대한 호기심에도 불구하고 나는 굳은 표정과 꼭 다문 입을 끝까지 고수했다.

지난밤 한숨도 자지 못했다는 깨달음이 한 짐이나 되는 피로를 등에다 지워놓고 달아나려고 했다. 실내를 유영하는 부드러운 음악은 수면제처럼 그윽했다. 시계를 훔쳐보는 내 몸짓을 눈치챈 그가 옆자리에 벗어놓았던 재킷을 챙기며 말했다.

"이번 일요일 오후 어떤가? 전에 살던 그 집에 아직 살고 있네."

그는 시간까지 제시하며 나를 집으로 초대했다. 나는 절대로 가지 않을 거라고 속으로 다짐하며 그가 내미는 손을 엉거주춤 잡았다. 그러고 나서 고개를 들어보니 그는 어느새 강연장의 그 진지하고 열정적인 정 교수로 돌아와 있었다.

씻지도 않고 드러누웠다. 자지 않고 있던 동생이 밥상을 가지고 들어왔으나 밥 생각 없다고 밀쳐냈다. 눕자마자 잠이 쏟아질 것 같았는데 오히려 말똥말똥해지는 게 이상했다. 불을 켜지 않았는데도 방 안이 환했다. 달빛이 커튼 사이로 물 흐르듯 유연하게 스며들었다. 방에서 달빛을 느끼기 위해서는 불을 켜지 않아야 하는구나. 그렇게 중얼거리다 말고 나는 내 유치한 생각이 부끄러워 눈을 감았다. 코앞까지 밀고 들어온 어떤 생각에 사로잡히지 않으려고 아무 생각이나 하고 있는 게 분명했다. 그럼에도 불구하고 그 어떤 생각은 아무 생각을 무찌르고 쳐들어왔다.

그녀는 왜 다시 돌아왔을까? 왜 혼자? 그곳에서 그들 사이에 무슨 일이 있었던 거지? 정 교수 앞에서는 아무렇지 않은 양 버텨냈는데 혼자 남자 버틸 힘을 잃고 무너져버린 것 같았다. 그녀의 얼굴이 눈앞에 어른거렸다. 가슴을 찌르는 것 같은 통증이 느껴졌다. 인정하고 싶지 않은, 당혹스럽고 아찔한 아픔이었다. 나는 망각의 축복을 받은 선민이 아니었다. 그리고 그 기억들을 무시하거나 외면할 만한 용자도 아니었다. 나는 아무렇지 않은 양 했지만 아무렇지 않지 않았고 용감한 척했지만 용감하지 않았다. 모든 용기 없는 사람이 그런 것처럼 필사적으로 억누르고 있었을 뿐이다.

"병욱 씨에겐 내가 필요하지 않아. 나는 누군가에게 필요한 사람이 되려고 하는데, 그래야 하는데, 병욱 씨 곁에 있으면 내가 무익한 존재가 되는 느낌이 들어. 비참한 기분이 들 때도 있어.

아니라고, 병욱 씨는 나를 필요로 한다고 말할지 모르겠어. 하지만 정말 그럴까? 문제는 내가 병욱 씨에게 필요한 존재가 아니라는 걸 내가 인식해버렸다는 거야."

쇼팽의 피아노곡이 흐르고 있었다. 지나치게 감미로운 선율을 타고 그날 그녀의 목소리는 실내를 낮게 비행했다. 여느 때처럼 침착한 목소리였으나 분위기 때문인지 미세하게 떨리는 게 느껴졌다. 보통 때처럼 침착하고 평온하지만은 않다는 것, 조금은 긴장하고 혼란스러워하고 있다는 것이 그 와중에 약간의 위안을 주었다.

"전에는 가능할 것 같았어. 다른 점이 많았지만 극복할 수 없는 것은 아니라고 생각했어. 그런데 안타깝게도 점점 병욱 씨의 영역에 내 자리가 없는 것같이 느껴져. 보이지 않는 손에 의해 몰아냄을 당하는 것 같다고 할까. ……사랑? 그래, 사랑이라는 게 있어. 우리 사이에…… 있었지. 하지만 그게 뭐지? 영혼의 눈을 흐리게 하고 무분별한 감상만 쓸데없이 살찌워서 사소하고 무가치한 일에 숭고한 정신을 낭비하도록 종용하는 일 외에. 무모하고 탐하고 한퀴고, 그게 뭐지? ……아니야. 이런 말을 하려는 게 아니었어. 미안해. 비록 떨어져 있어도, 만나지 않아도, 사랑이라는 고리 같은 것 없이도 서로의 좋은 감정이나 꿈이나 믿음들을 그대로 유지할 수 있을 거라고 말하려 했어. 멀리 있어도 가깝게 있는 것보다 더 가깝게 느껴지는 사람이 있을 수 있다고……."

그녀는 침착한 어조를 잃고 격한 감정을 쏟아냈다. 그녀의 눈물을 본 것이 처음이었으므로 나는 어떻게 해야 할지 몰라 모아 쥔 손만 만지작거렸다. 사랑하는 사람의 눈물은 그 사랑 속에 있는 사람에게는 대부분 불시에 당하는 습격이기 쉽다. 남자의 부축을 필요로 하지 않고 똑바로 서서, 오히려 여분의 손을 남자에게 내밂으로써 삶의 이유를 확인하고자 하는, 드물게 의연한 혜령 같은 여자의 경우에는 더욱 그러하다. 그녀에게 감성적인 요소가 결여되어 있다고 느낀 적은 없었다. 오히려 피아노를 치거나 문학작품에 대한 감상을 이야기할 때 나에게 없는 그녀의 예술적 감각을 발견하고 칭찬한 적이 여러 번 있었다. 그럼에도 불구하고 나에게 각인된 그녀의 인상은 똑바르고 단단한 대나무와 같았다. 물론 그것은 그녀의 신앙과 연관되어 있었다. 어떤 면에서는 그녀의 종교성이 그녀의 감성을 억압하고 있는 것처럼 보이기도 했다. 그런 여자가 내 앞에서 눈물을 보이며 훌쩍이다니, 실감이 전해지지 않았다. 이렇게까지 하면서 등을 돌려야 할 이유가 있는 걸까? 그 이유라는 것이 오랫동안 지속해온 튼튼한 관계를 몇 마디의 오해하기 쉬운 말로 단절하겠다고 작정할 만큼 대단한 것일까? 혼란스럽고 어리둥절해 있는 나에게 그녀는 결정적인 타격을 가하고 달아나듯 일어나버렸다.

"생각해봐. 우리 관계는 병욱 씨가 목사가 된다는 사실을 전제하고 있었어. 자주 상기되진 않았지만 한 번도 의심한 적이 없는 자명한 바탕이었지."

그 말을 함으로써 혜령은 나와 헤어지기로 결심한 진짜 동기가 무엇인지 밝히 드러냈다. 그것은 내가 신학대학을 졸업하고 목회가 아니라 다른 일을 하고 있기 때문이었다. 목사가 다루는, 다뤄야 하는 영혼의 세계와 오만 가지 잡다한 세상사를 뒤지고 다니는, 다녀야 하는 신문기자의 세계는 비유로서만이 아니라 현실적으로도 하늘과 땅의 차이인 것이다. 나는 일어서 나가는 그녀를 잡지 못했다.

어머니는 내가 대학을 졸업할 무렵에 세상을 떠났다. 고등학교와 중학교에 다니는 남동생과 여동생, 그리고 우리들 생계의 근거였던 시장 근처의 조그만 구멍가게가 어머니가 내게 물려주고 간 것이었다. 졸지에 가장의 멍에를 메게 된 내가 교육 전도사로 일하고 있던 교회로부터 받는 사례비는 겨우 밥을 굶지 않을 정도였다. 나는 영혼을 구원하는 메시지 대신 육신을 먹일 빵을 택해야 했고, 신인(神人) 예수 대신 나 말고는 거들어줄 사람이 없는 동생들을 위해 일해야 했다. 물론 무엇을 먹을까 염려하지 말고 하나님의 나라와 의를 먼저 구하라고 예수님은 말씀하셨다. 아마도 내 믿음은 그 정도가 못 되었던 모양이다. 그러니 그 길을 가지 않은 것이 어떤 면에서는 잘된 일이라고 할 수도 있겠다. 지금 당장은 어쩔 수 없어 잠시 우회하는 것일 뿐 사명의 길을 아주 포기한 건 아니라는 식으로 스스로를 변명하려 애썼던 것은, 나를 주장하는 실체가 내가 아니라 나를 둘러싼 환경이라는 사실을 부정해보려는 자기 방어술 같은 것이었다는 것을 이제 나는 안다.

내가 목회자의 길을 포기한 것이 혜령이 나를 떠나기로 작정한 이유로 알고 있던 터라 정 교수가 나에게 그녀가 만나고 있는 남자에 대해 이야기해주었을 때 나는 뒤통수를 한 대 얻어맞은 기분이 들었다. 그는 철학 전공의 대학생으로 혜령이 성경 공부를 가르치고 있는 대학부 회원이라고 했다. 당연히 나이도 그녀보다 세 살이나 어렸다. 나이가 어리다는 건 중요한 문제가 아닐 수 있었다. 그렇지만 성직자가 될 수 있는 가능성은 나보다 희박한 것 아닌가. 배신감에 울화가 치밀려고 했다. 내 감정을 눈치챘는지 정 교수는, 그 친구, 곧 독일 가서 신학 공부를 할 계획이라네, 하고 덧붙였다. 내 앞이라 일부러 그랬는지 모르겠으나, 정 교수는 그 철학과 학생이 딱히 미덥지는 않다는 의중을 내비쳤다. 그는 두 사람의 결혼을 수락할 생각이 없다고 몇 번이나 못을 박았지만, 몇 번이고 박아야 겨우 들어가는 못은 그만큼 뽑기도 수월하다고 해야 할 것이다. 예상대로 그가 몇 번이나 망치질을 한 못은 얼마 가지 않아 뽑히고 말았는데, 정 교수는 그것이 딸의 고집 때문이라고 했다. 그러나 나는 딸의 고집보다 딸에 대한 아버지의 사랑이 그 원인이었을 거라고 생각한다. 어떤 아버지도 딸을 이기지는 못하는 것이 인지상정이지만, 세상의 모든 아버지가 딸을 이긴다 해도 정 교수는 결코 그러지 못할 거라고 나는 생각한다. 정 교수는 결혼식은 학위를 취득한 후 한국에 돌아와서 하라는 조건으로 딸과 그 친구의 유학을 허락했는데,

나는 거기서 정 교수의 현실감각보다는 그의 유난한 부성을 어렵지 않게 읽을 수 있었다.

그때부터 어색하고 면구스러워할 정 교수의 입장을 배려해서 자진해서 거리를 만든 것은 나였다. 그녀의 돌발적인 결단을 의아해하고 불쾌해하면서도 그 배경과 이유를 확인해보려는 유혹을 자존심을 앞세워 물리쳤다. 지금 생각하면 그건 자존심이라고 할 수도 없는 것이었지만, 바로 그 자존심이라고 할 수도 없는 것이 그 시절의 나를 버티게 한 힘이었다. 나는 내 알량한 자존심을 지키기 위해 그녀를 향해 뻗는 내 여전한 관심을 유치한 연애 놀음으로 단정하고 애써 무관심을 위장했다. 자주 주먹을 쥐며 이를 아프게 깨물던 시절이 있었다.

그런데 그녀가 귀국했다는 한마디에 이렇게 흔들리다니, 녹초가 된 몸을 쉬지 못하고 설레고 있다니, 이럴 수 있는가. 마음 한구석에 그녀가 여태 살고 있었단 말인가. 나를 떠난 그녀를 나는 떨쳐 보내지 못하고 있었단 말인가. 이것이 내 자존심의 실체인가. 나는 나에게 화가 났다.

여기저기 바쁘게 쏘다니며 시간을 보냈다. 하지 않아도 될 일을 나서서 했다. 굳이 만나지 않아도 될 사람들을 만났다. 잡념의 침투를 허락하지 않으려는 마음이 '부지런한 벌은 걱정할 겨를이 없다'는 속담을 검증해보려 했는지 모르겠다. 그러나 속담은 검증되지 않았다. 오히려 손이 부지런한 만큼 마음도 부지런해진다는 사실을 깨닫게 되었다. 쭈뼛거리며 고개를 드는 수상하고 거북한 상념들을 주저앉히기 위해 하루에도 몇 번씩 얼굴을 붉히며 고개를 저었다. 잊고 있었던 과거의 일들이 떠오르는가 하면, 내가 모르는 시공간 속에서 그녀가 다른 남자와 지내는 장면이 마치 눈으로 보기라도 한 것처럼 선명하게 그려지기도 했다. 그리고 대개의 경우 그 그림들은 내 마음에 굴곡을 만들었다. 나는 낯이 붉어지고 맥박이 빠르게 뛰는 경험을 자주 했다. 그건 결코 유쾌한 일이 아니었다. 그렇게 복잡하고 혼란스러운 상태로 한 주간을 보냈다.

밤을 새워 번역한 원고는 어이없게도 4회에 나뉘어 나갔다. 지면상 어쩔 수 없는 조치라고 했다. 교황 저격범 아그자의 출생과 성장 과정, 그가 영향받은 이념, 가입했던 단체, 최근의 행적 등을 방대한 특파원 망을 통해 심층 취재했다는 그 기사는 아그자의 배후에 '국민행동당'이라는 배타적이고 급진적인 폭력 단체가 연관되어 있을 가능성을 무게 있게 보도했다. 그의 행동이 권위에 대한 편집광적인 적의나 광신적인 종교 집단의 교리와 관련되어 있을지 모른다든지, 마약 밀매를 통해 자금을 조달했을 가능성이 농후하다든지, 카르탈 말테페 형무소를 혼자 힘으로 탈출하기 어려운 점을 감안하면 공범의 존재를 상정하지 않을 수 없다든지, 탈옥의 이유가 교황 저격이었다는 것으로 알려지고 있는 점으로 보아 그의 범행이 매우 치밀하고 조직적인 것으로 보인다는 식으로, 추측과 예상으로 일관하고 있다는 인상이 짙었지만, 사건이 사건이니만큼 후속 보도에 목말라 하는 사람들의 궁금증을 그런대로 해소해준 모양이어서 반응이 나쁘지 않았다.

토요일 오후에는 분주함을 가장할 일거리가 생기지 않았다. 원치 않을 때는 그렇게 흔하게 부르던 술자리도 없었다. 좁고 컴컴한 방에 갇히는 기분이 싫어서 되도록 집에 들어가는 걸 늦추려 했다. 주말 기분에 들떠서 거리로 쏟아져 나온 사람들에게 떠밀리며 이리저리 쏘다니다가 다리가 묵직한 통증을 호소해올 무렵에 눈에 띄는 찻집 문을 열고 들어갔다. 거리를 쏘다니는 것이 무작정이었던 것처럼 찻집에 들어간 것도 무작정이었다. 단조로운 리듬의 댄스곡이 워낙 크게 틀어져 있어서 실내를 꽉 채운 사람들의 말소리가 잘 들리지 않았다. 혼자 앉아 있는 사람은 나 말고는 없었다. 거의 둘이거나 셋이었다. 나는 내 몸이 붕 떠오르는 것 같은 허전함을 느꼈는데, 그것이 외로움이라는 걸 곧 알아차렸다. 습관적으로 수첩을 꺼내 들고 전화로 불러낼 만한 이름이 있나 찾아보려다 그만두었다. 불러낼 만한 이름이 있을 것 같지 않았고, 불러낼 만한 이름이 있다고 하더라도 누군가의의 무의미한 잡담을 견디는 것이 외로움을 견디는 것보다 나은 일인지 확신이 서지 않았기 때문이었다.

긴 머리를 쓸어 올리며 여종업원이 커피잔을 소리 나게 내려놓았다. 넘칠 듯 가득했다. 70밀리그램의 막대 설탕을 넣어 몇 차례 저은 다음 입으로 가져갔다. 뜨거웠지만 뱉을 수 없어서 그대로 삼켰는데 목구멍으로 불길이 넘어가는 것 같았다. 나는 입을 벌리고 양미간을 찌푸렸다. 대각선 쪽 희미한 조명 아래 윤곽이 선명하지 않은 얼굴의 여자들이 나를 보며 웃는 게 느껴졌다. 나를 보고 비웃을 리 없는데 이상하게 그런 게 다 신경 쓰였다. 조명이 어두워 잘 보이지 않는데도 나는 갑자기 위악적으로 되어 화장을 덕지덕지 바른 여자들이 천박하게 웃고 있는 모습을 보았다고 생각했다. 빌어먹을! 알 수 없는 욕설이 튀어나왔다. 마음이 몹시 불안정하다는 뜻이었다. 이유는 명확하지 않았지만, 전혀 추측할 수 없다고 할 수는 없었다. 나는 둘씩 셋씩 모여 앉은 사람들이 혼자인 나를 비웃고 있다고 생각했다. 가장 불만스런 사람은 그런 생각을 하는 나 자신이었다. 그러나 그 생각을 멈출 수가 없었다. 나는 갑자기 할 일이 생각난 사람처럼 황급히 자리에서 일어났다. 그러다가 이 도시를 떠나 어딘가 다른 곳으로 움직일 생각을 했다. 혼자 여행을 떠나는 사람은 실은 혼자 있기 위해서가 아니라 혼자 있기 때문에, 자신이 속해 있거나 자신을 둘러싸고 있는 무리를 피해 목적 없이 그냥 떠나는 것이 아닌가.

청량리역은 큰 아가리를 벌리고 사람들을 꾸역꾸역 집어삼키기도 하고 조금씩 토해내기도 하면서 신화 속의 거인처럼 버티고 있었다. 사람들은 각각의 사정으로 분주해 보였다. 그들을 뚫고 나도 거인의 입속으로 들어갔다. 행선지와 시간표가 빼곡히 적힌 벽 앞에 서서 나는 계시와도 같은 영감의 지시를 기다리기로 했다. 아무것도 정해진 것이 없었다. 어디든 언제든 지시하는 대로 움직일 마음이었다. 도시의 이름을 훑어 읽다 보면 언젠가 가보고 싶었던 이름이 떠올라줄 거라는 막연한 기대는 이루어지지 않았다. 너무 많은 음식들 앞에서 질려버린 꼴이라고 할까. 그보다는 입맛이 없어서 어떤 음식도 눈에 들어오지 않았다고 해야 할지 모르겠다.

나는 역사를 빠져나와 어슬렁거리다가 지하도로 들어갔다. 그곳에도 사람들이 많았다. 주말을 맞아 시민들이 모두 거리로 쏟아져 나온 것 같았다. 가만히 서 있어도 저절로 떠밀려갔다. 정해진 행선지가 없었으므로 나는 떠미는 대로 이리저리 떠밀려 다녔다. 몸이 후두둑 소리를 내며 뜯겨 나갈 것만 같았다. 문득 정신을 차리고 주변을 둘러보았을 때 나는 전철 매표소 앞에 길게 늘어선 줄 가운데 한 자리를 차지하고 서 있었다. 오로지 사람들에게 떠밀려서 멈춰 선 곳이 그곳이었다.

지하철 운행 구간을 표시하는 노선표는 몸을 펴기 위해 기지개를 켜는 뱀처럼 보였다. 뱀은 구로역에서 둘로 갈라져 인천과 수원을 향해 뻗었다. 매표소 앞에 이르렀을 때 나는 어떤 결정인가를 해야 했는데, 선택을 하고 있다는 자각을 하지 않은 채로 수원행 승차권을 달라고 말했다. 내 앞에 서 있던 사람이 수원행 표를 샀기 때문일 수 있었다. 수원역에서 내려서도 어떤 선택을 한다는 자각 없이 버스 정류장에 서 있었는데, 그때 비로소 내가 비봉 가는 버스를 기다리고 있다는 생각이 들었다. 수원역 앞에서 이십 분 정도 버스를 타고 가서 내린 다음 다시 그만큼 산길을 걸어야 도착하는 곳에 산 이름을 따서 칠보산 기도원이라고 부르는 작은 기도원이 있었다. 하나님 나라에 대한 순수한 열망으로 가슴을 덥히며 신학 공부를 하던 시절에 쉽게 자빠지고 무너져 내리는 사명감을 부추겨 세우고자 종종 찾곤 했던 곳이었다. 마지막으로 그곳을 찾은 게 언제인지 기억도 나지 않았다. 무엇이 오랫동안 잊고 있던 이 추억의 공간으로 나를 이끌었는지 모를 일이었다. 그러고 보니 어지러운 마음을 정리하는 데 이곳만한 곳도 없겠다 싶었다. 이곳에서야말로 완벽하게 혼자 있을 수 있지 않은가. 하나님 말고 누가 나에게 눈짓이라도 하겠는가. 그 하나님을 상대로 통곡의 기도라도 할 수 있으면 좋겠다는 생각도 들었다.

  사무실에서 배정해준 방에 들어가 웃옷을 벗어놓고 땀과 먼지로 지저분해진 얼굴을 대충 씻었다. 산에서 흘러 내려오는 물은 시리도록 차가웠다. 정신이 번쩍 드는 듯했다. 잘 왔다, 하고 나는, 나도 모르게 중얼거렸다. 어두워지기 전에 산책을 할 생각으로 물기도 닦지 않고 오솔길로 접어들었다. 여기저기에 여러 색깔의 꽃들이 피어 있었고, 또 피어나는 중이었다. 풀벌레와 산새들이 내는 산뜻한 소리는 청명한 산 공기와 한 몸처럼 어울렸다. 바람이 그들을 어루만지고 지나갔다. 문득 알 수 없는 여유 같은 것이 가슴을 쓰다듬는 게 느껴졌다. 모처럼 만의 칠보산은 낯설지 않았다. 산은 내가 오든 오지 않든 그곳에 그대로 있었다. 나는 내가 올 곳에 오기라도 한 것처럼 편안한 마음으로 심호흡을 하며 천천히 걸었다.

고개를 숙이고 느리게 걷던 내 발걸음이 문득 멈춰 선 것은 누군가의 인기척을 느꼈기 때문이었다. 발소리는 내가 걸어가는 방향에서 들려오고 있었다. 두 사람이 걷기에는 불편할 정도로 좁은 길이었으므로 나는 길을 비켜주기 위해 걸음을 멈추고 고개를 들어야 했다. 그 순간 내 몸이 돌처럼 굳었다. 눈 앞에 그녀가, 환영처럼 서 있었던 것이다. 무슨 말을 해야 할지, 어떤 행동을 취해야 할지 몰라 나는 조금 야위긴 했지만 변한 데가 별로 없어 보이는 그녀의 얼굴을 바라보기만 했다. 그녀 역시 마찬가지였을 것이다. 그녀 역시 내가 환영처럼 느껴졌을 것이다. 그녀 역시 무슨 말을 해야 할지, 무슨 행동을 취해야 할지 몰라 눈도 깜박이지 않고 그저 바라보기만 했을 것이다. 우리들의 눈이 허공에서 만났다. 그 눈은 무수히 많은 말들을 쏟아내고 있었지만, 어떤 말도 듣지는 못하고 있었다. 나는 그랬고, 아마 그녀 역시 그랬을 것이다. 그래도 정신을 수습하고 말문을 먼저 연 사람은 혜령이었다.

"오랜만이에요. 이런 데서 이렇게 만나다니 정말 뜻밖이네요."

그 목소리를 듣는 순간 모든 것이 분명해지는 것 같았다. 그녀였다. 공연히 조바심 내며 분주하게 쏘다니고 부지런히 일감을 찾고 사람을 만나고 다닌 것이 그녀 때문이었고, 도시를 피해 혼자 있을 곳을 찾아 기도원을 찾아온 것 역시 그녀 때문이었다.

그녀를 만나리라고 생각한 것은 아니었다. 그런 기대를 했던 것도 아니었다. 그렇지만 그녀가 있는 이곳으로 방향을 잡고 찾아온 것이 단지 우연이란 말인가. 아무 작용도 없었단 말인가. 나는 그렇다고 인정할 수 없다. 우리가 우연이라고 부르는 어떤 것도 실은 순수하게 우연이라고 말할 수 있는 것은 없다. 인간 의식의 교묘한 반영. 혹은 인간에게 남아 있는 신적 능력의 무의식적 발휘? 욕망이 손을 뻗는 곳에 숙주가 있다. 그렇다면 나는 그녀를 피하고 있었던 것이 아니라 실은 교묘한 방법으로 찾아다니고 있었던 것일까.

"정 교수님으로부터 귀국했다는 소식을 듣긴 했지만, 이렇게 만날 줄은 생각 못했네요."

그녀는 고개를 끄덕였다.

"아버지로부터 들었어요. 내일 만나기로 약속했다고……."

"약속이라기보다 교수님의 일방적인 통보였지요. 그런데 어긴 언제?"

내가 그녀의 집을 방문할 거라는 걸 알고 있으면서 집을 비우고 기도원에 와 있다는 것은 그녀가 나와 대면하는 것을, 내가 그런 것처럼 불편하게 생각하리라는 기왕의 예상을 상기시켰다. 예상하고 있었으면서도 나는 그녀의 그런 태도가 조금 섭섭했다. 그런 나의 의중을 눈치챈 것일까. 그녀가 고개를 저으며 여기 온 지는 며칠 되었다고 말했다. 그러면서 아버지의 통보를 무시할 생각으로 온 거냐고, 오히려 그녀가 희미하게 미소를 지으며 물었다.

"여긴 그냥 어떻게 하다가…… 내일 아침에 내려갈 거예요."

사실은 아무 계획도 가지고 있지 않았다. 내일 아침에 내려갈 계획도, 내려가지 않을 계획도 없었다. 엉겁결에 그 말을 한 것은, 필요 이상으로 그녀를 의식하고 있다는 증거였다. 그녀 때문에 마음 쓰고 있다는 사실을 들키고 싶지 않았다. 그녀의 귀국 소식이 일상이 헝클어질 정도로 나를 혼란스럽게 만들었다는 사실을 알게 하고 싶지 않았다. 나는 자주 그녀에게 옹졸하게 구는 자신을 깨닫고 수치심을 느끼곤 했다. 그것은 내가 그녀에게 압도당하고 있다는 뜻이었다. 호감을 주고받는 남녀 사이에 압도하고 압도당하는 일이 있을 수 없으며, 그래서도 안 된다는 걸 이해하면서도 그녀의 의젓함 앞에서 자주 초라함을 느꼈다. 말하자면 열등감이었다. 변명의 여지가 없다. 그녀는 차분하고 침착한 여자였다. 종종 그녀는 내게 모성을 느끼게 했는데, 나는 동갑내기 여자친구에게서 모성을 느낀다는 사실 때문에 감정에 손상을 입곤 했다. 그녀는 크고 너그럽고 어른스러웠다. 두 사람의 관계에서 크고 너그럽고 어른스러워야 하는 사람은 그녀가 아니라 나여야 한다는 생각이 자주 깊은 자조의 구덩이로 몰아넣곤 했다. 그러면서도 그녀의 그런 면에 매료된 것이 사실이었다. 나는 그녀의 흉기에 상처를 입으면서 그 흉기를 빼앗지도, 그 흉기로부터 달아날 생각도 하지 못했는데, 실은 그 흉기에 가치를 부여하고 있었기 때문이다. 그 흉기가 그녀를 사랑하게 만드는 이유였기 때문이다.

그녀가 눈살을 가볍게 찡그리며 왼쪽 손을 율동하듯 들어 올려 얼굴을 가렸다. 눈알이 퀭해 보였다. 금식 중인지 모른다는 생각이 들었다. 올라오던 날부터 금식을 시작했다면 어지럼증이 생길 수 있는 시기였다. 나는 평평한 자리를 찾아 그녀를 앉게 했다.

"괜찮아요?"

"괜찮아요."

그녀는 말없이 손을 저었다.

어색했다. 그때 나는 우리가 서로를 향해 경어를 쓰고 있다는 사실을 알아차렸는데, 그것이 새삼 그녀와 나 사이의 거리를 실감 나게 했다. 그 거리는 비단 세월이 만든 것만은 아니었다. 의례적인 인사를 나누고 나면 더 할 말이 없어서 멀뚱히 바라보며 쑥스러운 웃음이나 짓다가 되도록 빨리 그 어색한 자리를 떠나려고 어떤 구실인가를 만들어내게 되는 사이가 있다. 그 경우에는 나중에 또 뵙지요, 라든가 연락하세요, 같은 입에 발린 인사말을 누가 먼저, 혹은 누가 나중에 던지느냐가 문제 될 뿐이다. 공통의 관심사가 없을 때 목을 조이는 무거운 공기를 견디기가 여간 어려운 것이 아니다. 그러나 공통의 관심사가 있는데도, 그리고 피차 그 사실을 인식하면서도 침묵 말고는 다른 방법이 없는 상황이라면 한층 난감하지 않을 수 없다.

무슨 말을 해야 할지 몰라 답답했다. 그러나 무슨 말이든 내가 먼저 꺼내야 한다는 강박관념 같은 것이 내 마음을 무겁게 눌렀다. 마주칠 일을 두려워한 것은 사실이지만, 만나고 싶지 않은 것은 아니었다. 마음속 깊은 곳에 감춰진 은밀한 기대가 뜻밖에 이루어졌는데 그냥 흘려보내버릴 수는 없었다. 내 안에는 질문이 가득 차 있었다. 왜 할 말이 없겠는가. 어떻게 할 말이 없을 수 있겠는가.

한참 동안의 탐색 끝에 내 입에서 빠져나온 말이 적절했다고는 생각하지 않는다. 내 입에서 빠져나온 말들은 의외로 무거워서 단번에 주변 공기를 가라앉혔는데, 숲 주위를 두드리다 아무 소득도 얻지 못하고 말 것을 우려한 나머지 숲속으로 곧장 뛰어들었기 때문이었다.

"왜 그렇게 갑자기 귀국을 하게 되었는지, 혼자서 말예요."

내 질문에 그녀가 조금은 당황하기를 바라는 마음이 있었는지 모르겠다. 그러나 그녀는 전혀 그런 것 같지 않았다. 무거운 공기를 느낀 건 나 혼자만이었을까.

"그걸 병욱 씨에게 말해야 할 의무가 나에게 있다는 건 아니지요?"

"그야 물론……."

당황한 건 그녀가 아니라 나였다. 나는 서둘러 손을 저어서 굳이 대답하지 않아도 된다는 의사를 표시했다. 그녀에게 의무가 없다면 나에게는 요구할 권리가 없었다. 나는 대범한 척 헛웃음까지 지어 보였지만, 속으로 정말로 나에게 그런 권리가 없는 걸까, 자문하고 있었다. 잠시 후 그녀가 고개를 숙인 채 속삭였다.

"고해를 해야 한다면, 하나님에게만 해야 한다고 생각해요. 하나님만이 인간의 비밀을 들을 권리와 의무를 가지고 있으니까요. 인간이 아니라."

"그 하나님이 입을 열어 다른 사람에게 털어놓기를 바라는 것 아닌가요? 그럴 때 그 사람을 통해 들으시는 분 아닌가요?"

내 속의 은근한 불만이 그녀의 말에 이의를 제기하게 했다.

"신문기자의 말이네요. 인간 속에서, 인간을 통해서만 하나님의 존재를 인식하려는 것이 병욱 씨의 태도였지요. 하지만 하나님은 그런 분이 아니에요."

"하나님과의 온당한 관계는 이 세상에서의 가시적인 실천을 통해서만 가능하다는 게 내 말의 뜻인데. 이를테면 눈에 보이지 않는 하나님을 사랑하는 방편, 혹은 표현이 눈에 보이는 이웃을 사랑하는 것이라는. 하나님은 사람들 속에 있다는. 사람들에게 행한 것이 곧 하나님께 행한 것이라는. 이건 성경의 가르침 아닌가요?"

"섣부르게 비약하지도 말고 대충 섞지도 마요. 그게 전부라면 자선단체와 종교가 어떻게 구별되겠어요? 그것이 하나님의 존재를 추상화해서 실질적으로 부정하는 방법이라는 걸 몰라요? 사람을 신으로 만드는 방법이라는 걸 몰라요? 인간을 우상화하는 것. 그게 가장 큰 악이라는 거 몰라요? 인간이 최우선이 되고 유일한 기준이 되면 어떻게 될까요? 인간의 행복을 위한다는 기치 아래에서는 어떤 수단도 허용해야 되는데, 그게 하나님의 뜻일까요? 진리를 추구하기 위해서 거짓을 수단으로 끌어들여도 괜찮을까요? 선을 추구하는 데 악이 그 방편으로 쓰여도 될까요? 평화를 위해서라면 폭력을 수단으로 사용해도 상관없는 일일까요? 하나님의 자리를 인간이 차지해도 돼요? 인간은 하나님이 아니잖아요? 인간을 믿을 수 있어요? 인간은 하나님처럼 거룩하지도 위대하지도 않잖아요. 그런데 어떻게 그런 일이 가능해요? 종교가 종교이기를 거부하는 것은 일종의 영적 간음 같은 거지요. 순결을 잃어버린 종교는 구원할 힘도 없다고 생각해요."

그녀는 어느 순간부터 목소리를 높였다. 자기도 모르게 흥분이 되는 모양이었다. 내가 아는 혜령의 모습이 아니었다. 내가 그녀를 흥분시켰다는 생각이 들지 않았기 때문에 의아스러웠다. 그 때문에 나는 독일에서 그녀가 무슨 일을 겪었는지 더 알고 싶어졌다. 우선 그녀를 진정시켜야 할 것 같았다. 그러자고 이어간 말들이 오히려 그녀를 자극하게 되리라는 걸 그 순간에는 이해하지 못했다. 나는 말했다.

"거짓이나 악이나 폭력을 지원해선 안 되지, 물론. 그럴 수도 없는 일이고. 그런데 거짓이나 악이나 폭력이라고 규정하는 것은 무엇인가요? 그것들은 돌멩이나 나무처럼 형체를 가지고 있는 것이 아니고 고정되어 있는 것도 아니잖아요? 여기서 보면 삼각형인 것이 저기서 보면 사각형인 경우가 있지요. 동일한 행위가 어떤 상황에서는 선이 되고 어떤 경우에는 악이 되고 그러지 않던가요? 진실을 위한 거짓이 있고, 거짓을 위한 진실도 있지요. 하나님도 때로는 당신의 뜻을 실현하기 위해 살인이나 폭력이라는 수단을 사용하지 않던가요? 술 취한 사람이 자동차를 몰고 다니면서 많은 무고한 사람의 생명을 해치고 있다면, 그 까닭 없이 희생되는 귀중한 생명들을 위해 술 취한 운전사 한 명을 제거하는 것은 하나님의 방법에 가깝지 않을까요? 요컨대 규범을 적용하기 위해서는 상황에 대한 고려가 우선되어야 한다는 거지요."

"본회퍼 이야기를 하는 건가요? 이미 끝난 이야기인 줄 알았는데 새삼스럽네요."

정 교수가 기말 과제로 제출한 원고지 40매짜리 에세이를 구실로 나를 부른 것은 그 학기 마지막 수업이 끝나고 나서였다. 그의 연구실은 세 면의 벽에 세워진 책장을 가득 채우고도 남아 책상 위와 바닥 이곳저곳에 탑처럼 쌓아놓은 책들과 그 사이사이에 아무렇게나 놓여 있는 사진들이 어우러져 어수선하면서 묘하게 인상적인 분위기를 풍겼다.

"자네를 부른 이유를 알고 왔나?"

자리를 권해 앉게 한 후 그는 도수 높은 안경을 벗어 만지작거리며 물었다.

"지난주에 제출한 과제 때문으로 알고 있습니다."

"그러니까 내 말은 그 에세이의 어떤 점 때문인지 아느냐는 거야."

"그건 모르겠습니다."

"에세이 제목이 뭐였지?"

"'규범과 상황 사이―본회퍼의 경우'였습니다."

"주어진 주제가 뭐였는지 생각나나?"

"정해져 있지 않았습니다."

"정해지지 않았다고? 본회퍼를 다룰 학생은 그의 무종교성의 기독교에 대해 비판하라고 했을 텐데."

"책을 읽다 보니 관심이 생겨서 한번 써보고 싶었습니다. 미리 말씀드리지 못해 죄송합니다."

"사회 분위기나 우리 교단의 전통적인 교리를 감안할 때 꽤 위험한 발상이라는 건 알고 있나? 자네가 범한 몇 가지 논리상 오류는 차치하고라도 말이야. 기독교인의 윤리적 삶을 강조하는 건 좋지만, 그걸 강조하기 위해 윤리를 진리와 대결시키는 건 아무래도 무모한 것 같네. 기독교성 안에 내재된 윤리적 삶을 강조하는 거야 상관없지만, 기독교가 윤리로 대체되는 건 곤란하지. 그렇지 않은가?"

"사회석 대결에서 도피하여 교묘한 밀징난으로 위장힌 괸념 속으로 숨어드는 건 비겁한 일이라고 봅니다. 저는 교리나 규범을 진리로 변장시키는 것이 윤리를 진리와 대결시키는 것보다 나쁘다고 생각했습니다. 용기가 없어서 완고하고 폐쇄적인 규범 속으로 숨어들어가면서 그걸 절대적인 진리를 수호하기 위해서라고 변호하고 합리화하는 것은 비겁한 일이라고 생각했습니다. 지금 여기에서 벌어지고 있는 구체적인 상황 속의 행위만이 판단의 근거가 되어야 한다는 생각을 지지합니다. 기독교인은 죽은 후 천당 가는 것만을 고대하며 이 땅에서 숨죽이고 사는 것이 아니라 양심의 요구에 따라 세상의 구조적인 악을 제거하는 일에 적극적이어야 한다는 주장을, 히틀러 암살을 모의했던 본회퍼를 빌려 하고 싶었습니다."

"양심의 요구라고? 자네는 소수의 변절자들에게나 효과가 있을 뿐인데다가 비기독교적이라는 이유로 본회퍼가 거부했던 실존주의를 그의 중심 이론이나 되는 것처럼 잘못 해석하고 있어. 행동에서 사상을 유추해내는 것은 위험한 일이야."

"사상과 행동의 분리가 어떻게 가능합니까?"

나는 대들듯 물었고, 정 교수는 미소를 머금고 차분하게 말을 이어갔다.

"자넨 사상이 없는 사람도 행동을 한다는 점, 나아가 진허 사상을 가지고 있지 않기 때문에 오히려 더 대담하게 행동할 수 있다는 점을 간과하는 것 같아. 젊기 때문이겠지. 하나님은 중심을 보는 분이라고 성경은 말하고 있네. 중심을 본다는 말 속에는 중심과 중심 아닌 것이 같지 않을 수 있다는 뜻이 들어 있지. 속에 있는 것과 겉으로 표현된 것이 같지 않을 수 있네. 속에 있는 것이 겉으로 드러나는 것이 당연하고 자연스럽지만 세상은 당연하고 자연스러운 일만 일어나는 곳이 아니지. 물론 이것이 기독교의 교리가 이원론이라는 구실은 될 수 없네. 이 분리는 하나님의 의도나 창조 질서가 아니라 에덴을 상실한 인간의 실존적인 현실이니까."

정 교수와 나의 주장은 평행선을 긋고 있었다. 그는 나를 설득하려 했지만 나는 설득당할 마음이 없었다. 내 주장에 대한 확신이 그렇게 대단해서가 아니라 정 교수의 말대로 젊기 때문이었다고, 조금 덜 젊은 지금의 나는 인정한다. 언제 들어왔는지 정 교수와 내 뒤에 있는 의자에 혜령이 앉아 있었다. 수업이 끝난 후 함께 귀가하기도 한다는 사실을 알고 있었지만, 그런 자리에서 만나니 기분이 이상했다. 더 이상한 것은 두 사람을 번갈아 바라보는 그녀의 눈이 그날따라 유난히 반짝거렸다는 사실이다. 저 눈과 저 눈을 가진 총명한 여자를 내가 좋아한다는 자부심이 정 교수와의 토론을 시들하게 만들었다. 정 교수도 그만 나와의 토론을 끝내고 싶은 눈치였다.

"어쨌거나 생각을 너무 한쪽으로 몰고 가지 말기를 바라네. 공부할 재능과 기회가 있는 사람은 더 겸손하게 공부를 해야 하네."

다행이다 싶었다. 나는 가볍게 고개를 숙이는 것으로 스승에 대한 예의를 차렸다. 혜령이 입가에 미소를 머금고 두 사람에게 한꺼번에 말했다.

"나가요."

"그러지. 내가 차를 한 잔 사지. 그렇지만 이 리포트는 받을 수 없어. 학점을 잘 받고 싶다면 다시 쓰도록."

그날 학교 앞에서 마신 커피는 아주 달콤했다. 정 교수는 너그러웠고 따뜻했으며 혜령은 발랄하고 귀여웠다. 나는 그녀의 반짝거리는 눈을 오래 바라보며 행복해했다. 그 자리에서 정 교수는 나와 혜령의 교제를 암묵적으로 인정했다.

그녀는 등을 소나무에 기대고 고개를 돌려 하늘을 올려다보았다. 나는 문득 눈앞이 흐려지는 걸 느꼈다. 한때 온갖 찬사를 가져다 붙이며 저 눈을 숭배했었다. 너에게 빠진 것은 순전히 네가 가진 투명하게 맑은 눈 때문이라고 말하기까지 했다. 그 말을 할 때, 그녀는 몰라도, 나는 그 말을 믿었다. 그 반짝거리던 맑은 눈이 흐려져 있는 모습을 보는 것이 안타까웠다. 나는 그녀의 얼굴을 손으로 받치고 그 눈에 키스하고 싶었다. 그런 상상이 얼굴을 붉어지게 했다. 나도 그녀를 보는 대신 그녀가 보는 곳을 보았다. 석양이 하늘에 붉은 칠을 하고 있었다.

"내려갈게요."

혜령이 기대고 있던 나무에서 몸을 일으키며 목례를 하고 언덕 아래로 몸을 돌렸다. 그녀 역시 그 자리가 불편했을 것이다. 무슨 말을 해도 불편하고 무슨 말을 하지 않아도 불편했을 것이다. 긴 머리가 바람을 잡아당기고 있었다. 그렇게 생각해서 그런지 그녀의 뒷모습이 몹시 쓸쓸해 보였다. 어떻게 보면 화가 난 것처럼도 보였다. 신경이 몹시 날카로워져 있는 것은 분명했다.

멀어지는 그녀의 뒷모습을 물끄러미 바라보고 있다가 나는 어떤 충동에 이끌려 뛰어갔다. 그녀를 그냥 보내면 다시 못 볼 것 같았다. 앞을 가로막고 서서 나는 그녀의 양어깨를 붙잡았다.

내 손에 힘이 가해지는 걸 나는 느끼지 못했다.

"이것 봐. 내 질문에 답하지 않았어, 아직."

나는 상황을 잊을 만큼 흥분해서 소리쳤는데, 그녀는 조금의 동요도 보이지 않았다. 그녀의 감정이 기우뚱해 있다고 판단한 것은 착각이었을까. 그녀의 침착함이 나를 더 초조하게 만들었다. 나는 흥분에 사로잡힌 채 되는대로 뱉어냈다.

"나는 두 가지를 물었어. 하나는 이렇게 갑작스럽게 예정에 없는 귀국을 한 이유가 무엇이냐는 것이었고, 다른 하나는 혼자서만 돌아온 까닭이 무엇이냐는 것이었어. 말할 의무가 없다고 했는데, 나는 들어야 할 의무가 있는 것 같아. 권리는 몰라도 의무가 있는 것 같아. 권리라면 몰라도 의무라면 피해선 안 될 것 같아."

그렇게 말할 때 수치심과 비슷한, 그러나 뭔지 분명하게는 알 수 없는 감정이 성대를 간질간질하게 하는 게 느껴졌다. 나는 그 감정이 내 분별없는 재촉과 추궁에 제어 기능을 할 것을 예감했기 때문에 모른 척했다. 그 와중에도 두 사람 사이의 심리적 간격을 좁히는 일이 이런 식의 재촉과 추궁에 유리하다는 생각이 들었다. 예의를 모르는 것이 아니라 예의가 불필요한 사이인 것처럼 받아들이도록 상황을 유도하는 것이 최선이라는 생각이었다. 그러나 그녀는 쉽게 유도되지 않았다. 그녀는 내 팔을 뜯어내며 입술을 비틀고 웃었다. 그녀가 뜯어내는 대로 내 팔은 너무나 쉽게 뜯어내졌고, 나는 그녀의 웃음에서 냉소와 경멸을 본 것 같았다.

"알겠지만 우리는 이미 그렇게 친밀한 사이가 아니에요. 내 사생활을 고해야 할 만큼 병욱 씨가 대단한 사람도 아니구요. 또 내 이야기가 그렇게 중요한 것도 아니에요. 궁금해하지 마요."

"그럴지 모르지만, 그래도 나는 들어야겠어. 대단한 일이 없었다면 더욱 이해할 수 없으니까 들어야겠어."

그녀는 이 사람 참, 하는 눈빛으로 나를 쳐다보았다. 성가셔하는 빛이 역력했다. 나는 개의치 않기로 했다. 나는 다시 그녀의 눈을 쏘아보았다. 대답을 들을 때까지 네 눈을 놓지 않으리라. 이상한 오기가 그런 결심을 하게 했다.

"이유 같은 건 없어요. 특별한 사건을 기대했다면 실망할지 모르겠는데, 굳이 말하자면 더 이상 뮌헨에 있을 필요가 없어졌다는 사실을 깨달았다고 할까요."

"그건 무슨 뜻?"

경우에 따라서는 눈길이 하나의 사슬이 될 수도 있으리라는 희망을 품고 나는 그녀의 눈을 쏘아보았다. 그녀는 내 사슬을 피하며 짧은 한숨을 안으로 삼켰다. 그러나 나는 눈길을 거두지 않았다. 나는 좀 뻔뻔해지고 있었다. 이윽고 깊은 바다로 잠수해 들어가는 듯한 목소리가 그녀의 입에서 흘러나왔다.

"나는 누군가에게 필요한 사람이 되고 싶었어요. 그게 내가 생각하는 가치 있는 삶이었어요. 나는 내가 누군가에게 결정적인 영향을 미칠 수 있다고 믿었어요. 그것은 나에 대한 믿음이기도 했고 상대방에 대한 믿음이기도 했어요. 뮌헨은 그 믿음의 묘지가 되었어요. 사람이 사람에게 삶의 가치를 부여하는 건 환상이고, 마찬가지로 사람이 사람으로부터 그런 것을 부여받을 수 있는 통로 역시 없다는 교훈을 얻기 위해 나는 너무 많은 시간을 대가로 지불해야 했어요. 지쳤어요, 사람에게."

그녀는 지친 사람처럼 말했다. 늘 의젓하고 꼿꼿하기만 해서 나를 기죽게 하던 그녀에게서 삶에 지친 표정을 발견한 나는 당황했다. 뜨거운 바람이 가슴속을 휘젓고 지나갔다. 안타까움이 나를 흔들었다. 도대체 무슨 일을 겪은 것이냐. 무슨 일을 겪었기에 이렇게 다른 사람이 되어 나타난 것이냐.

"그러나 기도할 수 있다는 특권 때문에 살아 있을 수 있었어요. 기도마저 할 수 없었다면 살지 못했을 거예요. 그래요. 믿음으로 버티고 있어요. 누군가를 알아가면 알아갈수록 느는 건 절망뿐이에요. 사람을, 믿을 수 없어요."

그녀의 눈에 눈물이 맺혀 있을지 모른다는 생각을 했지만 이슬 같은 걸 담고 있는 쪽은 오히려 내 눈이었다. 그녀는 신앙이라는 요새 속에 숨으려 하고 있었다. 나는 내 눈가를 축축하게 한 것이 단순한 연민만은 아니라는 것을 알고 있었다. 나는 내 안에서 두근거리고 뜨거워지는 것이 거부할 수 없는 사랑이라는 것을 부정할 수 없었다. 나는 그녀의 아픔이 너무나 잘 전달되었기 때문에 아팠고, 그런데도 아무것도 할 수 없었기 때문에 아팠다.

"무슨 일이 있었는지는 잘 모르겠지만, 누군가를 깊이 알아간다는 것은 그 사람 전부를 알아간다는 뜻이니까 그 과정 속에서 어쩔 수 없이 부정적이고 실망스러운 면도 발견하게 되겠지. 인간은 불완전한 존재니까. 그런 면까지를 껴안는 것이 사랑일 테고."

나는 그녀가 뮌헨에서 함께 지낸 남자와의 사이에 생긴 어떤 사건과 그로 인한 좌절을 모호하게 드러내고 있다고 짐작했기 때문에 감정이 상하지 않도록 조심스럽게 말했다. 그러려고 애썼다. 나는 그녀가 사연을 털어놓을 수 있었으면 하고 기대했다. 그러나 그녀는 입을 열지 않았다. 아무 말도 더 하고 싶어 하지 않았다. 나도 그만 멈췄어야 했다. 그러려고 했다. 그리고 아마 그랬으면 좋았을 것이다. 하지만 아무 말도 하지 않고 가만히 있을 수가 없었다. 다른 말을 새로 꺼내기도 쉽지 않은 상황이었다. 그녀의 귀국 이유가 궁금한 건 부정할 수 없지만, 꼭 그 때문만도 아니었다. 나는 그녀를 붙잡아두기 위해 머뭇머뭇, 내 딴에는 매우 조심스럽게 뮌헨에서 무슨 일이 있었느냐고 물었던 것인데, 그것이 그녀의 감정을 완전히 망가뜨리고 말았다.

"잔인하네요. 그 집요한 궁금증은 뭐죠? 자기를 떠난 여자가 불행해진 모습을 굳이 확인하겠다는 건가요?"

비꼬는 것 같은 말투였지만 떨리는 목소리에는 절망이 고스란히 묻어 있었다. 내가 돌연한 그녀의 태도에 당황하여 어쩔 줄 몰라 하고 있는 동안 그녀는 순식간에 석양의 잡목들 사이로 사라져버렸다.

언제나처럼 단조로운 기계음을 내면서 내 시간은 팔뚝 위에서 게으르게 움직였다. 제자리를 빙빙 돌며 앞으로 나가지 않는 것 같았다. 몇 가지 굵직한 뉴스가 소개되었다. 유럽 어느 나라에서 서방국가로는 아주 오랜만에 공산당 각료가 임명되었다는 소식과 동남아 한 곳에서 열차 사고가 일어나 몇 천 명의 사상자를 냈다는 소식과 이슬람 국가의 오래된 정권 다툼이 내전 양상을 띠고 있다는 소식이 있었고, 발생한 지 한 달이 넘은 교황 저격 사건의 후속 보도도 한 자리를 차지하고 있었다. 환하게 웃으며 군중을 향해 손을 흔들어 보이는 사진과 함께 교황이 퇴원했다는 기사가 실렸고, 그다음 날에는 교황 저격범인 아그자의 정신 상태를 재판 전에 진단한다는 보도가 나갔다.

근무 시간 사이사이에 혜령을 떠올렸다. 단순한 그리움 때문만은 아니었다. 나는 그녀의 감추어진 뮌헨 생활이 궁금해서 못 견딜 지경이었다. 물론 단순한 호기심만도 아니었다. 만일 그녀와의 관계를 다시 설계하는 일이 가능하다면(나는 정 교수가 그런 암시를 던졌다고 생각하고 있었다) 그것은 필연적으로 그녀의 뮌헨이 숨김없이 공개된 이후일 거라는 예감을 받고 있었던 것 같기도 하다. 그것은 일종의 담보 같은 것이었다.

게으른 시간은 때로 병적으로 부지런해지기도 했다. 시간이 게으름을 피울 때는 시간의 등짝에 채찍을 휘두르고 싶었고, 그것이 지나치게 부지런히 움직이는 것을 목격할 때는 붙잡아 기둥에 매어두고 싶었다. 시간이 게으르든 부지런하든 어느 경우든 일에 능률이 오르지 않았다. 나는 한쪽 날개와 다리를 잃고 뒤집혀 제자리를 맴도는 날벌레와 처지가 비슷했다

그러던 어느 날, 나는 한 통의 편지를 받았다. 편지를 보낸 사람은 뮌헨의 형석, 그러니까 혜령이 남기고 온 그녀의 남자였다. 편지를 주고받은 적이 없을 뿐 아니라 그럴 만한 친분이 생겼다고 할 사이가 아니었으므로 나는 좀 놀랐다. 출국하기 전날 나를 찾아왔던 그가 떠올랐다. 그는 해독하기 어려운 감정을 눈에 담고 도착하는 대로 연락하겠다고 했지만 그 이후 편지를 보내오지 않았다. 물론 나도 그가 정말로 편지를 하리라고 기대한 것은 아니었으므로 섭섭하지 않았다. 그렇기 때문에 혜령이 혼자 귀국한 마당에 무슨 편지를 보낸 것인지, 뒤늦게 나에게 편지 쓸 생각을 왜 하게 된 건지 의아하고 긴장이 되었다.

그를 떠올리는 것은 내게는 별로 유쾌한 일이 아니었다. 처음 만났을 때부터 그랬다. 입사한 지 얼마 되지 않은 나는 사회부에 배치되어 있었고, 사회부 기자는 말 그대로 몸으로 때우는 자였다. 5월이었을 것이다. 뜨거운 태양을 더욱 뜨겁게 달구던 학원가의 데모 현장을 취재하는 중이었다. 그날도 최루탄에 눈물을 찔끔거리며 무턱대고 지하 다방으로 피했는데, 들어가자마자 손수건으로 얼굴을 감싸며 빈자리를 찾는 내 팔을 끌어당기는 사람이 있었다. 혜령이었다. 그러고 보니 그 다방은 그녀와 내가 데이트할 때 가끔 들르는 곳이었다. 좁았고, 테이블만 몇 개 다닥다닥 붙어 있는 소박한 찻집이었지만, 주인 여자가 손수 담

근 모과차와 유자차에 섞어 마시는 은은한 음악이 제격인 곳이었다. 나는 혹시 내가 그녀와의 데이트 약속을 깜박했나 싶었다. 우리, 오늘 여기서 만나기로 한 거야? 하고 묻자 그녀는 콧물을 훌쩍이는 내 모습이 재미있다는 듯 싱글거리면서 고개를 저었다. 자신이 맡고 있는 교회 대학부 학생 중 한 명이 상담을 요청해서 그를 만나러 왔다고 했다. 휴, 나는 내가 약속을 까먹은 줄 알고 긴장했잖아, 하며 그녀 앞에 앉았다. 그녀는 이런 식으로 일에 빠져 자기를 방치하면 다른 남자의 얼굴이 눈에 들어올지 모른다고 웃으며 경고했다.

가볍고 유쾌한 이야기를 주고받던 그녀가 언뜻 고개를 들어 실내를 둘러보더니 그제야 생각난 듯 화들짝 놀라 일어났다. 그녀가 다가가는 쪽에 취한 듯한 눈으로 이쪽을 주시하고 있는 시선이 있었다. 내가 처음 본 형석이었다. 얼마 후 혜령은 동석을 제의했는데 그가 거절해서 잠깐 기다리라고 양해를 구했다며 나에게 되돌아왔다. 금방 나갈 거요, 나도 잠깐만, 하며 다시 내 앞에 앉은 그녀는 그러나 금방 돌아가지 못했다. 특별히 중요한 용건이 있었던 것 같지는 않다. 연인과의 대화라고 하는 것이 참 묘해서, 중요하고 중요하지 않은 용건이 따로 있을 수 없다. 무슨 대화든 끝을 내기가 쉽지 않은 것은 대화의 내용이 아니라 같이 있는 것 자체에 의미를 두기 때문이다. 대화를 위해 같이 있는 것이 아니라 같이 있기 위해 대화를 하는 사이가 연인인 것이다. 이제 되었다 싶어 일어나려 하다가도 무언가 할 말이 아직 남은 것 같은 아쉬움에 뭉그적거리게 되는. 뒤늦게 기다리고 있는 사람을 의식한 혜령이 이제 그만 일어나라고 요구했는데 나는 난데없는 장난기가 발동해서, 바깥 공기가 얼마나 매운데 나를 멜로물의 여주인공처럼 울게 할 생각이냐며 버텼다. 그녀는 내가 빨리 나가야 자기가 지도교사 역할을 할 수 있다며 재촉했다. 버티는 나나 재촉하는 그녀나 조급하지 않았다. 여유를 부리는 것으로 보일 수도 있었다. 이를테면 그녀를 향한 뜨거움을 주체하지 못한 채 취한 듯한 눈으로 줄곧 주시하고 있던 철학과 학생의 눈에는 아마 그랬을 것이다.

줄곧 우리 테이블에서 시선을 떼지 못하고 있던 그가 벌떡 일어나더니 큰 걸음을 내딛었다. 그는 성큼성큼 걸어서 곧바로 우리 앞에 멈춰 서더니 주위를 의식하지 않고 큰소리를 지름으로써 우리를 당황하게 했다.

"이거 보세요. 사람을 이렇게 무시해도 되는 겁니까? 약속한 사람을 바로 옆에 앉혀두고 다른 남자와 반 시간이 넘도록 조잘거리는 건 도대체 어느 나라 예의법입니까? 나는 좀 교양이 없어서 이런 식으로밖에 감정 처리를 못 합니다만, 그건 내가 야만스럽기 때문이라고 치고, 교양과 매너가 몸에 철철 넘치게 밴 당신들의 더 야만스런 행동을 어떻게 이해해야 하지요, 네?"

사람들의 시선이 모두 우리를 향했다. 그들의 시선은 최루탄보다 매웠다. 그가 말한 것처럼 삼십 분이 넘었다고는 생각하지 않았지만, 그걸 따질 계제가 아니었다. 나는 미안하다고 하고 도망치듯 찻집에서 빠져나와버렸다.

　며칠 후 그가 내게로 전화를 걸어왔다. 그런 경우가 드물었는데 그날은 사무실 자리를 지키고 있어서 내가 그 전화를 직접 받았다. 나중에 안 사실이지만, 그가 전화를 한 것이 그때가 처음이 아니었다. 전화를 걸 때마다 부재중이었다고 했다. 그는 자기 신분을 밝히고, 지하 다방에 와 있는데 잠깐 만나줄 수 있느냐고 물었다. 나는 특별히 그를 만날 필요가 있다고 생각하지 않았으므로 시간이 없다고 거절했다. 며칠 전의 엉뚱한 해프닝이 떠올라 마음이 불편했다. 하지만 그는 퇴근 시간까지 기다릴 테니 아무 때나 내려오라며 고집을 부렸다. 나는 어쩔 수 없이 느릿느릿 책상을 정리하고 지하로 내려갔다.

　그는 지난번 찻집에서 소리를 질러 곤란하게 한 데 대해 진심으로 사과한다며 용서를 빌었다. 자기가 왜 그랬는지 모르겠다고 했다가, 사실은 자기 안에서 은밀히 커오던 혜령에 대한 연모의 감정 비슷한 것이 분별력을 빼앗은 것 같다고, 나와 혜령의 관계에 대해서는 그녀가 말해서 알았다고 하면서 언제든 술을 한잔하고 싶다고 말해왔다. 예의 바르게 말하지만 맹랑한 친구라는 생각이 들었다. 특히 자기를 가르치는 교사인 혜령에 대한 연모의 감정 어쩌고 하는 말을 아무렇지 않게 하는 게 마음에 걸렸다. 그와 술을 마시고 싶은 마음이 생길 리도 없었다. 기분에 따라 한두 잔 정도 마시는 수준이지만 술을 전혀 못한다고 거절한 것은 그 때문이었다. 그 대신 내 전화번호를 어떻게 알았느냐고 물었다. 그는 혜령이 사과하라며 전화번호를 알려줬다고 했다. 너의 기분을 모르는 건 아니다. 그날 찻집에서의 일은 미안하다. 계속 신경을 쓰고는 있었는데, 시간이 그렇게 흘렀다는 걸 몰랐다. 그렇지만 그런 식으로 자기 기분을 마구 쏟아낸 것은 잘한 일 같지 않다. 나는 괜찮지만 그 사람에게는 사과를 하는 것이 좋겠다. 그러면서 자기가 결혼할 마음도 먹고 있는 사람이라는 걸 밝힌 모양이었다. 그런 사이인지 몰랐습니다, 라는 말을 그는 두 번이나 했다.

  그 후 그를 몇 번 더 만났다. 세 번째인가 찾아와서는 내게 알 수 없는 친근감을 느낀다고 하며 조심스럽게 선배라고 불러도 되겠느냐고 물었다. 나는 좀 당황했지만, 그러라고 했다. 그는 자기 이야기를 일방적으로 늘어놓고 가는 편이었는데, 언젠가는 오랫동안 혼자 살아와서 사람들과 사귀는 데 서툴다고, 감정을 표현하는 것도 잘 못하고 감정을 억제하는 건 더 못한다고 고백했다. 나는 그가 오랫동안 혼자 살아왔다는 말에 추가적인 설명이 필요하다고 느꼈지만, 젊은데 그게 당연하지 뭐, 하고 대꾸하고 말았다. 그는 진로를 고민하며 신문사 사정에 대해 묻기도 했다. 그 과정에서 나는 그가 내성적이고 진지하며 의외로 예의 바른 청년이라는 판단을 나름대로 내리게 되었다. 우월감과 열등감이 복잡하게 얽혀 스스로도 혼란스러워한다는 인상을 받기도 했는데, 그건 자신의 열악한 환경에 불만을 가진 우등생이 갖는 전형적인 성격으로 이해할 만했다.

그가 보낸 편지는 두툼했고 난필이었다. 문장은 고해성사라도 하듯 진지하고 솔직했으나 충동에 이끌려 밤을 새운 작업이라는 걸 금방 감지할 수 있을 만큼 거칠었다.

─────── 무지개를 잡으러 집을 떠난 소년에 대해 생각합니다. 그 소년은 산을 몇 개나 넘고 나서야 자기의 노력이 무익하고 허무하다는 걸 깨달을까요? 그리고 그걸 깨달았을 때, 무지개가 언제나 너무 까마득히 먼 곳에 존재하며 실제로는 존재하지도 않는다는 걸 깨달았을 때, 그 소년이 새롭게 터득해야 하는 이치는 무엇일까요? 무엇을 바라며 살아가야 할까요? 무엇을 찾고 어떻게 처신해야 할까요? 걷잡을 길 없는 혼란 속에서 묻습니다. 언젠가 그랬죠? 좌절은 어떤 경우에도 허용될 수 없다고. 명동의 어떤 술집이었던가요? 이름은 잊어버렸지만, 그때 선배는 한 신학자를 인용하며 희망하는 것은 명령이라고, 따라서 그 명령을 지키지 않는 것은 죄라고 강조했습니다. 죄짓지 않으려고 무척 애썼습니다. 하지만 그 희망이 무지개라면요? 가도 가도 잡히지 않고, 종국에는 형체마저 사라져버리는 환상을 끝없이 그저 희망하라는 요구는 얼마나 가혹한 형벌인지요? 그 무지개가 '인간'의 비유적인 이름이라면요?

나는 매우 비장한 심정으로 이곳에서 연명한 내 구차한 목숨에 대해 적으려고 합니다. 절망과 좌절, 그리고 수치와 모욕의 기록이 될 것입니다. 미사여구를 동원하여 내 행동에 사변의 연막을 치려는 생각은 추호도 없음을 밝힙니다.

말하고 싶었습니다. 말해야 할 것 같았습니다. 누구든 좋을 것 같았습니다. 왜 김 선배냐고 묻지 마십시오. 뮌헨은 너무나 춥고 썰렁합니다. 나는 너무 외롭습니다. 지옥 한가운데 있는 것 같습니다. 모르겠습니다. 아마도 선배 옆에 있을 혜령 씨에게 내 진술이 가닿기를 바라는 마음의 소망이 선배를 떠올리게 했는지…….

그의 편지는 그렇게 시작하고 있었다.

03

바벨탑의 시민들

그는 골목을 향해 뚫린 손바닥만 한 창문을 통해 거리를 내다보고 있었다. 아니, 내다보았다는 것은 적절한 표현이 아니다. 그는 창문 앞에 서 있었지만 무엇인가를 보고 있지는 않았다. 가로등도 없는 좁은 골목 안에는 부피 큰 어둠만이 포식 후의 맹수처럼 웅크리고 있었다. 불 켜진 집이 하나도 없었다. 낮에는 가난한 동네가 으레 그렇듯 복잡하고 지저분하고 시끄러운 곳이었다. 그러나 밤이 되면 어두운 골목을 오가는 사람은 찾아보기 어려웠다. 어둠을 데리고 엄습한 고요는 무서웠다. 그는 집 앞의 쓰레기통과 부서진 보도블록 위치를 가늠하며 무언가를 보려고 했지만 눈에 들어오는 것이 없었다.

이 큰 도시에 자기 혼자만 깨어 있을지 모른다는 생각이 알 수 없는 외로움과 두려움을 몰고 왔다. 그는 심호흡을 하고 무언가를 확인하려는 듯 소리 나지 않게 전등 스위치를 내렸다. 그러자 옆방과 경계를 이룬 문틈으로 형광 줄기가 밀려 들어왔다. 그녀가 아직 깨어 있다는 표시였다. 아직 깨어 타자기를 두드리고 있다는 증거였다. 귀를 기울이자 타닥타닥 타이핑하는 소리가 그녀의 맥박처럼 들렸다. 이 도시에 혼자만 깨어 있지 않다는 사실을 확인했음에도 그의 외로움과 두려움은 가시지 않았다. 오히려 그 때문에 더 안절부절못하게 되어 방 안을 서성였다.

그녀는 매일 밤 타이핑을 했다. 무슨 책인가를 번역한다고 했지만, 그렇게 시간을 다퉈서 해야 하는 일은 아니었다. 그런데도 그녀는 그가 자기 전에는 절대로 먼저 잠들지 않겠다며 타자기를 두드렸다. 그런 중에도 그가 부탁하면 자기 일을 중단하고 익숙한 손동작으로 오자 하나 없이 완전한 리포트를 이튿날 아침 건네주곤 했다. 나중에 안 일이지만 그녀가 밤마다 일을 한 것은 아니었다. 그녀가 맡은 일은 그렇게 많지 않았다. 그가 옆방에서 공부하는 동안 책을 읽으면서 읽은 부분을 장난삼아 타자하며 시간을 보내는 경우가 많았다. 타자 연습도 할 겸 되도록 먼저 잠들고 싶지 않다는 것이 그 이유였다.

집안 어른들의 성화에도 불구하고 그녀는 진학을 포기했다. 자기는 그렇게 학구적인 사람이 아니라고 했다. 매달 보내주겠다는 생활비도 거부했다. 소규모의 한인 교회에서 파트타임으로 근무하고 알음알음으로 소개를 받아 영어로 된 문서들을 타이핑하는 일을 했다. 자기는 공부를 하지 않아도 상관없지만 자기 남자는 반드시 공부를 해서 학위를 취득해야 한다는 것이 그녀의 생각이었다. 그것만으로 남자를 선택하지는 않지만 그것을 충족하지 않으면 자기 남자가 될 자격이 없다는 말을 농담 삼아 그에게 하기도 했다. 물론 그에게 자극을 주기 위해서 하는 말이었고, 그 역시 그녀의 의중을 모르지 않았다. 그는 신뢰와 기대로 반짝이는 그녀의 눈빛에 답하기 위해서라도 열심히 공부해서 학위를 받아내리라 다짐했다.

그런 그가 학교에 나가지 않고 있다는 사실을 알면 그녀는 어떻게 반응할까. 그는 어둠이 맹수처럼 웅크리고 있는 골목을 노려보면서 숨을 몰아쉬었다.

노크 소리가 들렸다. 그는 황급히 전등 스위치를 올리고 책상 앞에 앉았다. 그녀의 노크 소리에 화들짝 놀라는 자신에게 화가 난 그는 만회라도 하려는 듯 꼼짝하지 않고 책상 앞에 앉은 채 창밖 어둠에 눈길을 보내고 있기로 했다. 이윽고 과일과 우유를 쟁반에 받쳐 들고 그녀가 들어왔다. 그녀는 그의 이마에 가볍게 입술을 댔다. 그는 고개를 들어 그녀를 쳐다보았다. 그녀는 언제나처럼 신뢰를 듬뿍 담은 미소를 짓고 그를 보았다. 그녀는 아름다웠고, 그리고 키가 컸다. 한국 남자의 평균 신장을 겨우 턱걸이한 그가 앉은 채로 서 있는 그녀를 보기 위해서는 얼굴을 들어올려야 했다. 턱을 치켜들고 올려다본 그녀는 왜 그런지 몹시 낯설었다. 너무 가까이 다가와 있어서 그런지 얼굴이 찌그러져 보였다. 불편함을 느낀 그는 자기도 모르게 몸을 뒤로 뺐다. 그는 몸을 일으키고 싶었다. 그가 몸을 일으키려 하자 낌새를 느낀 그녀가 상체를 뒤로 젖혔다. 몸을 일으킨 그는 한동안 가만히 선 채 그녀를 노려보았다. 그녀는 여전히 미소를 짓고 있었고 아름다웠다. 그리고 여전히 키가 컸다. 왜 그래? 하고 그녀가 물었다. 아니, 그는 고개를 저으며 도로 의자에 앉았다.

"너무 무리하지 마."

그 말을 하고 그녀는 방을 나갔다. 그는 곧 다시 창가로 가서 밖을 내다보았다. 아무것도 보이지 않는 밖을 보았다. 보이는 것이 아무것도 없었으므로 그건 내다보는 동작이라기보다 들여다보는 동작에 가까웠다. 가슴이 쿵쿵 소리를 내며 뛰었다. 그는 손을 대어 격렬하게 뛰는 가슴을 확인하고, 속에서 고동치는 것의 정체를 밝혀내려고 애썼다. 이게 뭘까? 무엇이 내 가슴속에 들어온 것일까?

그는 그녀가 노크를 했을 때부터 차근차근 복기해보기로 했다. 그녀가 노크를 했고, 그는 화들짝 놀라 책상 앞에 앉았고, 그녀가 과일 접시를 들고 방으로 들어왔고, 과일 접시를 책상에 내려놓으면서 이마에 입술을 대었다. 그리고 그녀를 보았다. 시선이 마주쳤다……. 걸리는 것이 없었다. 같은 장면을 여러 번 돌려보았지만 마찬가지였다. 그렇지만 그의 불안은 사라지지 않았다. 이렇듯 초조하게 가슴 뛰게 하는 것은 무엇일까. 무엇이 내 속으로 들어와 가슴을 방망이질 치게 하는 걸까.

다시 불을 끄려고 했다. 그 순간이었다. 그가 벽에 붙은 스위치를 누르기 전에 아주 잠깐, 무의식적으로 눈을 들어 다족류의 벌레처럼 천장에 달라붙어 있는 형광등을 올려다보았을 때 불현듯 깨달아지는 것이 있었다. 그것은 그의 시선의 각도였다. 그 시선의 각도가 이끌어낸 일종의 수치심이었다. 그녀는 선 채로 내려다보았고 그는 앉은 채로 우러러보고 있었던 것이다.

그를 견딜 수 없는 모멸감 속으로 밀어 넣는 그런 감정을 그녀로부터 전달받게 되리라고는 상상도 하지 않았었다. 그녀는 누구와도 달랐다. 아니, 달라야 했다. 왜냐하면 그녀는 그 자신이나 다름없는 존재였으니까. 어떨 때는 자기보다 더 자기처럼 느껴지는 존재였으니까.

시선의 각도에서 비롯되는 불편한 감정에 시달리게 된 것은 얼마 전부터였다. 가뜩이나 키가 작은 그가 서양인과 대화라도 할라치면 영락없이 우러러보는 꼴을 취할 수밖에 없었다. 가까이에서 마주 보며 이야기할 때는 당연히 더했다. 거기다가 그들의 언어에 서툴고 생활과 문화에 익숙하지 못해 반복해서 질문을 해야 하는 경우가 많은 것도 문제였다.

처음에는 실체가 분명하지 않은 막연한 기분에 불과했다. 그리고 그 기분이란 신장의 크기, 즉 신체상의 차이와 생활 습관의 상이함에서 말미암아 생긴, 별거 아닌 것처럼 여겨졌다. 그냥 좀 어색하고 쑥스러워서 그런 거라고 가볍게 치부했다. 그런데 그게 아니었다. 어색하고 쑥스러운 기분은 점점 형체를 갖춰가더니 마침내 수치심이라는 구체적인 감정으로 모습을 바꿨다. 때때로 그는 불분명한 의식 속에서 그들을 신화 속의 거인으로 착각하기도 했는데, 그럴 때는 쿵쿵거리는 가슴을 쓸어내리며 밀려오는 공포와 싸워야 했다. 언젠가부터 그는 되도록 사람들을 피했다. 말을 걸어도 대답하지 않았고, 말을 걸까 봐 사람들 있는 곳에 가지 않으려 했다. 교수의 면담 요구도 무시했다. 일부러 그러려고 한 것이 아니라 그러면 안 된다는 분별력이 찾아오지 않았기 때문에 그렇게 했다. 그러면서도 자기가 옳지 않은 일을 하고 있다는 사실을 깨닫지 못했다. 공포가 가장 선두에 있는 감정이었기 때문이다. 그는 다른 사람과의 대화를 싫어한 것이 아니라 두려워했다. 그가 다락방의 좁은 창문을 통해 골목을 내려다보면서 거의 모든 시간을 보내는 것은, 우선은 그런 정신의 위축 상태가 시킨 일이지만, 한편으로는 그런 정신의 위축 상태에서 어떻게든 벗어나려는 변칙적인 자기 보상의 몸부림인지 모를 일이었다. 그는 자기 방 창문을 통해 골목을 지나다니는 후줄근한 사람들을 보며 설명할 수 없는 묘한 기분을 맛보곤 했다.

학교에 나가지 않은 지가 꽤 오래되었다. 어느 날 문득 강의를 듣다 땀이 쏟아지면서 가슴이 답답해지는 경험을 한 이후의 일이었다. 억지로 자리에 앉아 있다 보면 무슨 일이 일어날지 알 수 없다는 생각이 들었다. 자기가 모든 것으로부터 소외되었다는 인식을 피할 수 없었다. 자기로서는 불가피한 일이라고 스스로를 다독였다. 일반 대중이나 특정 집단으로부터 자기만 예외적으로 소외되었다는 의식은, 개인주의를 숙주로 하여 기식한다. 개인주의가 막강할수록 이 기생충 또한 맹렬해진다. 소외감은 소외되기 전에, 혹은 소외와 상관없이 찾아온다. 그러나 소외감이라는 피해 의식에 붙들리고 나면 스스로를 소외시키는 길로 나아간다. 소외감이라는 그림자 뒤로 소외라는 주체가 따라붙는 형국이라고 할 것이다. 이것이 위험한 것은 자신의 현실을 왜곡하고 외곬의 논리에 사로잡히게 하기 때문이다. 때로 그는 자기를 소외시킨, 소외시켰다고 자기가 느끼는 사람, 혹은 집단을 향한 적의를 실천에 옮기려고 발버둥치게 되는데 그 실천의 내용과 방법을 예측할 수 없다는 게 문제다. 그것은 막다른 골목에 몰린 쥐가 고양이에게 대드는 격이고 달걀로 바위를 부수려는 시도에 비유할 만큼 무모하고 어리석은 짓이지만, 그러나 이 무모하고 어리석은 짓에 의해 실제로 바위가 부서지기도 한다는 사실은 무시될 수 없다. 원시시대에는 개인의 행동이 미치는 범위가 극히 제한적이었다. 한 가족이나 기껏해야 한 마을 정도? 그러나 세계가 하나의 촌락으로 좁아진 오늘날에는 한 개인의 돌발적인 행동이 초래할 결과가 얼마나 광범위하며 위력적일지 상상할 수 없다.

문제는 또 있다. 이런 종류의 이상 감정은 도둑처럼 예고 없이 침투해와 인간의 분별력을 빼앗고 통제 불능의 상태로 만들어버리기 때문에 대비하기가 어렵다는 것이다. 도둑이 나쁘다는 걸 누가 모르는가. 도둑이 물건 훔치는 자라는 걸 몰라서 도둑맞는 사람이 있는가. 말하자면 지식은, 최소한 이 경우 무용지물이다. 그는 누구보다 이 사실을 잘 알고 있었다. 그리고 그의 앓은 마음의 비정상적인 움직임을 제어하지 못했다.

그렇긴 하지만 그녀는 예외였다. 그녀는 그를 가장 잘 이해해주는 친구이고 애인이었다. 그녀는 다른 어떤 사람과도 같지 않았다. 그녀는 '어떤 사람'이 아니었다. 그녀는 그가 자신과 동일시해온 유일한 인물이었다. 그가 그녀에게 여태 자신의 불안정한 상태를 숨겨온 것은 그녀가 실망할 것을 염려해서였지 다른 이유는 없었다. 숨길 생각이 없었고, 숨길 수 있으리라고 생각한 적도 없었다. 그녀가 알아채기 전에 어떻게든 극복해보려는 마음이 있었던 것도 사실이었다.

그런데, 그녀조차 내 편이 아니라니……. 믿어지지 않았다. 세상 모든 사람이 그를 외면하고 비웃어도 그녀만 그의 편이 되어주면 견딜 수 있었다. 그렇게 생각하며 견뎌온 시간들이었다. 그런데 아니었던가? 그는 다시 확인해볼 생각으로 몸을 돌이켰으나 그때 마침 그녀의 방에서 새어 나오던 ㄷ 자의 불빛이 꺼져버렸다. 그의 마음은 심란하고 어두웠다.

침대에 몸을 눕혔지만, 눈은 감지 않았다. 화살 모양의 천장 무늬들이 경멸을 담은 눈빛으로 내려다보고 있는 것만 같았다. 눈을 감자 천장의 무수히 많은 화살들이 눈꺼풀을 찔렀다. 그는 자세를 바꾸었다. 왼쪽으로 몸을 구부렸다가 다시 오른쪽으로 돌렸다. 얼마 후 몸을 뒤집어 엎드렸다. 그러나 화살은 그의 온몸에 내리꽂혔고, 잠은 쉽게 찾아오지 않았다.

새벽이 되어서야 겨우 잠 속으로 빠져든 탓에 자리에서 일어나지 못하고 있는 그를 깨우기 위해 그녀가 그의 몸을 가만히 흔들었을 때, 그는 부스스 눈을 떴고, 잠이 완전히 깨지 않은 상태에서 그를 향해 허리를 굽히고 내려다보는 그녀의 은근한 시선과 부딪쳤다. 그녀는 그의 감긴 눈에 입술을 가져다 댈 생각이었다. 그것이 전부였다. 그것은 익숙한 아침 의식 같은 것이었다. 그런데 그날은 다른 날과 달랐다. 벌떡 몸을 일으킨 그는 뒷걸음질을 쳤고, 왜 그러느냐고, 무슨 나쁜 꿈이라도 꾸었느냐며 다가가는 그녀를 향해 손을 내저으며 가까이 오지 말라고 소리를 질렀다.

사건은 그뿐이었다. 악몽을 꾸었거나 잠이 덜 깬 상태에서 벌어진 일회적인 해프닝으로 치부하고 무시할 수 있었다. 그러나 그 해프닝의 영향은 자못 파괴적이었다. 그녀가 받은 충격은 말할 것도 없지만, 그의 무의식 속에 숨어 있던 낡은 기억이 소생하는 계기가 된 것은 사건의 추이로 보아 더욱 불행한 일이었다. 그 낡은 기억이란, 불과 얼마 전까지만 해도 그녀를 향해 '선생님'이라는 호칭을 사용해야 했던 둘 사이의 어색한 관계와 관련된 것이었다. 그녀는 애인이 되기 전에 그의 선생님이었던 것이다.

그녀가 방을 나가고 난 후 그는 한참 동안 망연히 앉아 있었다. 무언가 잘못되어가고 있다는 느낌만 선명할 뿐, 구체적으로 무엇이 어떻게 잘못되어가고 있는지 판단이 서지 않았다. 아무리 집중하려 해도 생각이 한군데로 모이지 않았다. 어쩌면 맞닥뜨리고 싶지 않은 흉한 진실과 맞닥뜨릴까 봐 일부러 생각을 한군데로 모으지 않는지도 몰랐다. 그는 생각할 능력이 없는 짐승처럼 웅크리고 있다가, 생각하는 것을 겁내는 짐승처럼 방 안을 왔다 갔다 했다. 그러다가 오후도 반쯤 기울어서야 충동적으로 방에서 나갔다. 특별한 목적지가 없었는데, 발걸음은 그를 카페 골드문트(Café Goldmund)까지 데려가주었다. 매번 그랬다. 집을 나설 때마다 들르게 되는 곳이지만 한 번도 그의 목적지였던 적은 없었다. 처음에는 무심결이었고 나중에는 습관이었다. 헤세를 표절한 '골드문트'는 제법 번화한 거리의 반지하에 있었는데, 주로 술과 커피를 팔았고 샌드위치 따위의 간단한 식사도 겸할 수 있었다.

 실내는 한가해 보였다. 세 테이블에 손님이 있었지만 한 테이블을 제외하고는 일행 없이 혼자 온 사람들이었다. 그는 출입구 쪽에 되는대로 자리를 잡고 앉았다. 또 왔느냐는 듯 눈에 웃음을 담은 웨이터가 커피와 토스트에 곁들여 시키지도 않은 아침 신문을 가져다주었다. 그러나 신문에 눈을 빼앗기고 싶은 마음이 생기지 않았기 때문에 그는 신문을 읽는 대신 실내를 둘러보았다. 달라진 것이 없었다. 어제 그 침침한 조명, 어제 그 벽, 어제 그 웨이터, 어제 그 그림. 벽에 걸린 모조 그림을 보고 '최후의 만찬'이라는 제목을 떠올린 것까지 어제와 같았다. 어제도 저 그림을 그린 화가의 이름이 헷갈려 답답해했었다. 미켈란젤로이거나 레오나르도 다 빈치, 둘 중에 한 사람임에 틀림없는데 거기서 생각이 맴돌았다. 둘 중에 한 사람이 〈최후의 만찬〉을 그렸다면, 다른 한 사람이 〈최후의 심판〉을 그렸을 것이다. 만찬과 심판이 같을 리 없는데도 왜 그런지 그에게는 만찬과 심판이 동의어처럼 들렸다. 어제오늘 일이 아니었다. 중학생 시절부터 두 사람은 그를 괴롭혔다. 암기식 교육의 부작용이라고 해야 할지, 미켈란젤로와 레오나르도 다 빈치, 그리고 〈최후의 만찬〉과 〈최후의 심판〉은 그에게는 미궁과 같았다. 이 불행한 테세우스에게는 여태 지혜로운 공주의 칼 한 자루와 실 한 가닥이 허락되지 않은 상태였다.

창가 테이블에 남녀 한 쌍이 앉아 식사를 하고 있었다. 남자의 왼손은 여자의 허리 근처에 가서 움직였다. 남자는 오른손만으로 식사를 했다. 가끔 그의 입술이 여자의 입술에 가닿았다 돌아오기도 했다. 유쾌한 웃음이 간간이 흘러나왔다. 그는 무언지 모를 불쾌한 기분을 느끼고 얼굴을 찌푸렸다.

웨이터가 실없이 웃으며 다가와 그 앞에 섰다. 무슨 말인가를 걸려는 기세가 느껴졌다. 언제나 얼굴 전체가 웃는 듯한 인상의 남자는 그를 불편하게 한다. 마치 웃고 있는 표본을 석고로 뜬 것처럼 한 가지 표정 말고는 지을 줄 모르는 그 얼굴은, 가끔 유색의 동양인이라는 이유로 자기를 우습게 보는 것이 아닌가, 공연한 신경을 쓰게 만든다. 사물을 대하는 것처럼 짓는 무표정이 그는 편했다. 감정을 드러내지 않는 것이야말로 이타적이라고 그는 생각했다. '저 사람은 나를 어떻게 생각하고 있을까? 아시아의 한쪽 끝, 정세가 불안하기 짝이 없는 조그만 나라에서 부모 덕으로 유학 온 갑부 아들? 학문의 무가치함과 삶의 무의미함을 외국까지 와서야 터득하고 일순의 쾌락에 탐닉하기로 작정해버린 에피쿠로스의 신봉자? 헌신적인 아내의 노동의 대가를 시간이나 잡아먹는 데 허비하고 있는 한심한 놈팡이라는 사실을 안다면? 그때에도 이 사람은 표정을 바꾸지 않을까?' 웃음 띤 작자의 석고 틀 얼굴이 가까이 다가오는 것이 싫어 그는 얼른 몸을 일으켜버렸다. 계산을 마친 후 바삐 가야 할 곳이라도 있는 것처럼 황급히 문을 열고 나갔지만 바삐 가야 할 곳이 있을 리 없었다. 최근 들어 부쩍 누군가와 접촉하는 일을 성가셔 하고 있었다. 말에 대한 믿음을 잃어가는 중이었다. 그것은 그가 사람에 대한 신뢰를 잃어가고 있다는 뜻이기도 했다.

거리는 사람들로 넘쳐나고 있었다. 그는 오가는 사람들을 뚫고 거의 두 시간 동안 걷기만 했다. 걷는 것 말고는 할 일도 없고 하고 싶은 일도 없었기 때문에 걷지 않을 수 없었다. 그는 두 개의 큰길을 가로질러 켈러 스트라세에 다다랐다. 그곳에 가려고 한 것이 아니었으므로 그는 자기가 켈러 스트라세에 와 있다는 사실에 의미를 두지 않았다. 시장 쪽으로 곧장 이어진 그 길의 입지 조건이 어느 곳보다 소란스럽고 무질서하다는 인상을 주는 곳이었다. ㄱ 자로 꺾어진 모퉁이에, 칠이 벗겨진 간판을 달고 사격 연습장이 하나 붙어 있었다. 그는 어쩌자는 작정도 없이 그 안으로 들어갔다. 너무 오래 시달린 그의 두 다리가 간절히 쉼을 얻고 싶어 해서였다. 그렇다고 해도 하필 왜 그곳이란 말인가, 하고 물으면 대답할 말이 마땅치 않았다. 그는 자기가 사격 연습장에

와 있다는 의식을 선명하게 하지 못했다. 그곳은 사격을 즐기는 젊은 사람들의 잡담과 그들이 쏘아대는 총소리로 바깥보다 훨씬 시끄러웠다. 젊은이들은 건들거리고 웃고 담배를 피우고 총을 쏘았다.

5미터 전방에 설치된 스크린에 타깃이 나타나면 재빨리 조준하여 방아쇠를 당겨야 했다. 타깃은 왼쪽에서 오른쪽으로 움직이기도 하고 아래서 위로 솟구치기도 했다. 어떤 타깃은 빠르게 움직이고 어떤 타깃은 느리게 움직였다. 어떤 타깃은 포물선을 그으며 움직이고 어떤 타깃은 사선을 그으며 움직였다. 총을 쥔 사내들은 타깃의 움직임에 따라 총구의 방향을 이동해가며 방아쇠를 당겼다. 그러면 으레 장난스런 총소리가 스크린에 굴절되어 되돌아왔다. 그 전자식 효과음이 이곳저곳에서 쉴 새 없이 불규칙적으로 터져 나왔기 때문에 아무도 자기만의 총소리를 소유할 수는 없었다.

그는 그들이 하는 모습을 가만히 바라보다가 무엇에 이끌린 듯 투입구에 동전을 넣고 사격선에 들어서서 개머리판을 쥐었다. 개머리판은 그의 어깨 홈에 맞춤하게 안겼다. 한쪽 눈을 감고 자세를 취하자마자 동전 모양을 한 원형의 타깃이 스크린에 나타났다. 그는 엉겁결에 방아쇠를 당겼다. 그러나 원형의 타깃은 그의 사격 솜씨를 비웃기라도 하듯 가볍게 포물선을 그으며 제자리로 돌아가버렸다. 다시 정신을 집중하고 눈가에 힘을 모으며 조금 전에 동전이 튀어 올랐던 곳을 주시했다. 그런데 이번에는 타깃이 정반대 쪽에서 솟아올랐다. 몸을 재빨리 오른쪽으로 돌리면서 급히 방아쇠 홈에 들어 있는 손가락을 당겼으나 이번에도 타깃은 약이라도 올리는 듯 여유 있는 곡선을 그리며 스크린 밖으로 사라져버렸다. 그는 심호흡을 한 번 했다. 침착하려고 애쓰면서 신중하게 조준했다. 그러나 세 번째도 마찬가지였다. 네 번째도 다섯 번째도 결과는 같았다. 그의 탄알은 한 번도 타깃을 맞히지 못했다. 번번이 타깃을 따라다니다 마는 꼴이었다. 그는 계속해서 동전을 집어넣었다.

그의 귀에는 마침내 아무것도 들리지 않았다. 비 오듯 쏟아지는 땀이 머리카락을 이마에 들어붙게 했다. 그의 스코어보드에는 0이라는 숫자만 세 개가 나란히 그려져 있었는데 그것은 다른 사람들의 숫자판과는 사뭇 대조적이었다. 히히덕거리며 방아쇠를 당겨대는 다른 사람들과 달리 그는 사격을 즐기고 있는 것이 아니라 벌을 서고 있는 것처럼 보였다. 실제로 어느 순간부터 그는 타깃이 그만 튀어나와주기를 간절하게 바라는 심정이 되었다.

손등으로 땀을 닦는 그의 등 뒤에서 아까부터 차례를 기다리며 지켜보고 있던 한 사내가 어깨로 그를 밀치고 사격선으로 들어섰다. 침을 뱉듯 방심한 목소리가 사내의 입에서 튀어나왔는데 묘하게도 비웃음처럼 들렸다.

"표적이 없어, 표적이. 내가 하는 걸 보라구."

사내는 사십 대 절반 정도의 세월의 자국을 단신의 육체 곳곳에 상흔처럼 지니고 있었다. 서양인 중에 저런 사람이 있나 싶을 정도로 사내는 이상스럽게 키가 작았다. 그의 키보다 오히려 머리 하나 정도가 아래였는데, 그렇다고 해서 난쟁이에게서 느껴지는 불균형이나 기형감, 그로 인한 불쾌감 같은 것은 전해지지 않았다. 오히려 어디서 비롯하는지 알 수 없으나 전율을 느끼게 하는 광휘 같은 것이 사내의 눈매에 서려 있는 것을 읽을 수 있었다. 거기다 사내의 사격 솜씨는 할 말을 잃게 하기에 충분했다. 그를 밀쳐내며 단단하게 총을 거머쥘 때부터 자신감이 엿보이기는 했지만 실제로 사내의 솜씨는 나무랄 데가 없었다. 그의 끈질긴 사격에는 요리조리 잘도 피하기만 하던 타깃들이 사내의 총구 앞에서 그만 맥을 못 추고 푹푹 고꾸라졌다. 숫자가 쉴 새도 없이 바뀌는 스코어보드를 정신없이 바라보면서 그는 지나가는 듯한 말투로 던진 사내의 말을 떠올렸다. 표적이 없어, 표적이.

표적이 없다니. 저 스크린에 나타난 것이 표적이 아닌가. 표적은 총을 거머쥔 모든 사람에게 공평하게 주어져 있지 않은가. 눈앞에 떠오르는 표적을 향해 나 역시 방아쇠를 당기지 않았는가. 사격 기술이 모자란다면 몰라도, 표적이 없다니…….

"어때, 봤어?"

손바닥을 툭툭 털며 사내가 그에게로 돌아섰다. 굵은 힘줄이 목의 경사를 산맥처럼 타고 흘러내렸다.

"매사가 그렇지만 사격은 특히 표적이 중요하지. 안 그런가,

동양인 친구?"

어쩐 일인지 그는 사내가 말을 걸어준 것이 언짢지 않았다. 마음이 불편하지도 않았다. 일차적으로는 사내가 건넨 말이 그의 호기심을 불러일으켰기 때문이지만, 사내의 유난히 작은 체구와 자기를 쳐다보는 시선의 각도에서 모처럼 만에 편안함을 느꼈기 때문이기도 했다.

"당신의 말을 이해하기가 곤란합니다. 표적은……."

"표적은 저기 있지 않느냐, 그 말을 하고 싶은 거지?"

사내는 그의 말을 가로막고 스크린을 가리키며 야릇한 미소를 지어 보였다. 그 미소는 사내의 얼굴과 너무나 어울리지 않아서 이물질이 얼굴에 붙어 있는 것처럼 보였다. 사내는 주먹으로 자기 가슴을 과장되게 치며 말을 이었다.

"마음속에, 눈에는 보이지 않는 표적이 있는 법이지, 누구에게나. 저기 있는 타깃은 마음에 숨겨져 있는 자기만의 표적이 가시화된 표상에 불과하지. 그 감춰진 표적을 겨냥하기 용이하도록 설치한 보조 기구라고 할까?"

무슨 뜻인지 알아듣지 못해 의아하다는 표정을 짓는 그에게 사내는 어깨를 으쓱하면서 양손을 벌려 보였다. 그 제스처를 더 설명할 용의가 있다는 뜻으로 받아들인 그는 가만히 서서 기다렸다. 그는 오래 기다릴 필요가 없었다.

"눈에 보이는 외형은 보이지 않는 정신세계의 현현(顯現)에 다름 아니라는 점을 젊은이가 이해할 수 있으면 좋겠는데. 현상은 보이지 않는 세계가 반영된 거예요. 진짜는 마음속에 있어요. 당신 마음속에……."

사내의 설명은 선명하게 손에 잡히지 않았지만 의미는 전달이 되었다. 그는 어이없게도 사내와의 대화에 흥미를 느껴가고 있었다.

"무슨 말인지 알 것 같아요. 사격 연습을 하는 군인들은 흔히 적군 우두머리의 초상을 만들어 그것을 타깃으로 사용하거나 주어진 타깃에 그 영상을 삽입해 넣곤 하는데 선생님의 말을 그런 것과 연관하여 받아들일 수 있을 것 같네요. 가령 한국의 군인들은 김일성의 초상을 흔히 표적으로 사용하거든요."

사내는 그의 질문에 답하는 대신 한국인이냐고 물었다. 그렇다고 하자 멀리서 왔네, 하고는 그의 얼굴을 유심히 쳐다보았다. 사내의 눈빛은 깊고 강렬했다. 그는 탐조등 같다고 느꼈다. 그는 왜 그런지 그 눈빛을 맞받고 있기가 두려워 시선을 피했다. 잠시 후에 사내가 그의 이름을 물었고, 그들은 비로소 통성명을 했다. 사내는 자기 이름이 알렉산더 델브루케(Alexander Delbruke)라고 했다.

사내는 그의 사격 자세에 대해 몇 가지 충고를 했다. 개머리판을 쥐는 손이 아니라 땅을 딛고 버티는 다리의 자세가 더 중요하다고 하며 시범을 보였다. 어깨를 안쪽으로 바싹 집어넣어야 한다는 말도 했다. 얼마간 더 이야기를 주고받는 동안 그는, 분명하게 꼬집어 말할 수는 없으나, 그들 가운데 모종의 유사성이 존재하며 그것이 자신이 느낀 묘한 친밀감의 진짜 이유라는 걸 어렴풋이 깨달았다.

    그날 이후 그가 가끔 사격 연습장에 발걸음을 한 것은 그 때문이었다. 그가 들를 때마다 사내는 그곳에 있었고, 자주 사격을 했다. 그는 직접 사격을 하기도 했지만, 사내가 사격하는 걸 뒤에서 보기만 하고 돌아오기도 했다. 어느 날인가 그는 총을 쏘는 사내에게서 실전을 치르는 전사에게서나 엿보여야 할 수상한 기운이 번득이는 걸 발견하고 놀란 적이 있었다. 사내는 열기에 사로잡혀 있었다. 몸이 총알이 되어 튀어나갈 것처럼 긴장되어 있었다. 그 순간 사내가 말했던 '표적'이 선명하게 떠올랐다. 사내의 몸은 표적이라고 하는 것이 실재한다는 인상을 강하게 풍겨 보는 이의 등줄기를 서늘하게 했다. 그의 마음속에는 정말로 표적이라고 하는 것이 있는 것 같았다. 그렇다면 그가 겨냥하고 있는 표적은 무엇일까? 사내에게서 전해지던 탐조등 같은 눈빛과 함께 그 표적의 실체에 대한 궁금증이 그의 걸음을 더욱 자주 사격 연습장으로 인도했다.

    ─────── 이 사내와의 만남에 대해 나는 굳이 무슨 숙명론 같은 걸 끌어올 생각은 없습니다. 왜냐하면 이해할 수 없는 세계에 대해서는 별로 말하고 싶지 않을 뿐 아니라 더 솔직하게는 그런 세계에 기대어 이야기를 전개함으로써 현실의 나를 숨기고 싶은 마음도 없기 때문입니다. 단도직입적으로 말하겠습

니다. 그 사람은 하나의 음모를 감추고 내 앞에 나타났습니다. 아니, 이 말은 사실이 아닙니다. 음모를 감추고 다가간 사람은 되려 내 쪽인지 모릅니다. 그와 나, 우리 두 사람은 서로를 알아봤습니다. 우리는 서로에게서 자기 안의 결핍과 불안과 욕망을 보았습니다. 우리는 서로를 이용했습니다. 그 시종과 인과가 무엇이든 이것은 인간의 이야기입니다.

이제야 감히 말씀드립니다만, 나는 인간이 사는 세상에 어떤 외부의 힘이―그것이 은총의 형태로든 신탁의 양식으로든, 아니면 계시의 길을 통해서든―침투해 들어온다는 것을, 그리하여 인간이 그 지배 아래 놓이는 것을 받아들일 수가 없습니다. 은총이나 계시를 제쳐놓음으로써 허무와 절망에 귀결될 결과조차, 인간을 하늘의 계율에 구속하는 것만큼 위험하진 않다는 것이 내 생각입니다. 어차피 내 의지와는 무관하게 삶이 진행된다는 명제에 표를 던진 지 오래이지만, 그렇다고 그것이 초월적인 것들의 실재와 개입을 정당화하는 구실이 될 수는 없을 것입니다. 오히려 이해의 각도에 따라서는 반대의 주장에 대한 역증명이 가능합니다. 그렇지 않다면 어떻게 이렇게 인간의 의도가 철저하게 외면당할 수 있습니까? 도대체 인간이 아니고서야 그 어떤 존재가 인간을 완벽하게 배반할 수 있단 말입니까?

그런 의미에서 모든 종류의 믿음은 미신입니다. 인간에 대한 믿음 역시 미신이 아니라고 할 수 없습니다. 아니, 그것이야말로 가장 타기해야 할 미신입니다. 왜냐하면 미리 언급한 것 같습니다만, '인간'이란 환상으로만 존재하는 진정한 무지개인 까닭입니다. 인간은 눈에 보이지만 다가갈 수 없는 존재입니다.

물론 이 논리에 허점이 있음을 시인합니다. 인류 역사 이래로 경외, 두려움과 동시에 느끼게 했던 숱한 숭배의 대상들이 하나같이 손으로 붙잡을 수 없으면서 아울러 그 '있음'을 부인할 수도 없는 존재들—무지개처럼 말입니다—이었다는 전제를 그 조건으로 하고서야 성립이 가능한 주장이 아닙니까? 모든 신들은 무지개이고, 인간들의 신앙은 모두 미신이거나 우상숭배가 아닐 수 없습니다.

정확하게는 나도 이해하지 못한 내부의 소리들을 이렇듯 신음처럼 문자화하는 까닭은 내가 접촉하고 경험하고 인식한 인간의 여러 국면들이 가장 인간적이면서, 동시에 너무도 비인간적이어서 종잡을 수 없기 때문입니다. 예컨대 나는 어둡고 깊은 혼돈 속에 있습니다.

사격장에서 만난 그 사내, 델브루케 씨와의 친분은 상상했던 것보다 훨씬 빠르게 가까워지고 있었습니다만, 그 이야기를 계속하기 전에 먼저 혜령 씨 이야기를 하기로 하지요. 김 선배도 아마 그 부분이 더 궁금할 테니까요.

그 아침 이래로, 왜 그런지 모르게 그녀를 기피하게 되었다는 말씀을 드렸던가요? 오래된 기억의 창고에서 '정혜령 선생님'이라는 낡은 야회복을 발견해내고 난 다음의 불편한 기분과 불길한 예감에 대해서도요? 우러러보아야 하는 모든 대상들에 대해 까닭 없이 강렬한 적의를 키워오던 내게 '선생님'이라는 권위의 의상까지 걸친 그녀를 기피하지 않을 수 없었던 사정을 이해해주었으면 좋겠습니다.

내 하루는 판에 박은 듯 똑같았습니다. 여기저기 걸어 다니다가 카페 골드문트에서 간단하게 저녁식사를 하고 일찌감치 내 공간인 골방에 틀어박혀 예의 그 손바닥만 한 전망대를 통해 그녀가 귀가하는 모습을 확인하곤 했습니다. 그러나 그뿐이었습니다. 나는 초인종 소리를 듣고도 현관문을 열어주지 않음으로써 그녀 스스로 문을 따고 들어오게 했습니다. 그녀가 있는 한 내 방문을 열고 나가지 않았으며, 그녀 역시 그렇게 해주기를 얼마나 소원했는지 모릅니다. 물론 그녀는 나의 그런 변화를 쉽게 받아들이지 못했습니다. 닫힌 내 마음을 열려고 어지간히 노력했습니다. 그것을 부정할 생각은 없습니다. 하지만 김 선배도 알다시피, 그녀는 일방적으로 밀어붙이는 성격이 아닙니다. 몇 차례 내 방에 들어와 표정을 살피며 대화를 시도하던 그녀는 그사이 현저하게 낯설어진 남자를 안타까운 듯 바라보다가 어느 순간부터 내 방문을 열지 않아버렸습니다. 내가 아무 반응도 보이지 않으니 답답했을 겁니다. 물론 걱정도 했겠지요. 엉뚱한 상상을 했을 수도 있습니다. 가령 나에게 다른 여자가 생겼는지 모른다는 생각 같은 것 말입니다. 설령 그런 생각을 했다고 해도 입 밖에 낼 여자가 아니라는 건 선배도 잘 알 겁니다.

"무슨 일이 있는 거지? 나에게 말해줄 수 없어? 기다릴게. 무슨 일인지 말해줄 마음이 생길 때까지."

그렇게 말한 것이 전부였습니다. 그녀답지요.

하지만 아무리 대단한 사랑의 약속과 풍부한 추억에 의지하고 있다고 하더라도 지극히 작은 감정의 모반에 의해서도 얼마든지 붕괴될 수 있는 것이 남녀 관계지요. 눈에 보이지 않는 바이러스가 우리를 쓰러뜨려 눕게 하듯이 말입니다. 하긴 반쯤은 성자가 되어버린, 그래서 반쯤은 인간이기를 포기해버린 사람들이 열심히 개념화하고 분석하고 해부해서 정의 내린 화학약품 냄새 풍기는 사랑이라면, 비록 남녀 간의 사랑이라도 감정이라는 약점에 구애받지 않을 수 있긴 할 겁니다. 그들은 즐겨 사랑은 소유하는 것과는 상관이 없다고 말합니다. 사랑은 좋아하는 것, 그러니까 감정과 다르며, 감정과 상관없는 것이고, 그래야 하고, 차라리 의지여야 한다고 말하기를 좋아합니다. 그 서늘한 도량형과 컴퓨터 같은 냉혈이라니요……. 도대체 그 사람들은 사랑이라는 것이 종잡을 길 없는 혼란의 도가니인 우리의 마음속에서 일어나는 일이라는 걸 모르는 걸까요.

내 방문을 여닫기를 중단해버린 그녀의 변화에 나는 물론 안도의 숨을 내쉬었습니다. 원하던 바였으니까요. 그런데 그 내쉬는 숨 속으로 일말의 실망과 아쉬움이 은밀하게 배어드는 건 어쩔 수 없었는데, 그런 내 마음을 이해할 수 있을는지요?

그랬습니다. 한 지붕 아래 두 개의 방. 남자는 골방에, 여자는 안방에 나눠 살면서, 꼭 필요한 말만 주고받으며, 아니, 꼭 필요한 말도 주고받지 않으며, 시간의 흐름에 따라 이리저리 흔들리며 좌초를 거듭하고 있었던 겁니다. 만일 스킨십의 정도가 사랑의 척도라는 의견을 받아들인다면 그때 이미 그녀와 나는 사랑의 법에 매달리고 있지는 않았다고 말해야 옳을 것입니다.

그녀 이야기는 그곳에 가 있는 그녀에게 더 자세히 들으시기를 바랍니다. 언젠가부터 그녀의 귀가 시간이 불규칙해지기 시작했는데, 나중에 알게 된 바로는 거의 매일 도시 한복판에 있는 성당의 저녁 미사를 드리고 왔다고 하더군요. 유감스럽게도 개종 여부에 대해선 아는 바가 없습니다…….

그는 극도로 말수가 적어졌다. 집에서는 물론 어디서나 말을 할 줄 모르는 사람으로 착각할 정도로 입을 굳게 다물고 지냈다. 어쩌다 한 번씩 나누는 델브루케 씨와의 대화마저 없다면 말하는 기능조차 잃어버리지 않을까 염려될 지경이었다. 그는 하루의 대부분을 방 안에 틀어박혀 지내다가 해가 질 무렵에야 밖으로 나가 거리를 어슬렁거리며 걸어 다녔다. '카페 골드문트'와 간판도 없는 켈러 스트라세의 사격 연습장, 그리고 몇 군데의 변두리 술집을 순례하듯 돌아다니다 늦은 시간에 집에 들어와 쓰러져 잤다.

그는 항상 우울했고 피곤에 젖어 지냈다. 자주 자기 몸을 무거운 짐 덩어리처럼 느꼈다. 그런데도 밤에 수면을 잘 취하지 못했다. 그는 자주 깨어 어둠 속에 웅크린 채 밤을 샜다. 이상하게도 조금 많이 걸은 날은 차라리 피곤이 덜했다. 그래서 어떨 때는 일상의 코스에서 과감하게 도시 밖으로 벗어나는 모험을 꿈꾸기도 했다. 그러나 실행에 옮긴 적은 없었다. 게으름 때문이 아니라 그만한 의욕이 몸 안에 들어 있지 않았기 때문이었다. 익숙하지 않은 세계에 대한 두려움이 그만큼 컸기 때문이라고 할 수도 있었다.

그런 그가 산에 오르겠다고 작정한 것은 순전히 우연이었고 다분히 충동적이기도 했다. 보도에 달라붙어 떨어지지 않으려는 발을 억지로 떼어내며 켈러 스트라세로 향하던 중 문득 치켜뜬 그의 눈에 가지런히 진열된 등산 장비들이 들어왔다. 그 등산용품점은 그가 이 도시에 나타나기 훨씬 전부터 문을 열고 있었고, 그는 그 거리를 수없이 걸어 다녔는데 그날에야 눈에 띄었다. 그러고 보면 눈에 보이는 것이라고 해서 모두 보는 것은 아니라는 말이 틀리지 않은 것 같다. 우리는 보고 싶은 것만 본다. 아니면, 보아야 할 것만 본다. 만물을 향해 그저 열려 있는 듯 보이는 우리들의 눈과 귀가 마음이 원하고 필요로 하는 것만을 선별해서 시청한다니, 얼마나 편리하고 신통한 메커니즘인가.

그때 그는 마음속 한군데서 불끈 치솟는 의외의 충동에 사로잡혔다. 높은 데 우뚝 서서 내려다보기만 하는 오만하고 방자한 산을 짓밟아주고 싶은 충동으로 성급하게 긴장하며 그는 등산용품점의 문을 밀고 들어섰다. 등산 장비를 구입하기만 하면 금방 그 오만한 산이 자기 발아래 놓이기라도 한다는 듯이. 그는 배낭과 스파이크, 스틱, 그리고 장갑을 샀다. 내친김에 등산복도 마련할까 생각했지만 유감스럽게도 그의 얇은 지갑이 그것을 허락하지 않았다.

집으로 돌아온 그는 지도를 펴놓고 오를 만한 산을 찾았다. 마침내 목적지를 그 나라의 최고봉으로 알려져 있는 추크슈피체로 정하자 마음이 가뿐해졌다. 추크슈피체는 오스트리아와 국경을 맞대고 있는 소도시인 가르미슈파르텐키르헨에서 오를 수 있는 해발 2,963미터 높이의 산이다. 뮌헨에서 약 80킬로미터 정도 떨어져 있었다. 독일에 도착하고 얼마 되지 않아 혜령과 함께 한 번 그곳에 간 적이 있었다. 벌판에 우뚝 솟은 바위산의 위용이 대단했다. 관광지답게 사람들이 많았다. 물론 그때는 가르미슈파르텐키르헨에서 정상까지 올라갈 수 있게 만들어진 케이블카를 타고서였다.

그곳에 다시 한 번, 이번에는 직접 걸어서 올라갈 작정이었다. 그 산의 정상에서라면 발밑에 엎드린 세상이 한눈에 들어올 것이었다. 그의 산행의 진정한 동기는 거기 있었다. 내려다보는 것. 자기 방 창문 틈으로 가난한 골목길을 내려다보고 있을 때 그의 가슴속을 휘돌던 비뚤어진 우월감과도 같은 희열의 느낌을 산꼭대기에서 보다 분명하게 소유하고 싶었다.

그는 온몸을 땀으로 적시며 필사적으로 암벽을 탔다. 이 도전에 실패한다면 자기는 영원히 모멸의 늪에서 헤어나지 못할 거라는 강박관념이 그에게 부족한 힘을 보충해주고 있었다. 어쩌면 그는 추크슈피체 정상에만 선다면, 보기만 했을 뿐 아무도 잡지 못했다는 무지개를 열 개, 백 개, 아니 천 개라도 붙잡을 수 있을 것 같은 엉뚱한 희망으로 가슴을 덥히고 있었는지 모르겠다. 아니, 산꼭대기에 자리를 펴고 안주함으로써 이 세상을 영원히 등지고 싶어 한 건 혹시 아니었을까. 그의 등반이 일종의 시시포스의 형벌에 다름 아니라는 사실을 그는 깨닫지 못했다.

산꼭대기에 올라서자마자 발아래 펼쳐져 있는 세상을 내려다보았다. 세상이 까마득히 먼 곳에 엎드려 있었다. 기대하던 바였다. 그는 여러 차례 심호흡을 한 후 하늘을 보고 누웠다가 다시 일어나서 아래를 보고 크게 웃었다. 웃음이 마구 쏟아졌다. 그가 내뱉은 웃음들이 산 위에서 산 아래로 굴러갔다. 그것만이 아니었다. 그는 오랫동안 닫아두었던 입술의 문을 열고 쉴 새 없이 무슨 말인가를 토해냈다. 감옥과도 같은 그의 내부에 갇혀서 기동을 못 하고 쇠약해 있던 언어들은 비로소 소리가 되었다. 그의 입술 사이를 빠져나간, 의미를 알 수 없는 소리들은 자유로운 공기 속을 마음껏 날아다녔다. 그것들은 몇 번의 날갯짓만으로도 몰라보게 비대해졌고, 메아리가 되어 그에게로 다시 돌아왔.

그는 뒹굴고 웃고 소리쳤다. 물론 산 위에는 무지개 같은 것은 없었다. 그러나 그것은 아무래도 좋았다. 항상 그의 머리 위에서만 빙글거리며 내려다보던 물상들이 까마득히 멀리, 그의 발끝 아래 부복해 있지 않은가. 그는 공중에 떠서 세상을 내려다보는 신의 시선을 상상했다. 그러자 몸이 한없이 가벼워지면서 허공으로 떠오르는 것 같았다. 가만히 눈을 감고 있으면 깃털처럼 가벼워진 몸이 공중에 뜰 것 같았다. 그가 상상한 신의 자리는 중력이 지배하지 않는 곳이었다. 실제로 그는 눈을 감았고, 절벽 가까이 몸을 옮겼고, 하마터면 아래로 몸을 던질 뻔했다. 순간적으로 아찔한 생각이 들어 벌렁 몸을 눕혔다.

어둠이 빠르게 몰려왔다. 순식간의 일이었다. 그 어둠은 서서히 은밀히 기어 온 것이 아니라 한순간에 갑자기 밀어닥쳐 세상을 덮어버렸다. 그가 사태를 인지하고 주변을 둘러보았을 때 새까맣고 두터운 어둠만이 그의 육체를 휘감고 있을 뿐 다른 것은 보이지 않았다.

그는 버리고 왔던 발아래 도시에 눈을 주었다. 자잘한 불꽃들이 웅성거리며 피어나는 그곳의 풍경은 흡사 동화 속 한 장면 같았다. 그 불빛들은 저희들끼리 무슨 말들인가를 유쾌하게 주고받기도 하고 왕래하기도 했는데, 이제까지와는 달리 그 모습이 왜 그런지 정답고 포근해 보였다. 그는 알 수 없는 불안에 사로잡혀 몸을 움츠렸다. 저 아래 세상이 저래선 안 되는 거였다. 그는 저들을 지배하기 위해 이 추크슈피체에 올라왔다. 그런데…… 그들을 지배하기 위해 올라선 정상에서 오히려 그들에 의해 소외되어 있는 자신을 느꼈다. 저들은 저곳에 저희들끼리 건재하고 자기는 혼자 버려진 채 두려워하고 있었다. 그는 갑자기 돋기 시작하는 소름에 몸을 떨어야 했다.

하늘을 올려다보았다. 그의 골방 천장만큼 하늘이 낮아져 있었다. 손을 뻗으면 닿을 것만 같았다. 그는 그렇게 높이 올라와 있었던 것이다. 그렇게 높은 곳에 올라와서까지 까마득하게 밑에 살고 있는 사람들을 향해 질투도 아니고, 경멸도 아니고, 분명하게 뭐라고 말하기 힘든 감정에 붙들려 낙담하고 있었던 것이다. 유유히 흐르는 시가지의 불빛과 비슷한 무엇이라도 혹시 찾아질까 싶어 주변을 둘러보았으나 유감스럽게도 하늘은 별 하나 달고 있지 않았다. 그 대신 기다렸다는 듯 새까만 어둠의 골을 더듬으며 바람을 동반한 빗줄기가 서늘하게 쏟아져 내렸다. 그의 귀에는 빗방울 떨어지는 소리가 사격장의 연속적인 전자 소음으로 의역되어 들렸다. 그는 부피를 최소한으로 줄이기 위해 무릎에 깍지를 끼고 웅크렸다. 무릎 사이로, 불빛들이 명멸하는 도시가 내려다보였다. 불빛들은 꾸물거리며 어둠 속을 기어 다니고 있었다. 어둠은 그들에게 자리를 마련해준 은총의 땅이었고, 불빛들은 그 땅의 이곳저곳을 기어 다니며 생육하고 번성하는 하얗고 노란 벌레들이었다. 그 하얗고 노란 몸뚱이를 들썩이며 이리저리로 오가는 벌레 떼의 행렬이 도시의 거리 전체를 덮었다. 벌레 떼는 어둠의 몸속으로 스며들고, 모였다가 흩어지기를 되풀이했다.

  세상이 온통 꾸물거리는 것투성이였다. 그것들이 꾸물거리면서 그에게로 다가왔다. 하얗고 노란 벌레들이 산을 타고 올라왔고, 그의 다리를 타고 올라왔다. 마침내 그의 어깻죽지에서 스멀대기 시작했다. 곧 그의 머리카락 속으로 들어와 꾸물거리며 기어 다녔고 그의 팔과 얼굴을 덮었다. 그는 화들짝 놀라 정신없이 몸을 털었다. 빗방울들이 후두둑 소리를 내면서 떨어져 나갔다. 하늘에 뚫린 수없이 많은 구멍에서 빗줄기들이 그의 몸 위로 쏟아져 내리고 있었다. 그것들은 벌레들처럼 징그러운 모양을 하고 있었다.

그는 엉거주춤한 자세로 화장실에 앉아 있었다. 아니, 그곳은 화장실이 아니라 허름한 측간이었다. 발을 조금만 움직여도 낡은 나무판이 삐거덕거리며 신음 소리를 냈다. 그는 측간에 앉아 일을 보면서 아래를 내려다보았다. 거기엔 하얀 구더기들이 득실거리며 위를 올려다보고 있었다. 인간이 필요한 요소를 모두 섭취한 후에 배설해내는 배설물 속에서도, 아니, 유독 그 배설물 속에서만 서식하는 생물이 있다는 게 어처구니없었다. 저것들이 언젠가 저 꿈틀거리는 흉측한 몸뚱이를 버리고 새까만 날벌레가 되어 윙윙거리며 날아다닐 것이다. 그것은 또 얼마나 이해하기 어려운 일인지.

그것들은 자기 몸을 비틀면서 원형의 좁은 공간을 이리저리 기어 다녔다. 그는 가랑이 사이로 그것들을 굽어보면서 이상한 쾌감을 즐기고 있었다. 그는 그들을 살릴 수도 죽일 수도 있는 능력의 소유자처럼 느꼈다. 그는 형벌을 내릴 수도 있고 자비를 베풀 수도 있었다. 그의 행동 여하에 따라 이 셀 수 없이 많은 생명체들은 살 수도 있고 죽을 수도 있었다. 그들의 목숨은 전적으로 그의 의지에 달려 있었다. 그는 흡사 신이라도 된 듯한 병적인 자기도취에 사로잡혔다. 그의 입가에 음흉한 웃음이 그려졌다.

그런데 그때 그중 한 마리가 벽면을 타고 꿈틀거리며 기어오르는 것이 보였다. 그는 몹시 심한 불쾌감을 느꼈다. 이런 하찮은 것이. 이런 배은망덕한 것이. 자신의 너그러움과 관대함에 대한 배반처럼 생각되었다. 그의 마음속에서 뭉클한 어떤 기운이 뜨거운 바람을 일으켰다. 한데 다시 보니 배은망덕한 놈은 한 마리가 아니었다. 원형 벽면에 수없이 많은 구더기들이 하얗게 붙어 있었다. 어느 만큼 오르다가 아래로 떨어지는 놈들이 많았다. 구더기들은 등반을 멈추지 않았다. 하늘에 닿기까지 절대로 포기하지 않고 필사적으로 기어오르겠다고 작정한 것처럼 보였다. 그들은 암벽을 타는 등반대원이었다. 하늘의 질서를 무시하고 감히 하늘을 점령하기를 꿈꾼 바벨탑의 시민이었다. 그는 그렇게 느꼈다.

하나님은 화를 내는 것이 마땅하다. 이 교만하고 배은망덕한 것들을 징벌하지 않으면 안 된다. 하나님은 징벌을 가할 도구를 찾았다. 뒤쪽 벽에 변소 청소를 할 때 쓰는 몽당빗자루가 세워져 있었다. 그는 그것을 손에 집어 들고 변기통에 팔을 집어넣고 정신없이 벽을 쓸어 내렸다. 하지만 이상하게도 구더기들은 한 마리도 떨어지지 않았다. 더 맹렬한 속도로 벽을 타고 올라왔다. 한층 속이 상한 그는 빗자루를 쥔 손에 더욱 힘을 주어 마구잡이로 휘둘렀다. 그러나 놈들은 아랑곳하지 않았다. 거머리처럼 절묘하게 벽에 붙어 오를 뿐이었다. 이런 말도 안 되는 일이…….

그는 찬물이라도 덮어쓴 듯 섬뜩한 한기를 느꼈다. 그는 죽어라고 빗자루를 휘두르면서 동시에 큰소리로 악을 썼다. 이 새끼들아. 너무 당황한 나머지 그는 발을 동동 구르기까지 했다. 발밑에서 나무 판대기가 삐걱거렸다.

"이 새끼들아, 어디를 올라오는 거야. 안 내려가, 안 내려가. 여긴 니들 사는 데가 아니야. 여기는 너희들이 올라오면 안 된단 말이야. 구더기들은 똥통에서 사는 거야, 이 새끼들아……."

그러나 그의 필사적인 안간힘에도 불구하고 유감스럽게도 아래로 떨어지는 놈은 한 마리도 없었다. 오히려 그가 빗자루를 휘두르면 휘두를수록 힘이 더 나는 모양인지, 움직임이 활발했다. 잽싼 놈은 벌써 그의 발밑까지 올라와 있었다. 그것만이 아니었다. 어떤 놈들은 그가 필사적으로 휘둘러대는 빗자루 사이에 몸을 숨겼다가 그가 딛고 있는 널빤지에 사뿐히 내려앉기도 했다. 그는 정신이 아찔해졌다. 머리끝이 쭈뼛 일어서고 소름이 오도독 소리를 내며 돋았다.

나무 판대기에 올라선 놈들은 꾸물거리며 이제 그의 발등을 타고 올라왔다. 타깃을 공유한 그들은 여럿이지만 또한 한 덩어리였다. 그들은 서로 경쟁했지만 또한 협력했다. 엉큼하고 잽싼 동작으로 공동의 먹이를 향해 돌진했다. 그는 더 이상 징벌할 수 없었다. 그들의 기세에 놀란 그는 유일한 무기인 빗자루를 팽개치고 도망하려 했다. 그런데 이 일을 어떻게 해야 좋을까. 발밑에 뭐가 붙었는지 이번엔 그의 발이 떨어지지 않았다. 그는 도망할 수도 없었다. 그의 입에서 비명이 터져 나왔다. 아악……. 그는 필사적으로 악을 썼다. 살려줘, 제발…….

그의 몸이 뒤로 벌렁 자빠지는 순간 눈이 떠졌다. 새까만 하늘에서 벌레들이 후두둑 소리를 내며 그의 몸 위로 쏟아져 내렸다. 온몸이 스멀스멀 근질거렸다. 한 군데도 가렵지 않은 구석이 없었다. 징그럽고 불쾌하고 무서웠다. 온몸에 소름이 돋았다. 그는 몸을 굴리며 고함을 질렀다. 그것은 뜻밖에도 '하나님'을 부르는 그의 모국어였다.

어렵게 든 잠 속에서 그는 꿈을 꾸고 있었다. 정신이 들었을 때 그의 육체 곳곳을 기어 다니는 그 불쾌한 벌레들이 빗줄기에 다름 아니라는 사실을 깨달았지만, 그렇다고 해서 불쾌한 기분과 두려움이 완전히 사라진 것은 아니었다. 가슴에서 차가운 바람이 일어났다. 그는 다시 무릎에 깍지를 끼고 무릎 속에다 고개를 묻었다. 자세를 바꿀 수가 없었다. 몸이 덜덜 떨렸다. 추위가 느껴졌지만 다른 데로 피하지 못했다. 그는 그런 자세로 빗물을 받으며 그 밤을 꼬박 새웠다.

산을 내려온 그를 곧장 그 사격 연습장으로 인도한 것은 어떤 힘의 작용이었을까. 다음 날 도시로 내려온 그는 등산복 차림 그대로 사람들 속으로 파고들었다. 온몸이 욱신거리고 아팠다. 열도 나는 것 같았다. 그러나 그는 곧바로 집으로 들어가고 싶지는 않았다. 총질이나 하기에는 아직 이른 시간이라 그런지 사격 연습장 안은 텅 비어 있었다. 그는 망설임 없이 사격선으로 가서 총을 거머쥐었다. 사격선에 서자 왠지 모르게 자신감이 생겼다. 이번에는 굳어진 듯 정지하고 있는 오만한 숫자판을 회전시킬 수 있을 것 같았다. 그는 호주머니를 뒤져 동전을 집어넣고 타깃을 불러냈다. 손가락에 금속의 찬 기운이 감지되었다. 호흡을 중단하고 스크린을 뚫어져라 노려보았다. 그의 오른쪽 눈이 불시에 불길을 뿜어내기라도 할 것처럼 이글거렸다. 눈은 총구와 같았다. 총알이 거기서 튀어나올 것 같았다. 두 번째 손가락의 첫 마디에 온 신경을 집중한 다음 가볍게 방아쇠를 당겼다. 쿠르릉쾅, 총구에서 토해져 나온 경쾌한 전자음이 스크린을 향해 달려갔다가 메아리 되어 돌아왔다. 그러나 타깃은 여유 있게 시야를 벗어났고, 당연히 그의 숫자판은 바뀌지 않았다. 마음과는 달리 이번에도 실패였다. 다시 총을 거머쥐고 손가락에 힘을 주었다. 첫 번째 사격 때와 동일한 음향이 텅 빈 실내를 흔들며 깨웠다. 그러나 여전히 달라진 것은 없었다. 타깃은 부서지지 않고 숫자판은 그대로였다. 그는 열 개의 방아쇠를 당겨 모두 열 개의 총소리를 만들어냈으나 단 하나의 타깃도 쓰러뜨리는 데 성공하시 못했다. 열 번 모두, 이번만은 틀림없이 명중할 거라는 확신을 가지고 침착하게 방아쇠를 당겼으나 열 개의 전자음만 텅 빈 실내를 공허하게 유영할 따름이었다. 징그러운 벌레들을 향해 필사적으로 빗자루를 휘두르던 간밤의 악몽이 떠오르자 머릿속에 소름이 돋는 것 같았다.

"제발 한 번만 맞아주십시오, 하고 사정하는 꼴이로구만. 하지만 기계는 애원에 무신경하지. 기계는 귀가 없으니까."

누군가 뒤에서 쯧쯧 혀를 차며 말했다. 그 공간에 누군가 다른 사람이 있다는 생각을 하지 않았기 때문에 놀란 그는 뒤를 돌아보았다. 한심하다는 표정이었지만 경멸의 흔적은 없었다. 그는 오히려 틀린 음정을 교정해주는 친절한 음악 선생에게서 받는 것 같은 편안함을 느꼈다. 그 사내였다. 그 사내가 눈가에 부채꼴 모양의 잔주름을 여러 개 만들어 붙인 채 쏘아보고 있었다. 그의 입에서 짧은 신음 같은 것이 빠져나왔다. 그는 산에서 내려오자마자 옷을 갈아입지도 않고 배낭을 짊어진 차림 그대로 사격 연습장부터 찾은 이유가 무엇인지 알 것 같아졌다. 사내를 만날 수 있을 거라는 막연한 기대가 자기를 이곳으로 이끈 거라고 그는 단정했다. 가서 사내를 만나라는 내부의 명령이 집요했다는 생각을 했다. 아니, 그것은 착각일 수 있다. 그런 기대나 명령 같은 건 없었을 수 있고 없어도 상관없었다. 생각지 않은 시간에 사내를 다시 만나게 되자 그 우연한 만남에 그럴듯한 의미를 부여하고자 하는 열망이 솟았고(그런데 그런 열망은 왜 솟은 것일까?), 그리하여 그런 이유를 만들어냈을 수도 있다.

사실 그런 건 중요하지 않았다. 중요한 것은 그 의외의 시간에 그 사격 연습장에서 사내를 다시 만났다는 점이었다. 두 사람이 그렇게 이른 시간에 거기서 만난 적은 없었다. 그는 언제나 저녁 무렵이 되어서야 밖으로 나왔다. 사내는? 그 시간에 사격 연습장에서 사내를 본 적이 없었던 것은 그 시간에 그가 그곳에 가지 않았기 때문이다. 사내는 그 시간에 그곳에 늘 나와 있는지 모른다. 그런데도 그는 사내 역시 자기와 마찬가지로 자기를 만날 수 있을지 모른다는 기대를 가지고(가서 만나라는 명령까지는 설마 아닐 테고) 그곳에 왔을지 모른다는 생각에 사로잡혔다. 텔레파시든 뭐든 사내와 통했다는 식의 생각을 애써 하고 싶은 야릇한 마음이 들었던 것이다. 이게 아무렇지도 않은 일일 수가 없어, 하고 그는 속으로 중얼거렸다.

"소리만 지른다고 음악이 되는 건 아니지. 박자와 음정을 정확히 하는 게 기본이야. 안 그래? 사격도 마찬가지라고."

실제로 사내는 음악 선생 같은 말을 했다.

"정신 집중은 더욱 중요한 요소지."

"이런 시간에 어떻게……."

화제를 바꾸겠다는 의도가 없었는데도 그는 다른 말을 꺼냈다. 그의 마음은 무언가를 예감하고 있거나 기대하고 있거나 둘 중 하나였다. 때때로 예감과 기대는 구분되지 않는다. 예감이 기대를 불러일으키기도 하지만 기대가 예감을 만들기도 하는 법.

"모르고 있었나? 여기 이 건물들, 내 소유라는 걸."

사내는 머리를 살짝 들어 둥글게 원을 그리는 시늉을 했다. 그가 말하는 이 건물들에 대해 생각할 겨를이 없었다. 사내가 말을 이었다.

"나야 그렇다 치고, 그렇게 묻는 그쪽은 웬일인가? 복장으로 보면 산에 올라가는 사람 같은데, 글쎄, 자네 같은 친구에게 등산이 어울릴 것 같지 않은데 말이야. 무엇보다 위험하기도 하고……. 산은 건강한 사람들을 원하고 부르고 환영하니까. 그곳의 공기는 너무 말끔해서 자네같이 침울한 영혼의 입김을 허용하려 들지 않거든. 내 말이 언짢은가?"

그는 사내가 자기를 침울한 정신의 소유자로 단정하는 말을 듣고도 기분이 상하지 않았다. 누구든 자기에게서 질병과 어둠을 감지하리라고 그는 생각했다. 산에 대한 사내의 의견 역시 부정할 수 없었다. 산은 확실히 그를 거부했었다. 그가 건강하지 않은 사람이기 때문이라는 걸 그는 인정했다. 어젯밤의 악몽이 살아나려는 걸 막기 위해 그는 말을 빨리했다.

"델브루케 씨의 견해에 이의를 제기할 생각은 전혀 없습니다. 무슨 기준을 가지고 어떻게 보든 그걸 누가 나무랄 수 있겠어요? 아, 잘못 봤다는 뜻이 아닙니다. 실은 좀 놀라고 있습니다. 꿰뚫어보는 것처럼 너무 정확해서요. 실제로 저는 건강하지 않은 사람을 배척하는 산을 경험하고 오는 길이니까요. 산에 가는 길이냐고 물으셨는데, 가는 게 아니라 추크슈피체에 갔다가 오는 길입니다. 산에 오르기 전에 만났다면 좋았을 걸 그랬습니다."

"추크슈피체? 추크슈피체에서 오는 길이라고? 정상까지 올라갔어?"

그의 말이 끝나기 무섭게 사내가 다그쳤다. 사내는 그때까지 여유 있게 기대고 있던 벽에서 등을 떼어 두 발짝 앞으로 다가왔다. 사내의 눈이 호기심으로 반짝였다. 좁혀진 거리 때문에 사내의 거친 숨소리가 그대로 전달되었다.

"꼭대기 말이야. 더 이상 올라갈 수 없는. 더 올라가려면 날개를 달아야 하는. 공중에 몸을 띄우기만 하면 날 수 있을 것 같은 마음이 생겨 자기도 모르게 절벽 아래로 몸을 던지게 된다는 그 추크슈피체의 꼭대기?"

"그렇고말고요. 거기서 야숙을 했는걸요."

그는 약간 우쭐한 기분이 되어 윗눈썹을 추켜올리며 미소까지 지어 보였다. 공중에서 내려다보는 신의 시선을 상상하며 절벽 아래로 몸을 던지고 싶은 충동과 싸웠던 것이 생각났다. 그러자 자기 속을 투명하게 들여다보고 있는 것 같은 사내가 좀 무서워졌다. 다른 사람이 들으면 안 된다는 듯 사내가 얼굴을 바짝 붙이고 그의 귀에 은밀한 목소리를 집어넣었기 때문에 그런 생각이 더했다.

"그런데, 그런데 무사했단 말이야?"

"산에 대한 당신의 견해에 동의한다고 말씀드리지 않았습니까?"

그는 한 발 물러나며 잦아드는 목소리를 냈다.

"아니, 그런 게 아니라, 무언가 없었나? 가령 말이야. 주변에 아무도 없다. 하늘 말고는 내려다보는 게 없다. 그런데 하늘은 감정을 표현할 줄 모르지. 그러니까 하늘은 내려다보면서도, 내려다본다는 의식을 하지 못하지. 그런 의식을 하는 자는 그 높은 곳에서 그대뿐이지. 개미 떼 같은 인간들이 까마득히 먼 저 아래 어둠 속에서 자기네들끼리 아웅다웅 웅성웅성 난리 법석을 하는 모습이 가소롭기 그지없지 않겠나. 그대는 홀로 하늘처럼 우뚝 서서 그것들을 내려다보고 있고. 그런 경우, 뭐랄까, 이를테면…… 거부할 수 없는 살의나 파괴의 충동 같은 것이 영혼의 습한 늪지 한쪽에서 꿈틀거리며 치솟는다든가 하는 경험 말이야……. 그런 것 없었나?"

사내는 급히 호주머니를 뒤져 담배를 피워 물었다. 초조한 심정을 드러내지 않으려고 애쓰는 것처럼 보였다. 내부의 흥분을 제어하려고 하는 동작으로 보이기도 했다. 그러나 오히려 그런 동작으로 인해 사내의 초조함과 흥분이 적나라하게 드러난 셈이었다. 사내에게 그런 감정을 유발시킨 동인을 간파하지 못하고 있어서 그는 사내의 그런 제스처가 더 낯설고 기묘하게 느껴졌다.

"글쎄, 그 비슷한 것이 있었어요. 하지만 꼭 같지는 않은 것 같군요. 내가 거기서……."

사내가 황급히 손을 저어 그의 말을 막았다. 사내의 흔들리는 손짓 사이로 총소리가 들렸다. 사내가 얼굴을 찡그렸다. 언제 들어왔는지 젊은 남자 세 명이 방아쇠를 당기며 환성을 질러대고 있었다. 사내는 그에게 눈짓을 하고 출입문의 손잡이를 잡았다. 시멘트 바닥에 나무문의 아랫부분이 끌리면서 손톱으로 칠판을 긁을 때와 같은 불쾌한 소리가 났다.

"이야기하기에 적당하지 않은 소음이야. 그렇지 않나?"

사내는 실내의 소음 때문에 대화를 할 수 없다며 밖으로 나가더니 건물 앞에 세워진 차에 그를 태웠다. 그는 얼떨떨한 기분으로 사내에게 이끌렸다. 차의 내부는 넓고 깨끗했다. 사내는 손수 운전을 했다. 시장 길을 가볍게 우회하여 승용차 두 대가 겨우 비킬 수 있는 좁은 골목에 들어선 사내의 차는 두 블록 정도의 거리를 더 달리다가 웅장하게 버티고 있는 저택 앞에 멈췄다. 그런 곳에 그렇게 큰 집이 있으리라고 생각하지 못했기 때문에 그는 좀 의아한 표정으로 사내를 보았다. 여기가 어디예요, 설마 당신 집은 아니지요? 하는 질문이 그의 표정에 묻어 있었다. 사내는 그의 표정을 무시한 채 안으로 들어갔다. 잘 손질된 넓은 정원이 눈앞에 펼쳐졌다. 잎이 넓은 나무들과 햇빛을 받아 반짝거리는 잔디밭에 핀 색색의 꽃들이 잘 어울렸다. 담 하나를 사이에 두고 펼쳐진 전혀 다른 세상이 그의 입을 벌어지게 했다. 어떻게 해도 사내와 잘 연결되지 않았기 때문에, 그러나 어떻게든 사내와 연결되어 있을 거라는 사실을 부정할 수 없었기 때문에 그는 혼란스러웠다.

사내는 그를 안내했다. 2층으로 된 건물이었다. 사격 연습장이나 기웃거리는 사내의 왜소하고 후줄근한 외모와는 달리 그 집은 거대하고 화려하고 눈부셨다. 그의 호기심을 부러 모른 체하는 것처럼 구는 사내에게 그는 묻지 않을 수 없었다.

"여기가 어딥니까?"

사내의 대답은 짧고 분명했다.

"내 집이야."

사내는 그 큰 집에 혼자 살고 있다고 했다. 집안일을 하는 사람들이 있지만 가족은 없다고 했다. 한 사람을 위해 지어졌다고 하기에는 너무 큰 집의 규모가 그의 마음을 좀 불편하게 했다. 그는 자기가 살고 있는 가난한 동네 사람들을 떠올렸지만, 그러나 혼자만의 생각에 빠져 있을 수는 없었다. 사내는 그를 다그쳤다.

"이봐. 그렇게 두리번거리지만 말고 끊어진 대화를 이어가자고."

어느새 다리를 꼬고 앉은 사내는 손님을 접대하는 집주인의 태도가 아니었다. 사격장에서 포착한 적 있는 수상한 광휘를 다시 뿜어내는 사내의 눈을 보자 저절로 긴장이 되었다. 그는 사내의 의중을 정확히 헤아리기가 어려웠다. 이자는 대체 무슨 이야기를 왜 듣고 싶은 것일까? 그는 그가 산에서 경험한 이야기를 왜 듣고 싶어 하는지 알지 못했다. 그러나 그는 해야 했고, 그가 할 수 있는 이야기는 그것 말고는 없었으므로 그 이야기를 했다. 등산을 하기로 마음먹은 순간부터 시작했다. 등산 장비를 구입한 일, 암벽 타기, 정상에 도착한 순간의 형언하기 어려웠던 야릇한 기분, 그의 내부 깊은 곳에서 터져 나온 소리, 그리고 악몽, 빗속의 수면…… 이야기하는 도중에 언뜻언뜻 고개를 들고 사내의 눈치를 살피는 그는, 종잡을 길 없는 난폭한 군주의 반응에 연연하는 이야기꾼과 같았다. 군주는 이야기꾼이 이야기를 다 끝냈는데도 파악하기 힘든 표정을 거두지 않은 채 예의 탐조등 같은 눈빛만을 쏘아대고 있었다. 눈빛의 열기 때문인지 왼쪽 눈자위의 거무스름한 피부가 파르르 떨렸다. 그는 불현듯 그 눈빛을 직접 쏘이면 안 될 것 같은 두려움에 붙잡혀 사내를 외면했다. 자기 이야기가 사내를 만족시키지 못할지도 모른다는 그의 우려는 곧 확인되었다. 미진하다는 뜻이 담긴 표정으로 고개를 두어 차례 흔들던 사내가 입을 열었다.

"그것뿐인가? 그대의 등산기는, 뭐랄까, 어설픈 추상화로군. 색은 화려한데 관념에 버무려 형체가 없어졌으니……"

"내가 경험한 이야기를 들으려 한 것이 아니라 나를 통해 듣고자 한 이야기가 있었던 모양입니다. 그렇다면 아마 그 이야기는 델브루케 씨의 내부에 있지 않을까 싶네요."

그는 자기 이야기가 상대방을 만족시키지 못했다는 사실에 사내와 마찬가지로 실망했다. 그는 사내를 만족시키고자 하는 마음이 자기 안에 있었다는 걸 어쩔 수 없이 인정했다. 그의 말투가 다소 퉁명스러워진 것은 그 때문이었다. 감정을 첨예하게 표현하려는 의도인지 미간을 두툼하게 모아 양 눈을 직각삼각형으로 만들어낸 사내의 독특한 눈빛에서 얼핏 수상한 기운이 감지되었다. 실체는 분명하지 않지만, 그는 그 순간 덤불숲을 꿈틀꿈틀 헤치며 움직이는 뱀의 형상을 본 듯했다. 그것은 음침하고 불길했다. 마침내 예감으로만 머물러 있던 그 불길한 기운이 사내의 육성을 통해 이름을 달고 나타났다.

"음모. 골 깊은 어둠 속으로 기꺼이 함몰하여 한 몸이 될 것을 요구하는 산의 그 음모. 우리가 자기 품에 안기는 순간 활짝 열어 보이는, 판도라의 상자와도 같은 음모 말이야. 아래로 날갯짓하며 처연하게 낙화할 것을 부추기는 어떤 유혹이 자네 같은 친구를 외면했으리라고는 상상하기 어려운데."

"그러고 보니 델브루케 씨의 말이야말로 화려체이고 관념투성이고 추상화로군요. 어떤 거대한 힘에 붙들린 건 맞아요. 단순화시켜 말하기는 어렵지만, 그곳에서 나를 붙든 거대한 힘은 죽는 것이 아니라 죽이는 거였어요. 살려는 발버둥이었구요. 나는 아래를 내려다보는, 아래를 내려다볼 줄밖에 모르는 절대자의 시선을 획득한 것 같았어요."

그 순간 사내가 몸을 일으켜 그의 손을 잡았는데, 그것은 확실히 돌발적인 동작이었고, 다소간 연극적으로 보였고, 그래서 거북했다. 사내는 자기의 가르침을 잘 따르는 학생에게 하듯 그의 등을 가볍게 두드리기까지 했다. 그는 영문을 알 수 없어 어리둥절했지만, 사내를 만족시킨 것 같아 기분이 나쁘지는 않았다.

"죽지 않고 살기 위해선 다른 죽음이 필요하다는 논리는 꽤 성숙한 데가 있어 보이는군. 거기다가 신의 시선을 언급하다니. 그것이 종교의 문제라는 걸 간파했다는 게 아닌가. 대단해. 놀라워. 그런데 말이지, 아무리 논리가 훌륭하다고 해도 그것이 머릿속에 그대로 있을 때는 아무 힘도 발휘할 수 없다는 걸 알고 있나? 자네는 구더기 떼들을 향해 무작정 빗자루를 휘둘러댔다고 했지. 당연히 한 마리도 떨어뜨리지 못했고. 그런 무작정한 반복 운동에 그놈들 가운데 한 마리라도 떨어졌다면 그게 오히려 이상한 일이지. 부인할지 모르지만, 구더기들이 끄떡하지 않은 것은 그놈들이 거머리처럼 벽에 찰싹 달라붙어 있었기 때문이 아니라 유감스럽게도 자네의 그 도구가 그놈들을 맞히지 못했기 때문이야. 사격장에서 타깃을 향해 총을 쏠 때와 이치가 같지. 타깃이 많아졌으니 마구 쏘아대도 맞아 떨어지는 놈이 있을 거라고 생각하는 건 요행을 바라는 건데, 그건 이 세상을 너무 만만하게 본 거야. 가공하도록 정교하고 복잡한 이 세상 질서를 과소평가한 거라고. 요는……."

"겨냥할 표적이 중요하다는 말씀이지요?"

그가 사내의 말을 가로채고 들어간 것은, 사내의 의중을 정확하게 파악했기 때문이 아니었다. 그는 사내의 의중을 정확하게 파악하지 못해 좀 답답했지만 한편으로는 사내의 의중을 정확하게 파악할까 봐 두려워지기도 했다. 사내의 정체를 제대로 알지 못한다는 생각이 불안을 끼얹었다. 처음 만났을 때부터 사내에게 가지고 있던 궁금증이 저절로 튀어나왔다.

"델브루케 씨를 사격장에서 처음 만난 날 이후 내 속에서 어떤 의문 하나가 커왔습니다. 표적을 가져야 한다는 충고를 나에게 했지요. 그래서일까요? 당신이 사격하는 모습을 보면 눈에는 보이지 않는 그 표적이 실재하는 게 너무나 뚜렷하게 느껴졌거든요. 나에게는 없는 그 마음의 표적 말이에요. 내가 받은 인상이 틀리지 않다면, 그 표적의 존재에 대해 알고 싶어 해도 괜찮을까요?"

"빚을 갚으라는 뜻인가? 좋아, 그러지. 하지만 빚을 갚는 게 아니라 선물로 주는 거야."

─────── 델브루케 씨는 단도직입적으로 자기의 표적을 밝혔어요. 내가 질문해주기를 바라고 있었던 것 같기도 했어요. 어쨌거나 그의 대답이 나를 얼마나 놀라게 했는지 모를 겁니다. 처음엔 농담을 하는가 싶었지요. 그만큼 그의 대답은 뜻밖이었는데, 그의 어투는 다른 사람의 풍문을 전하기라도 하듯 가볍고 덤덤했어요. 전부터 감지되던 번뜩이는 눈빛만 빼면 표정도 특별하지 않았고요. 내가 이 말을 하면 선배 역시 내가 받은 것만큼 충격을 받을 거라고 생각합니다. 이 사람이 살아온 이야기를 듣고 이 사람을 조금 이해하게 되면 혹시 충격이 덜할까요? 그럴 거라고 장담할 순 없지만, 먼저 이 남자가 살아온 이야기를 간단히 들려드리겠습니다. 모르긴 해도 선배는 사람의 인격을 형성하는 몇 가지 요소들—보편적인 심리학적 인식으로는 유전과 환경, 그리고 종교적·도덕적 교육이라고 알려져 있는— 중에서 특별히 유년기의 환경이 얼마나 심각한 영향을 미치는지에 대해 충분한 경고를 받으실 겁니다. 또한 내 글을 읽으면서 혹시 품었을 몇 가지 의문점에 대해서도 답을 얻게 되리라 생각합니다.

이야기가 길어지는 것을 용서하십시오.

우선 유년기의 그의 집이 형편없이 가난했다는 데서부터 이야기를 시작하겠습니다. 델브루케 씨는 프랑스 국경에 가까운 작은 도시의 빈민가에서 태어났는데 자기 아버지가 누구인지 아직도 모른답니다. 그를 낳은 어머니는 그보다 훨씬 불행했던 것 같습니다. 그녀는 결혼식은 한 번도 하지 않았으면서 아버지가 각기 다른 사생아를 셋이나 낳았으니 말입니다. 어린 델브루케는 어머니의 젖을 빨면서 아마 운명처럼 그녀의 그런 불행조차 어느 정도 흡수했겠지요.

 궁핍한 집안의 아이들이 대개 그렇듯 그 역시 사람과 세상을 지배하는 돈의 위력에 일찌감치 눈을 떴고, 재산의 많고 적음에 의해 은밀히, 그러나 완벽하게 구분되는 계급사회의 단단한 구조를 눈치 빠르게 터득했습니다. 어떤 의미에서는 그만큼 빨리 세상을 배운 셈이라고 할 수 있을 겁니다. 세상에 발을 들여놓기 전부터 세상은 친절하게도 그의 길을 마련해놓고 있었습니다. 그러지 않아도 되는데 말입니다. 어둡고 더러운 뒷골목이 그에게 허용된 공간이었습니다. 그와 같은 출신의 아이들 앞에는 선택의 자유가 별로 없었다고 그는 말합니다. 그가 태어나기 전부터 그와 같은 처지의 사람들이 기치간 전철을 하나씩 착실하게 밟으며 그는 이른바 문제아로 성장했습니다. 그는 규격에 맞는 사람이 될 수 없었는데, 그것은 그가 규격 밖에 위치했기 때문입니다. 규격 안으로 받아들여지지 않았기 때문입니다.

 이런 식의 악순환의 수레바퀴는, 불타는 사명감과 헌신적인 사랑을 들쳐 메고 빈민가를 누비는 교육자, 종교인, 사회개혁자들의 양적인 증가에도 불구하고 근본적으로 바뀔 가능성이 별로 없습니다. 더구나 그들의 사명감이라고 하는 것이 열을 내지 못하는 반딧불 같아서 가짜의 빛만을 피울 뿐이고, 그들의 사랑이라고 하는 것 역시 포장만 요란한 전시용 다변(多辯)으로 치장되어 있는 경우가 흔하지 않습니까?

델브루케 씨 이야기를 들어보시겠습니까?

"우리가 살던 그 더럽고 비좁고 냄새나던 동네 한복판에 교회당이 하나 있었지. 바닷가에 널린 자갈들처럼 올망졸망 누워 있는 우리네 집들 가운데 그 교회만 유독 크고 높이 솟아서 마을을 내려다보고 있었어. 나는 그 교회당을 무척 사랑했지. 왜냐하면 그곳 말고는 놀 만한 공간이 거의 없었으니까. 우리는 일요일만 빼놓고는 거의 매일 교회 공터에 가서 시간을 보냈어. 일요일은, 유감스럽게도 그곳에 갈 수 없었지. 일요일에 교회는 우리들을 위한 공간이 아니었어. 일요일에만 교회에 오는 사람들을 위해서 매일 교회에 가는 우리는 일요일에는 교회에 가지 말아야 했지. 그러나 평일이라고 해서 그곳이 항상 안전한 놀이터였던 것은 아니야. 우리들이 신나게 놀고 있을 때 우리를 쫓아내는 사람이 있었거든. 우리가 즐겁고 행복한 것을 못 봐주는 그 사람은 교회 담임목사였어. 양 볼에 살이 너무 붙어서 두 눈이 형편없이 찌그러져 보이는 그 교회의 뚱뚱한 목사는 우리가 유쾌하게 떠들어대서 자기의 독서를 방해하는 걸 아주 싫어했거든. 거친 장난을 하다가 가끔씩 유리창을 깨기도 하고, 크레용으로 교회당 담벼락에 추잡한 그림을 그리기도 했으니까 그 목사로서는 우리가 참 귀찮았겠지. 더럽고 냄새나고 가난한 집 아이들이 뭐가 예뻤겠어. 그 거구의 목사가 도망치는 아이들을 잡겠다고 뒤뚱거리며 뒤쫓는 모습을 상상해봐. 우리는 그 모습이 너무 우스워서 놀려대기까지 했지. 그러나 사실 놀려대기만 한 것은 아니었어. 어린 나이였지만, 너무 비대해서 잘 뛰지도 못하는 그 목사의 몸집을 보면서 나는 우스꽝스럽다고 할 수만은 없는 혼란스러운 감정을 느끼곤 했어. 이해하지 못할지 모르겠는데, 막연하지만 옳지 않다는 생각이 들었어. 옳지 않다, 저건. 나중에 나는 내가 그 사람을 증오하고 있다는 걸 알았지. 우리들 형편이 어땠느냐 하면, 멀건 감자국이라도 거르지 않고 먹을 수 있기를 간절히 소원하던 시절이었거든. 살이 찔 리 없었지. 더구나 그땐 염병할 놈의 전쟁이 막 끝나서 세상이 전에 없이 어수선했거든. 사람들 사는 꼴이 말이 아니었지. 한데 그 성직자는 그렇지가 않았거든. 어린 나는 번지르르하게 기름이 오른 그 사람의 뚱뚱한 몸을 훔쳐보며 몸무게가 얼마나 나갈지 궁금해했고, 무엇을 얼마나 먹으면 저렇게 살이 찔 수 있을까를 너 궁금해했어. 지금 생각해보면 그건 단순한 증오나 분노만은 아니었던 것 같아. 비록 교회니 믿음이니 하는 단어에는 무턱대고 고개를 저으며 살아온 나지만, 그래도 그 세계를 무언가 다른 영역으로 구분해놓긴 했었던 것 같아. 나 자신이 섞여 들어가진 않지만 인정했다고 할까. 마치 하늘에다 뿌리를 박고 서 있는 교회당 건물의 십자가처럼 높고 고결하고 신성한 그런 이미지로 말이야. 그런 나에게 그 성직자의 분별없이 뚱뚱한 몸은 하늘이 아니라 땅을 연상시키는 매개물이었어. 솔직히 말해서 돼지처럼 살이 찌고 기름기가 번지르르한 예수를 나는 도저히 상상할 수가 없었어. 사람의 마음을 사로잡았을 예수의 눈빛이 그 사람에게는 없었어. 살이 너무 쪄서 양 볼에 더덕더덕 붙은 비곗덩어리가 눈을 삼켜버렸으니까."

이 남자가 종교에 대한 내부의 욕구를 잠재우고 일체의 권위를 부정하게 된 것이 그 때문이라고 합니다. 유년기 때의 그 목사가 자기 인생을 그렇게 몰아갔다고 말합니다. 그렇다면, 외람된 말이지만, 델브루케 씨를 교회에서 멀어지게 한 그 비대한 성직자는 소자(小者)를 실족게 한 혐의를 물어 연자 맷돌과 함께 물에 빠뜨려야 마땅하지 않겠습니까?

잘 먹고 잘 입는 것을 죄라고 할 수야 없겠지만, 혼자만 잘 먹고 잘 입는다면 누군들 그 사람을 비난하지 않겠습니까? 부자가 이웃의 삶과 사회의식에 태만할 때 천국에 들어가는 문이 바늘구멍처럼 좁다는 예언은 예수의 것이 아닙니까? 그런 까닭에 성서가 선생이 되지 말라고 충고하는 것일까요?

델브루케 씨는 제2차 세계대전을 주도한 독일이 패망한 이듬해에 학교에 들어가긴 했습니다만 애초부터 공부와는 인연이 없었습니다. 그럴 형편이 아니기도 했고 세상을 보는 눈이 많이 비뚤어져 있기도 했습니다. 그의 변명에 따르자면, 무엇보다도 처지가 그를 용납하지 않았던 것 같습니다. 공부하는 게 사치였답니다. 먹고살기 위해서 별의별 짓을 다 해야 했다고 하는데, 유리창도 닦고, 연통 소제도 하고, 식료품 가게나 잡화점의 점원으로도 일하고, 신문도 팔았답니다. 온갖 수모와 가지가지 치욕을 다 겪었다고 했습니다. 그렇게 힘겹게 생계를 이끌어가는 동안 그의 마음속에서 은밀히 커온 생의 유일한 목표는, 눈치채셨겠지만 돈을 많이 버는 것이었습니다. 돈이 최고의 가치이고 부자가 유일한 목표가 되었습니다. 가난하고 험한 세월을 살아낸 사람들의 소망이 대개 거기서 거기겠지만, 그는 확실히 좀 지나쳤습니다. 돈벌이에 거의 광적으로 집착함으로써 자신의 비뚤어진 욕망을 살찌워갔던 것입니다. 무자비하고 더러운 세상에 복수하기 위한 무기가 필요했는데, 그것은 돈이었습니다. 어렸을 때부터 고생과 치욕에 익숙해진 그의 정신과 영혼과 육체는 하나의 목적을 향해 모든 것을 수단화하는 데 따르는 어떤 어려움도 감당해낼 준비가 되어 있었습니다. 그는 오로지 돈을 많이 벌어야 했습니다. 그래서 자기 유년의 헐벗음과 굶주림에 보복해야 했습니다. 비정한 세상에 복수해야 했습니다.

그는 스무 살이 되기 전부터 포르노 사진과 필름을 제작하고 보급해서 돈을 모았고, 마약 밀매로 손을 뻗쳤는가 하면, 나중에는 대도시로 진출하여 나이트클럽과 도박장을 만들어 운영했습니다. 이쪽저쪽에서 갖은 방법으로 돈을 긁어모았습니다. 그러고 보면 그는 수단과 방법을 가리지 않고 돈을 번 경우는 아니었습니다. 그의 치부 수단 가운데 떳떳한 것은 하나도 없었습니다. 철저하게 불법하고 부정한 수단만을 가려서 돈을 모은 특이한 갑부인 셈입니다.

이십 대 중반에 그는 이미 상당한 부자가 되었습니다. 그는 엄지와 검지를 이용하여 지폐를 헤아리는 밤 시간을 사랑하게 되었고, 그럴수록 돈을 수집하는 데 열광적으로 되어갔습니다. 그는 돈을 따라갔고 돈을 위해서만 일했습니다. 돈은 흥분제였습니다. 그 자신의 표현을 그대로 옮기자면, 그의 눈에는 돈 말고는 아무것도 보이지 않았답니다. 돈에 대한 참혹하도록 뜨거운 연정이었던 거지요. 돈은 삶의 절대적인 의미였고, 왜 사느냐에 대한 하나뿐인 해답이었답니다. 델브루케 씨의 고백을 들어보십시오.

"그래서 돈을 벌었느냐고? 물론 보다시피. 그런데 그다음이 문제였어. 이만하면 됐다 싶어 고개를 쳐들고 살아온 세월을 헤아려보았을 때, 나는 마흔을 넘어선 까칠하고 왜소하고 볼품없는 사내가 되어 있더라구. 나의 젊은 피부와 금발의 머릿결은 어느 틈에 지폐 다발로 대체되어 있었단 말이네. 후회한다는 뜻이 아냐. 후회라면, 이런 것들을 얻기 위해 그렇게까지 많은 세월을 투자해야 했던가, 하는 거였겠지. 그렇게 엄청난 대가를 치렀어야 했을까. 다시 시작한다면 이보다 배는 빨리 이뤄낼 수 있을 것 같았던 생각은 자만심이었을까? 그런데 그것만이 아니었어. 사실 그런 생각은 아주 잠깐이었어. 그러니까 문제 될 것도 없었고. 어느 날 이젠 더 이상 돈을 벌기 위해 애쓸 필요가 없다는 것을 알아차렸을 때 휑한 동굴 같은 내 공허한 가슴속으로 스산한 바람 한 줄기가 불어닥쳤는데, 그것이 오랜 세월 내 내면에서 익어온 한숨이라는 것을 그 즉시 바로 알아차리진 못했어. 미리 말했지만 나에게 돈은 편리한 생활을 위한 도구가 아니었어. 그렇다면 그렇게까지 집착하진 않았겠지. 돈은 이 세상에서 내가 지향하는 유일한 목표였어. 돈으로 무엇을 할 수 있는 것이 아니라, 돈은 무엇인가를 함으로써 얻어낼 수 있는 유일한 것이었어. 이 지옥 같은 세상에서 나를 살아 있게 하는 참으로 소중한, 하나밖에 없는 이유였던 거야. 그런데 만일 배나 빨리 그 목표를 달성해버린다면 그것이 축복일 수 있을까? 그건 배나 빨리 삶의 이유를 상실하는 셈이 아닌가. 살아야 할 뚜렷한 이유도 목표도 없이 목숨이 붙어 있으니까 그저 살아가는 사람을 상상할 수가 있나? 그처럼 끔찍한 형벌이 있을 수 있을까? 불멸의 생을 부여받았으나 불멸의 청춘을 약속받지 못해, 추하게 늙은 몰골로 영원히 살아내야 하는 티토누스의 비극과 다를 것이 없는 형벌 말이야. 내가 바로 그 사람이었어. 나의 삶은 점차 무의미해지기 시작했네. 텅 빈 공허가 내 시간을 정복했어. 그럴 수밖에. 이거야말로 표적을 잃은 사수 꼴이 아닌가. 살아 있다고 할 수가 없었지. 무의미의 톱니 사이에 낀 내 삶은 점차 허물어지기 시작한 거네. 자선사업이라도 해보지 그랬느냐고? 왜 안 해봤겠나.

소용없었어. 고아원이나 빈민가의 초등학교를 찾아다니며 내가 가진 것들 중에서 얼마를 기부해보았지. 기쁘지도 않고 보람도 느껴지지 않았어. 그러고 보니까 생각나는 일이 있네. 언젠가 신문에 이런 광고를 낸 사람이 있었어. 세상, 참 별놈이 다 있더군. '조건 없이 도와주시면 평생 은인으로 모시겠음. 본인은 현재 사업 실패로 당장 거리로 나앉게 될 형편임.' 그런 류의 작자들에게도 자선하는 기분으로 돈을 뿌려봤지. 삶의 의미랄까 보람 같은 게 얻어지지 않을까 하는 헛된 기대를 가지고 말이야. 그러니까 나름대로 꽤 애를 쓴 셈이야. 아무것도 하지 않은 게 아니라고. 그렇지만 남에게 돈을 주는 행위는 돈을 버는 일에 비하면 스릴도 감동도 적어서 마치 맹물을 마시는 것처럼 맨송맨송한 기분만 들 뿐이었어……. 해 질 무렵에 옥상에 올라가 시가지를 내려다보는 것은 내 오랜 습관이었네. 나는 하늘 한쪽에 불을 붙이고 있는 황혼을 옥상 위에서 바라보기를 좋아했지. 그런데 어느 날 이해할 수 없는 일이 일어났어. 이 집의 가장 높은 옥상 위에 서 있는데 내 속 깊은 어딘가에서 아주 은밀하게, 뭐랄까, 간지러운 속삭임 같다고 할까, 아무튼 생명을 파괴하고 싶은 아주 낯선 충동이 솟아오르는 것이었네. 처음엔 당황했지. 이게 뭐지, 내가 왜 이러지, 하며 고개를 저었는데 점차 피할 수도, 거부할 수도 없게 되어버렸어. 낯선 충동에 점차 익숙해졌지. 옥상을 올라가지 않으려고 했지만, 그것도 쉽지가 않았어. 그 충동은 금지된 악덕을 향한 유혹과 같았어. 수상하고 달콤했지. 살아 있을 이유도 없으면서 이 불쾌한 사십 대의 추하고 외로운 독신 남자는 도대체 무엇을 바라며 살고 있는 것일까? 그런 의혹에 섞여, 이 추한 몸을 망가뜨려버리고 싶은 욕구가 주체하기 어렵게 꿈틀대는 것이었어. 이 초라한 육신을 시멘트 바닥에 박살내버리고 싶은 충동에 줄기차게 시달렸단 말이야. 부서지고 바스라지고 가루가 되면 황홀할 것 같았어. 그건 무서운 유혹이었어. 어떻게든 살아남기 위해서 그렇게 몸부림치던 내가, 그런 몸부림에 노예처럼 순종 잘하던 내 육체를 버리겠다니……. 그런데 지금도 설명할 수 없는 것은, 이해할 수 있을지 모르겠는데, 그런 충동을 배경으로 꼿꼿이 서서 눈을 부라리고 있는 목숨에 대한 끈질긴 애착이야. 웃을지도 모르지. 당연해. 이제껏 해온 진술과 너무 다르니까. 결행할 용기도 없으면서 상상이나 말로만 쉴 새 없이 자살을 모의하는 비겁자라고 비난할 수도 있어. 그렇더라도 별수 없네. 달리 설명할 재간이 없어. 나도 이 모순된 욕망을 이해하지 못하겠으니까. 그럼에도 한 가지 분명하게 말할 수 있는 것은, 파괴의 충동에 맞선 그 갑작스러운 삶에 대한 욕망은 삶의 의미니 이유니 목적이니 하는 것이 들러붙지 않은, 들러붙을 여유가 없는, 그야말로 백지의 욕망이었다는 거야. 막무가내이고 무조건적인 벌거벗은 욕망이었지…….”

어떤 관념도 삶에 앞서지 않는다는 게 아마 진실일 겁니다. 삶과 관련한 가지가지 사유들은 살아 있다는 확실한 전제 위에 세워지는 보조적인 통찰에 불과한 것이라고 할 수 있지 않을까요?

그것들이 삶을 지탱해주는 튼튼한 기둥 역할을 할지는 몰라도 적어도 삶을 있게 하는 토대나 기반일 수는 없다는 것이 내 생각입니다. 살아 있다는 것, 그것이 무엇보다도 중요하고 무엇보다 우선이지요. 우리는 종종 너무 쉽게 삶을 추상화시킴으로써 대전제로 주어진 생존의 사건을 간과하는 어리석음에 빠져드는 것 같습니다. 장식적이고 사변적인 사치어에 탐닉함으로써 그것이 내용을 텅 비게 만든다는 사실을 인지하지 못하는 거지요. 왜, 그리고 어떻게 사느냐는 지금, 그리고 여기 내가 살아 있다는 확실한 근거 위에서만 비로소 성립하는 질문입니다. 다시 말하지만, 산다는 것은 모든 논리와 사변 이전의 순수한 결정, 포장되기 이전의 알맹이기 때문입니다. 거기에다 종교는 삶에 신성하고 숭고한 의무의 빛을 부여하지 않습니까?

그러나 모든 관념의 옷을 벗은 벌거숭이의 실존 역시 위험하긴 마찬가진가 봅니다. 벌거벗는다는 것은 종종 허수아비일 수도 있다는 뜻이지요.

"……삶을 지탱해주던 힘은 상실되었다, 그 힘의 지탱이 없으므로 살 수가 없다, 그런데 그 삶은 상실되지 않고 살아 있다, 더구나 그것의 상실에 대한 두려움이 온몸을 찍어 누르고 있기까지 하다……. 아주 위험한 상황이지. 궁지에 몰린 내가 비상수단으로 붙잡은 게 무엇이었는지 알겠나? 어떻게 그 생각이 고개를 쳐들었는지 몰라. 아니, 어느 구석에 그런 생각이 숨어 있다가 갑자기 튀어나왔는지 몰라. 나로선 다행이지. 다시 살 이유를 찾았으니까. 영감처럼 치솟은 그 법칙이 내게 삶의 새로운 동력을 제공해주었던 것이네. 어떤 의미에서 그것이 나를 부활하게 했다고 할 수 있을 거야. 그 법칙이란, 다른 것이 아니네. 아주 단순하고 정직한 논리. 생명은 생명이 대신한다는 것이야. 누군가를 살리기 위해선 다른 누군가가 죽어야 한다는 것이네. 생명을 대신할 수 있는 것은 생명밖에 없으니까. 잘은 모르지만 이건 기독교의 교리와 썩 잘 어울리는 것이잖나? 피가 없이는 생명이 없다, 뭐 그런……."

"그래서…… 그분을 표적으로 삼았단 말입니까? 왜요? 왜 그분이어야 하는데요? 당신의 논리를 다 인정한다고 해요. 그렇다고 해도 당신의 삶을 위해 그분의 희생이 필요하다는 논리는 대체 어디서 나온 겁니까?"

"그것이 무엇보다도 종교적이니까. 안 그래? 그러나 꼭 그 때문만은 아니야. 그 결정을 하게 된 데는 또 다른 사연이 있긴 하지. 다소 즉흥적이라고 비난할지 모르지만 말이야."

김 선배, 그 말을 하고 그는 입술을 비틀어서 의미심장한 미소를 지어 보였습니다. 그 일그러진 미소가 나를 움찔하게 했습니다. 그것은 아주 중요한 비밀을 나눠 가지고 있는 동지에게나 지을 법한 성질의 웃음이었기 때문에 나는 문득 혀끝이 타들어가는 듯한 갈증을 느꼈습니다. 긴장이 안 될 수 없었지요. 성급한 결론인지 모르지만, 그 미소는 막연하지만 내가 전부터 예감해왔으면서도 애써 외면하고 부정하려 했던 모종의 음모에 꼼짝

없이 나를 가담시킨 결정적인 사슬이 되었습니다. 그 미소로 그는 자기의 비밀스런 이야기에 종지부를 찍어버렸기 때문입니다. 이제 그 비밀은 그가 찍은 종지부 안에 감금되었고, 그리하여 그 비밀은 그와 나의 공유물이 되었습니다. 두 사람만의 전유물이 된 것입니다. 이 말은 누구에게도 털어놓을 수 없는 엄청난 비밀이 그와 나를 제외하고는 누구도 알지 못하게 밀봉되었다는 의미를 함축합니다. 그와 내가 튼튼한 벽이 되어 그 비밀을 봉쇄한 겁니다. 아니, 봉쇄된 그 비밀이 그와 나를 하나의 벽으로 연결해준 겁니다. 하나의 비밀을 공유함으로써 혈육보다 더 진한 일체감을 갖게 된다는 사실은 얼마나 놀랍고 신비스러운 일인지요.

이제 내 이야기는 종착지를 향해 가고 있습니다. 조금만 더 참고 읽어주십시오. 이제 그의 마지막 비밀을 공개할 차례입니다.

"그러니까 지난해 나는 하마메드에서 12월을 보냈지. 하마메드를 알까? 지중해 연안에 위치한 매우 아름다운 휴양지인데, 무엇보다도 사람들이 북적대지 않아서 내가 좋아하는 곳이야. 나는 바다가 한눈에 내려다보이는 호텔에 묵고 있었지. 딱히 해야 할 일이나 만나야 할 사람이 없는 나는 하루의 대부분을 넓은 창을 통해 바다를 내려다보거나 바닷가를 산책하며 지냈어. 그런데 그곳에서 한 젊은이를 사귀게 되었네. 아니, 사귀었다는 표현은 적절하지 못한 것 같군. 한 호텔에 같이 묵었기 때문에 식사 시간에 몇 번 마주쳤고 또 근처 카페에서 커피를 마시고 있는 모습을 목격하긴 했지만 직접 대화를 나눈 건, 그가 시칠리아를 향한다며 그곳을 떠나가기 하루 전인 12일 밤, 딱 한 번뿐이었으니까 말이야.

그 젊은이는 매우 침착하고 조용해 보였네. 큰 눈에 무언지 우울한 빛을 담고 있긴 했지만 오히려 그 눈빛 때문에 명석하고 지적인 분위기를 풍기는 잘생긴 젊은이였지. 내가 사격 연습장에서 처음 자네를 보았을 때 나도 모르게 그 젊은이를 떠올렸다는 걸 몰랐겠지. 생김새 때문이라고 할 수는 없지만, 묘하게 닮은 데가 있었어. 그래서 매우 친숙한 사이인 양 말을 건네게 되었다는 사실을 이젠 밝혀도 괜찮을 것 같군. 그 이후로 쭉 지켜보면서 관심을 키워왔다는 것도 함께.

그 친구는 터키의 마라타 태생이라고 했네. 하지만 그가 어디에서 태어났느냐 따위는 중요하지 않아. 중요한 건 따로 있지. 그날 밤 술을 마시면서 이런저런 이야기를 나눴지만 술자리에서 나눈 대화 가운데 특별히 기억할 만한 게 없어. 서로의 방으로 돌아가기 직전에 그가 고백하듯 한 마지막 말을 빼면 말이야. 그자가 바로 그 이름을 꺼냈어. 그는 누군가를 저격하기 위해 형무소의 삼엄한 경비망을 뚫고 탈출했다고 했어. 그럴 만한 절실한 사연은 말하지 않았으니 알 수 없지. 묻지도 못했네. 그가 암살하겠다는 사람의 이름을 바로 밝혔으니까. 놀라지 않을 수 없었지. 그는 한 신문사에 편지를 보내 자기의 범행 계획을 미리 알리기까지 했다고 덧붙이더군. 흡사 정구공이 마루에서 튀어

오르는 것처럼 차분하고 탄력 있는 음성으로 말이야. 그가 내놓은 말들의 여운이 어둠 속을 거미줄처럼 휩싸고 돌았지. 거미줄은 두껍고 단단해져 있었네. 그러고는 그만이었어. 그는 그림자 같은 발소리와 함께 거미줄 속으로 걸어 들어가버렸으니까. 한데 그때 나는 그의 뒷모습을 보고 있지는 않았네. 두껍고 단단한 거미줄의 근원지에서부터 불어오는 한줄기 뜨거운 바람을 붙잡고 있었지. 그 바람에 가슴을 비워주고 있었지.

그래, 그건 아주 빨리 마른하늘을 달리는 바람처럼, 너무 빨라 형체를 분간할 수 없는 바람처럼 내 좁은 가슴을 후비고 들어왔어. 나는 그 속에 감춰져 있는 바람의 형체를 재빨리 찾아냈고, 온몸을 부르르 떨며 가장 확실하게 소유권을 표시하려 들었던 거야. 무슨 뜻이냐고? 그 순간, 그러니까 그 젊은 터키 친구로부터 암살 계획을 전해 듣는 순간 표적을 계시받았다는 말이야. 내 표적. 맞아. 그건 바람처럼 급하게 임한 계시였어. 가슴이 활활 타버릴 것처럼 뜨거워졌지. 계시를 받은 사람이 어떻게 뜨겁지 않을 수 있겠어. 그 젊은 청년의 설계도에 따라 사건을 결행할 사람은 나여야 한다는 통찰이 심장의 피를 거칠게 펌프질 했던 거지. 그때 나는 시나이 산 꼭대기의 모세나 밧모 섬의 요한처럼 엄숙하게 그 계시를 받아들였어. 임무를 부여받은 거야. 삶이 다시 의미 있어지기 시작한 거지.

하마메드에서 만났던 그 터키 청년이 총구를 겨누기 전에 내가 먼저 쏘아야 해. 그건 나의 표적이니까. 내가 해야 해. 그건 내

일이니까. 그자가 해버리기 전에 내가…… 지금은 그게 초조할 뿐이야."

이야기를 끝냈을 때 우리들의 밤은 너무 깊이 침몰해 있었습니다. 델브루케 씨의 집에서 자연스럽게 그 밤을 보내게 되었습니다. 그런데 하룻밤을 더불어 보내고 난 이튿날 아침, 몇 년 이상 사귄 친구처럼 친근하고 허물없이 느껴지는 건 또 어떻게 설명해야 할까요? 밤이 소유하고 있는 비밀스런 속성 때문일까요?

머릿속의 세포가 분열이라도 일으킨 모양입니다. 골치가 지끈거립니다. 대뇌의 작용은 극도로 게을러졌고 온몸은 나른하게 풀어져 휴식을 갈구합니다. 그냥 쓰러져 깊은 잠 속으로 빠져들어갔으면 좋겠습니다. 하지만 너무 염려하지는 마십시오. 두통은 상습적으로 찾아오는 손님입니다. 아마 한숨 자고 일어나면 괜찮아질 겁니다. 선배, 이제 가능한 한 감정을 개입시키지 않고(지금까지도 그러려고 노력해왔습니다만) 실제로 일어난 일만을 되도록 짤막하게 보고하고 내 이야기를 마무리하겠습니다.

그 밤은 델브루케 씨와 나의 일체감을 더욱 확실하게 묶어준 튼튼한 줄이었고, 그 일체감을 결정적으로 고정시킨 쐐기였습니다. 나는 그의 술에 묶였고, 쐐기에 박혔습니다. 그는 나를 자기의 음모 속으로 끌어들였고, 나는 그에게 나의 불만을 투사했습니다. 그와 나는 거의 구별되지 않았기 때문에 나는 그를 거부할 수가 없었습니다.

아침식사 후 자신의 서재로 나를 인도한 그는 책상 위에 두 자루의 권총을 올려놓았습니다. 그 권총을 선명하게 기억합니다. 9밀리미터 브라우닝 반자동 권총. 탐조등 같은 눈을 직각삼각형으로 모아 보이며 그는 내 등을 두세 번 토닥거렸습니다. 말은 필요하지 않았습니다. 그와 나는 거의 구별되지 않았으니까요. 나는 거부할 수 없었습니다. 그것으로 모든 준비는 끝이 난 것입니다.

우리는 국경을 넘었습니다. '펜시와기이사'라는 호텔에서 사흘을 묵었습니다. 그 사흘 동안 델브루케 씨와 나는 로마의 이곳저곳을 쑤시고 다녔습니다. 물론 바티칸에 들어갔습니다. 성 베드로 광장을 답사했습니다. 그리고…… 그날이 왔습니다.

성 베드로 광장은 세계 각지에서 찾아온 관광객과 순례자들로 가득했습니다. 밀치고 들어설 공간이 없을 지경이었습니다. 사람들은 서 있거나 앉아 있었습니다. 광장 바닥에 무릎을 꿇고 있는 사람도 있고 손을 흔드는 사람도 있었습니다. 멀리서 온 순례자로 보이는 어떤 여자는 알아듣지 못할 큰소리를 지르며 감격에 겨워 울더군요. 하지만 모든 사람의 시선은 한곳에 집중해 있었습니다. 나는 그때까지, 앞장서서 걸으며 길을 만들고 있는 델브루케 씨의 뒤를 정신없이 쫓느라 미처 그걸 눈치채지 못하고 있었습니다. 그러다가 불편하게나마 겨우 자리를 잡은 후에야 그곳에 모인 사람들의 시선이 어디를 향하고 있는지 알 수 있었습니다.

까마득하게 높은 곳에 하나님이 계셨습니다. 은빛 가운과 황금색 관을 햇살에 반사해내며 아래를 내려다보고 서 있는 그 자태는, 신이 아니라면 감히 그 누구도 취할 수 없는 위엄으로 치장하고 있었습니다. 신이 아니라면 도저히 허락될 수 없는 권위와 자만과 우월함으로 눈이 부셨습니다. 신의 대리자. 이것이 그분의 이름입니다. 아! 신음 같은 것이 내 입을 뚫고 나왔습니다. 그분은 너무 높은 곳에, 너무 인간과 동떨어져 계셨기 때문에, 그리고 나는 너무도 낮은 곳에서 벌레처럼, 그래요, 한 마리의 구더기처럼 꿈틀대고 있었기 때문에 그 순간 목 근처의 마디마디를 찌르는 듯한 통증이 엄습하는 것을 느껴야 했습니다. 그것만이 아닙니다. 더 나쁜 것은 다시 찾아온 참기 힘든 모멸감이었습니다. 나는 흥분과 혼란과 당혹 속에서 모멸감의 돌연한 급습을, 표정을 일그러뜨림으로써 힘들게 받아들이고 있었습니다.

델브루케 씨의 장단에 의식 없이 춤을 추며 로마까지 뒤따라오는 동안 막연하게만 붙들고 있던 살의가 구체적인 행동의 이유를 부여받는 순간이었습니다. 그의 살의가 나의 살의로 이월되고 있었던 거지요. 말하자면 그것은, 내가 찾아낸, 어쩌면 나를 찾아온 표적이었습니다. 그가 그랬던 것처럼 나 역시 표적을 발견한 것입니다. 표적이 발견된 것입니다. 누구도 비난할 수 없는 분명한 표적 말입니다.

내려와야 한다. 만나려면 위에서 내려와야 한다. 아래에서 올라가는 길은 없다. 불가능하다. 내려올 때는 저 호화로운 옷도, 저 눈부신 금관도, 저 빛나는 옥좌도 모두 버려야 할 것이다. 예수가 그랬던 것처럼······. 입으로는 그렇게 되뇌며 엉뚱하게도 내 오른손은 양복저고리의 안쪽 주머니 속으로 미끄러져 들어갔습니다. 그곳에서 나의 다섯 손가락은 탐지기처럼 예민하게 금속의 단단하고 차가운 기운을 흡수해 올리고 있었습니다. 주머니 속에서 가만히 권총을 쥐고 방아쇠의 홈에다 검지손가락을 살짝 집어넣었습니다. 조금의 오차도 없이 꼭 들어맞는 권총의 감촉이 여간 기분 좋은 게 아니었습니다.

델브루케 씨가 고개를 돌려 나를 쳐다보았습니다. 그는 나의 상기된 표정에서 내가 무슨 일을 하려고 하는지 알아차린 듯했습니다. 그는 고개를 가로로 흔들면서 내 손을 제지했습니다.

"아직 일러."

그가 낮게 속삭였습니다. 5월의 기분 좋은 공기처럼 그 속삭임은 가벼웠습니다. 나는 그가 믿음직스러웠습니다.

"서두르지 마."

그는 내게 충고하고는 광장 앞쪽으로 헤치고 나갔습니다.

이윽고 높은 곳에 앉은 분이 무개차를 타고 군중 사이로 돌아다니기 시작했습니다. 그분은 인자하게 미소 지으며 손을 흔들고, 어린아이의 볼에 키스를 했습니다. 순례자들은 더욱 열광적으로 손을 흔들었습니다. 그러나 그분은 여전히 높았고, 여전히 찬란했고, 여전히 인간과 동떨어져 있었습니다. 그분을 태운 무개차가 드디어 우리가 있는 곳 가까이 이르렀습니다. 그분의 인자해 보이는 웃음과 지혜로워 보이는 하얀 머리가, 또렷한 얼굴

윤곽과 함께 선명히 부각되었습니다. 사람들은 손을 흔들며 환호를 계속했습니다. 그때, 두 발의 총성이 햇빛의 수정 같은 결정을 뚫고 울려 퍼졌습니다. 그분이 얼굴을 일그러뜨리며 주저앉는 모습이 보였습니다. 바로 내 눈앞에서 벌어진 일입니다. 삽시간에 광장이 발칵 뒤집혔습니다.

사람들은 이리 밀치고 저리 밀리며 우왕좌왕 어찌할 바를 몰라 했습니다. 순식간에 아수라장이 되었습니다. 무개차 쪽으로 달려가는 사람도 있고 무개차 쪽에서 달려 나오는 사람도 있었습니다. 얼굴을 가리며 비명을 질러대는 여자들이 많았습니다. 내 입에서도 비명이 나왔습니다. 오, 하나님! 나는 가장 친숙한 모국어로 초월자의 이름을 불렀습니다. 추크슈피체의 정상에서 악몽을 꾼 끝에 그랬던 것처럼.

급하게 사내를 낚아챘습니다. 델브루케 씨도 급히 몸을 돌려 나를 노려보았습니다. 우리들은 잠시 동안 눈길을 얽어맨 채로 서로를 살폈습니다. 나는 그가 방아쇠를 당겼다고 믿었습니다. 그 역시 총을 쏜 사람이 나라고 생각했던 것 같습니다. 그러나 우리는 둘 다 서로의 표정에서 범행의 흔적을 찾는 데 실패했습니다.

우리가 서 있는 곳으로부터 10미터도 채 안 떨어진 곳에서 요란한 고함 소리와 함께 소란이 일어나는 게 보였습니다. 주변에 있던 사람들이 한 남자를 덮쳐서 붙드는 중이었습니다. 남자는 아무런 저항도 하지 않았습니다. 착각이었는지 모르지만 나는 그가 햇살 아래 이를 드러내며 웃는 모습을 본 것 같았습니다.

그때였습니다. 델브루케 씨가 내 무릎 아래로 미끄러져 내리며 짐승처럼 신음 소리를 토해낸 것은. 주변 사람들에 의해 결박당한 가냘픈 청년의 얼굴을 확인한 직후의 일이었습니다.

"저놈이야. 터키 놈. 빌어먹을 우리가 한 발 늦은 거야. 빌어먹을! 아, 빌어먹을!"

이상입니다. 그 후의 내용은 신문을 통해 알려졌으니 선배도 잘 알고 있을 겁니다. 이제 그만 쓰겠습니다. 혜령 씨 이야기가 궁금하겠지만, 그건 그녀의 몫으로 남겨두겠습니다. 어차피 그녀는 지금 김 선배 곁에 더 가까이 있으니까요. 이것 한 가지만은 밝히기로 하지요. 귀국할 의사를 내게 알리면서 그녀는 이렇게 말했습니다.

"더 이상은 우리 둘 사이에 주고받을 언어도 눈길도 없는 것 같아. 이 마당에 인연 없는 이국땅에 지체할 이유가 있을 리 없고. 심신이 많이 지쳤어. 나를 포함해서 인간에 대해 절망한 것도 사실이야. 잔인하다고 생각할지 모르지만, 이 말은 해야겠어. 기억하지? 우리의 관계는 형석 씨가 학위를 취득한다는 가능성 위에 위험스럽게 세워진 사상누각이었어. 사상누각이라는 걸 인정하지 않으려고 필사적으로 노력했는데 슬프게도 결국 인정하지 않을 수 없네. 결혼식을 유보한 것은 이 같은 결과를 예감한 하나의 불길한 신호등이었던가 봐."

04

땅의 절망, 하늘의 희망

 그녀의 방 안을 비행하는 공기들은 이질적이었다. 그곳의 낯선 공기는 그동안 내가 마셔온 것과 달랐기 때문에 숨이 막혔다. 방에 들어서자마자 생경한 향기가 코끝을 간지럽혔고 목에서 재채기를 끌어냈다. 나는 되도록 숨을 참으려고 했다.

 예수와 성모 마리아의 초상이 마주 보는 벽에 걸려 있었다. 책상 위에는 탁상시계와 탁상용 달력이 세워져 있고, 십자가상과 성모상도 눈에 띄었다. 그 곁에 조금 전까지 읽고 있었던 듯 기도서가 펼쳐져 있었다. 요컨대 그녀의 방은 몹시 낯설었다. 그녀가 내주는 팔걸이의자에 편한 자세로 앉아 시답잖은 우스갯소리를 지껄이던, 내게 익숙한 오래전의 그 방은 이미 아니었다. 사물들은 변화에 민감하나. 주인보다 더 민감하게 반응하는 것이 주인의 물건들이다. 주변의 공기도 그 변화를 무시하지 못한다. 그렇다고 하더라고 이 낯선 느낌은 무엇일까? 이 수상한 공기에서 맡아지는 불안은 어디서 오는 것일까? 나는 헛기침을 했다.

 나는 과거를 현재의 시간 속으로 불러내볼 계획이었다. 기억이란 무서운 파괴력으로 인간을 망가뜨리기도 하지만, 때로는 그 이면에 감춰진, 말랑말랑한 추억의 광선을 쪼이게 함으로써 이미 망가져버린 인간관계를 재건시키는 역할을 하기도 한다는 사실을 알고 있기 때문이다. 꼭 닫혀버린 그녀의 마음을 열기 위해, 다시금 더불어 지내야 할 필요성과 그 가능성을 옛 기억에 의존하여 설득하려 했던 것이다. 여전히 사랑한다고 말할 참이었다. 이제는 뭐라고 해도 아무 데도 보내지 않을 거라는 낯간지러운 말도 떠올려보았다.

 물론 그런 결정을 하기가 쉬운 것은 아니었다. 마음의 움직임만 앞세워 들이밀 수 있는 상황이 아니었다. 마지막까지 알량한 자존심이 반기를 들고 버텼다. 그러나 자존심이란 남이 세워주는 것이지 자기 스스로 억지로 세우는 고집 같은 것이 아니라고 설득해서 그 자존심의 심술을 어렵게 주저앉힐 수 있었다. 나는 조금 더듬거리면서, "내 생각은……" 하고 서두를 뗐다.

 단단히 마음먹고 꺼낸 말이긴 했지만 거북하고 어색한 것은 어쩔 수 없었다. 말을 뱉어내기도 전에 얼굴이 상기되고 목젖이 쿨렁거렸다. 콧잔등에 땀이 맺혔다. 나는 초조하게 판결을 기다리는 법정의 피고와도 같았다. 판결은 나에게 유리하지 않았다. 생각지도 못했던 그녀의 대답이 나를 당황하게 했다. 설명하기 힘든 수치심으로 가슴이 요동쳤다.

 "나, 수녀원에 들어가려고요."

 그랬구나. 여태 나를 붙잡고 놓아주지 않던 낯설고 수상한 기운이 이것 때문이었구나. 그녀의 방에 들어설 때부터 낯선 공기는 배반의 기운을 은근하게 드러내고 있었다. 나는 외면하려 했던 막연한 불안과 마주쳤다. 아주 짧은 순간이었지만 나는 아, 결국 이렇게 되는구나, 하며 탄식을 늘어놓을 뻔했다. 나는 용케 버텼다. 인정하라고, 모른 척하지 말라고 다그치는 내면의 목소리를 들으면서도 모르는 체, 안 들리는 체 고집스럽게 외면할 수 있었던 것은 그런 자기기만으로 말미암은 가책보다는 이 예감의 실체를 인정하는 일이 훨씬 고통스럽기 때문이었음을 순식간에 깨달았다. 그럼 나는 이것을 확인받기 위해 혜령을 찾아왔단 말인가.

아픔과 열패감의 소용돌이 속에서 이제는 솔직하게 고백해야 한다. 놀랍게도 내가 혜령의 방에서 받은 그 낯선 기운은 신성함과 관련된 것이었다. 그것은 청결하고 건조한 체취, 금욕과 청빈과 순결의 분위기였다. 인간을 넘어서려는 초월에의 욕구가 빚어내는 성스러운, 그러나 가공의 분위기였다. 하늘을 사랑하기 위해 세상을 등질 수밖에 없는 이율배반의 눈짓이었다. 나는 아찔한 현기증을 느꼈다. 어린아이가 교장 선생님의 손길을 대하고 머뭇거리게 되는, 단지 두려움이라고 표현할 수밖에 없는 감정 상태가 나를 지배하고 있었다는 걸 인정하지 않을 수 없었다.

그러나 그것만이 아니었던 것 같다. 그토록 진실과 마주하기를 두려워한 까닭은 그 예감이 거느리고 있는 또 하나의 눈빛 때문이었다. 그것조차도 숨김없이 고백해야 하리라. 그녀는 성녀가 되고, 그녀가 성녀가 되면 나는 폐인이 되리라는, 막연하면서도 거부하기 힘든 예감이 그것이었다. 나는 이기지 못할 거라고 느끼면서도 저항하고자 했다. 혜령이 수녀원에 가는 걸 막고 싶었다. 그곳은 그녀의 길이 아니라고 우기고 싶었다. 할 수 있는 데까지 해보고 싶었다.

"수녀원? 수녀가 된다고? 그게 말이 돼? 도대체 왜?"

나는 두 눈을 치켜뜨고 쏘아붙이듯 다그쳤다. 가슴이 두근거려서인지 내 목소리는 불안하게 갈라져 나왔다.

"철저하게 살아보려고요. 세상에 연연하지 않고 하늘에 뿌리를 박고 살아보려고요. 가능할지 모르지만 한번 해보려고요."

"세상에 지쳤다는 뜻처럼 들리는데. 그러나 이 땅을 떠나 산속으로 숨어 들어가는 건 비겁한 도피가 아닐까? 철저하게 살아볼 생각이라면 죽은 듯 고요한 수녀원보다는 복잡하고 혼란스러운 이 도시의 공기 속에서 시도해야 할 것 같은데. 수녀원의 엄한 계율이나 침울한 분위기 속에 자기의 영혼과 육체를 위탁하고 자아를 죽여버리는 건 철저한 삶이 아니라 자기기만이 아닌지 몰라. 자아가 없어진 마당에 철저한 삶이 가능이나 할까?"

"세속에 갇힌 사람이 거룩한 세계를 이해할 리 없지요."

"나는 세상에서 얻은 상처가 있다면, 그것이 무엇이든 세상에서 치료해야 한다고 생각해. 치료가 불가능하다면 그 상처를 싸매고라도, 그보다 더한 경우에는 그 부위를 도려내고라도, 사랑하고 미워하고 그리워하고 분노하며 이 세상에서 살아야 할 거야. 어떤 경우든 이 세상의 삶에서 이탈해선 안 되는 걸 거야. 그렇게 하는 것이 훨씬 하나님의 뜻에도 합당하지 않을까? 정말로 철저해지기를 원한다면 철저해지기가 쉽지 않은 곳에서 시도해봐야 하지 않아? 신앙은 믿을 수 없는 것을 믿는 일이니까. 불가능한 것을 가능하게 만드는 것이 신앙의 힘일 테니까. 세상과 격리된 수도원에서라면 누구든지 철저해질 수 있어. 어쩔 수 없이 철저해지는 거지. 철저해지지 않을 수 없어서 철저해지는 게 무슨 가치가 있어. 너무나 뻔해서 누구나 믿을 수 있는, 믿지 않을 수 없는 걸 믿는 것은 신앙이 아니라는 주장에 수긍을 한다면, 그곳에서 실천하는 어떤 철저한 삶도 결코 진정한 의미에서 철저한 삶이라고 할 수는 없을 거야."

"사람마다 자기 길이 있겠지요."

"도망가는 것도 자기 길을 가는 거라고 정당화할 수 있을까?"

"그 길이 그의 것인 경우에는요."

"제발, 혜령아."

나는 불쑥 그녀의 손을 쥐었다. 그 손은 아이의 손처럼 작고 부드럽고 따뜻했다. 손바닥에서 따뜻한 기운을 전해 받으며 나는 내가 간절하게 그녀를 필요로 하고 있음을 알았다. 어떻게든 그녀를 잡아야 한다는 갈망과 어떻게 해도 잡을 수 없을 거라는 체념이 동시에 일어나서 괴로웠다.

"이러지 마세요. 병욱 씨답지 않아요."

그녀는 가볍게 내 손을 뿌리쳤다.

책상 위에도, 벽에도 성모 마리아의 굽어 살피는 눈빛이 있었다. 불현듯 그녀의 긴 머리카락을 덮을 흰 베일과 그녀의 육체를 감쌀, 죽음을 연상시키는 단색의 제복이 떠올랐다. 초연한 건지 시들한 건지 알 수 없는 우울한 표정을 한 그녀를 상상하자 알지 못할 연민으로 눈살이 찌푸려졌다.

나는 무엇이든 다른 이야기를 하고 싶어졌다. 그녀의 집을 찾아온 목적을 잊어버리고 있었다는 생각이 그제서야 떠올랐다. 일요일을 택해 약수동에 있는 그녀의 집을 방문하려고 한 것은 뮌헨에서 보내온 형석의 편지 때문이었다. 하긴 형석의 편지 내용을 그녀에게 꼭 알려야 할 필요는 없었다. 솔직하게 말하면, 내가 그녀를 찾아온 것은 형석이나 그가 보낸 편지 때문이 아니었다. 그 편지가 불러낸 뮌헨에서의 그녀의 삶에 대한 궁금증이 이유라고 할 수 있었다. 나의 관심은, 어디까지나 그녀에게 있었다. 그녀 몫의 이야기를 듣기 위해 설레던 가슴이 그 방에 들어서자마자 맞이한 낯설고 수상한 분위기에 그만 주눅이 들어버린 모양이었다.

나는 신중하게, 그러나 극적인 효과를 충분히 감안하여 말머리를 꺼냈다.

"뮌헨에서 편지가 왔어."

그녀는 잠깐 아무 말도 하지 않았다. 그러나 그녀의 침묵은 오래가지 않았다.

"그것을 나에게 보고해야 할 의무 같은 것은 없을 텐데요."

햇빛의 급류를 거슬러 헤엄치는 방 안의 먼지들처럼 고집스런 말투였다.

"나에게는 말할 의무가 없지만 혜령에게는 들을 이유가 있을 거야."

그녀는 책꽂이에서 책을 한 권 꺼내 뒤적거렸다. 아무 책이나 무턱대고 빼낸 듯했고, 여기저기 페이지를 넘기고 있긴 했지만 책을 읽고 있지는 않았다. 겉으로 태연한 척하지만 어쩔 수 없이 감정의 동요를 느끼고 있다는 증거였다.

나는 편지 내용의 대략을 소개하고, 그 편지를 읽고 난 후에 내가 받은 충격에 대해서도 언급하는 것이 좋을 듯해 그렇게 했다.

"그 사람, 불쌍한 사람이에요."

꽤 긴 침묵 끝에 그녀의 입술을 열고 나온 말은 의외로 울림이 컸다. 나는 그녀의 눈이 축축하게 젖어 있다는 걸 알았지만 그 눈이 뜻하는 바를 정확하게 포착해낼 만큼 머릿속이 정리되어 있지는 않았다. 다행히 그녀가 말을 이었다.

"더 버틸 수가 없었어요. 그 사람이 불쌍하다고 한 것은, 그의 여자가 참을성도 없고 헌신적이지도 않고 형편없이 유약한 여지였다는 뜻에서예요. 그의 돌연한 학업의 중단과 방황, 그것은 인연도 없는 이국땅까지 찾아온 우리들의 결단을 무의미하게 만들었고, 그의 잦은 외박은 위태롭게 연결되어오던 그와 나의 공생을 결정적으로 가위질해버렸어요. 거기다 이탈리아를 여행하고 돌아온 후에는 하루도 거르지 않고 만취해서 들어왔죠. 물론 집에 들어오지 않은 날이 더 많았지만요. 어떤 날은 출신을 알 수 없는 여자들을 데리고 새벽에 문을 두드리기도 했어요. 그는 일부러 그러는 것 같았어요. 그런데 나는 그가 왜 일부러 그런 짓을 하는지 알 수 없었어요. 나는 대화를 요청했지만 그는 번번이 거절했어요. 나를 없는 사람 취급했어요. 피부 위로 두껍게 층을 쌓아가는 혐오감과 모멸감에 몸을 떨다 못해 귀국을 결정한 거예요. 어쩔 수 없었어요. 그것이 조금이라도 그를 덜 미워할 수 있는 방법이기도 했어요……. 사람들이 무서워요. 언제 야수로 돌변할지, 어떻게 가공할 음모를 실현시킬지 모르기 때문에 사람들이 두려워지기 시작했어요."

그녀는 괴로운 듯 고개를 떨어뜨리고 잦아드는 목소리를 냈다. 그래. 그녀는 땅에 뿌리를 내리기에는 지나치게 고상한 식물인지 모른다. 가볍게 흔들리는 머리카락을 바라보며 나는 생각했다. 어떤 열대지방에는 하늘에 뿌리를 박고 창공에서 양분을 섭취하며 자라는 난초가 있다고 한다. 그 난초를 땅에 이식하면 어떻게 될까? 아마 살지 못할 테지. 나는 혼자 묻고 대답했다. 하늘의 식물이 살기에 이 땅은 척박하고 황량한 곳이다. 그녀가 지치고 절망한 것은 이 땅이 그녀와 맞지 않기 때문일 것이다. 이 땅이 그녀를 받아들이지 못하기 때문일 것이다. 그러나 땅의 절망은 하늘의 희망으로 바뀔 것이다. 나는 수녀원으로 열려 있는 그녀의 길을 입술을 깨물며 받아들였다.

"귀국하기 하루 전날 우리는 언뜻 들어서 연관이 없어 보이는 이야기를 하나씩 주고받았어요. 그 사람의 편지를 받았다고 하니 그 이야기를 들려드리는 게 좋겠네요. 그 사람을 조금이라도 이해하기 위해서요. 병욱 씨의 집요한 호기심에 정당성을 더해드리기 위해서도. 권위에 대한 그의 맹목적인 저항은 그 뿌리가 의외로 깊었던 게 아닌가 싶어요."

그녀는 햇빛이 사선을 그으며 비쳐드는 창문을 바라보며 두 개의 이야기를 들려줬다. 하나는 형석이 어린 시절에 경험한 것이라며 그녀에게 해준 것이고, 다른 하나는 혜령이 그에게 자신의 심정을 토로하기 위해 들려준 것이라고 했다.

─────── 중학교 2학년 때 우리 반 담임을 맡고 있던 수학 선생은 수학이라는 과목의 딱딱한 선입관에도 불구하고 위트와 유머가 풍부해서 인기가 좋았어요. 마치 호주머니 속에 위트나 유머 따위를 가득 넣어가지고 있다가 필요할 때마다 한 개씩 꺼내주는 것 같은 인상을 주는 분이었지요. 그런데 학기 초의 그런 인상은 오래가지 않았어요. 적어도 나에게는. 그런 인상을 지워버리고도 남을 불쾌한 일이 벌어졌거든요. 강렬한 새로운 기억은 흐릿한 옛 기억을 덮어버리는 법이지요.

그 선생은 학생들에게 절대로 매를 들지 않는 것으로도 유명했는데, 그렇다고 전혀 벌을 주지 않았다는 뜻은 아니에요. 그 선생의 징계 방법이 아주 독특했지요.

무슨 잘못을 했는지는 기억나지 않아요. 선생은 화가 났고 우리는 단체로 벌을 받아야 했어요. 그는 우리를 복도로 불러내서 2열 종대로 세운 다음 두 사람씩 마주 볼 수 있도록 좌우향우를 구령했어요. 그리고는 한쪽 줄의 학생들을 무릎 꿇게 하고 자기 짝의 눈에서 시선을 떼지 못하게 했어요. 뒤에서 선생답다며 쿡쿡 웃기도 하고 가벼운 농담을 주고받으며 술렁거리기도 했어요. 그러나 처음 얼마 동안만 그랬어요. 우리는 곧 웃을 수 없게 되었어요. 농담을 주고받을 여유가 없다는 걸 알게 되었어요.

한 사람은 사죄라도 구하는 노예처럼 무릎 꿇린 자세로 고개를 쳐들어야 하고, 그 앞에 서 있는 사람은 무릎을 꿇은 채 자기를 우러르고 있는 친구의 눈을 똑바로 노려보아야 해요. 그처럼 비굴한 자세로 벌을 받는 경우에는 대개 고개를 숙이기 마련이지요. 그렇지만 두 사람의 시선이 반드시 허공에서 엉켜야 한다는 것이 그 선생의 주문이었기 때문에 그렇게 할 수가 없었어요. 나는 무릎 꿇린 채 친구의 눈을 우러러보아야 하는 역할을 맡았는데, 시간이 얼마만큼 흐르자 뒷목이 뻣뻣하게 긴장되면서 통증이 느껴졌어요. 하지만 뒷목의 통증은 문제가 아니었어요. 그런 자세로, 바로 앞에 서 있는 사람의 눈을 쳐다볼 때 그 눈길이 표현할 수 있는 감정이 한 가지밖에 없다는 것을 이해하겠어요? 대개는 감정이 태도를 정하지만 태도가 감정을 만들어내기도 하더군요. 비굴하게 구걸이라도 하는 것 같은 수치심. 그건 정말, 뭐라 말할 수 없는 기분이었어요. 위에서 내려다보는 친구의 입장은 다를 거라고 생각할지 모르지만 그렇지가 않았어요. 오히려 경멸이라도 받는 것 같은 씁쓸함과 예상치 못한 당혹감이 합세하여 마찬가지로 견디기가 어려웠다고 해요. 내려다보는 이나 올려다보는 이나 견디기 힘든 모멸감에 얼굴을 붉히며 부르르 몸을 떨고 있어야 하는 거지요. 고작 중학교 2학년이었던 우리들이 사디즘이나 마조히즘 같은 비정상적인 쾌락을 이해했을 리 없지요. 이해했다고 달라질 건 없지만요.

그 시간이 꽤 길어졌어요. 이십 분이 지나고 삼십 분이 지나도 선생은 그만 멈추라고 하지 않았어요. 오히려 복잡한 감정들의 파상적인 공격을 받고 기진맥진해 있는 우리를 지켜보면서 웃고 있는 것 같았어요. 우리들의 고통을 즐기고 있는 것 같았다고 할까요. 그러자 속에서 무언가가 울컥하고 치밀어 올랐어요. 더 이상 그 자세를 유지하고 있을 수 없을 것 같았어요. 다른 애들보다 유난히 충혈된 눈자위를 하고 땀을 뻘뻘 흘리고 있던 내가 기어이 사고를 치고 말았어요. 온몸을 뜨겁게 불태우는 굴욕감을 더 견디지 못하고 마침내 벌떡 일어나 나를 노려보는 친구의 눈을 향해 거푸 주먹질을 해대고 말았던 겁니다.

──────── 어떤 소설에서 읽은 내용이에요. 한 부잣집 딸이 자기 집 하인을 좋아해. 반대와 비난과 협박을 뚫고 우여곡절 끝에 결혼까지 해요. 부부가 된 거지. 여자는 결혼 전의 신분을 전혀 내세우지 않고 남편을 섬기는 데 최선을 다해. 행여 남편이 옛 기억의 끄트머리나마 붙잡고 마음을 다칠까 봐 조바심하

면서. 문제는 여자가 아니라 남자 쪽에서 일어나요. 여자가 아무리 조심을 하고 신경을 써도 남자는 과거의 자기 신분을 벗어버리지 못하는 거지. 마치 이스라엘의 노예들이 일정한 기간이 되어 합법적으로 자유인이 될 수 있는데도, 주인을 섬기며 노예로 살겠다고 그 징표로 귀에 구멍을 뚫는 것과 같은 일이 그 남자에게 일어난 거지요. 귀에 구멍을 뚫고 안 뚫고는 순전히 그 사람의 자유의사에 맡겨져 있거든. 노예 신분을 벗어날 기회를 거부하고 노예로 남기를 바라는 건 자유의 상태로 사는 게 두렵기 때문이겠지. 남편은 자기가 아내 집안의 하인이었다는 강박관념에 시달리다 못해 비굴해지고 비뚤어지고 난폭해져요. 부부 사이가 제대로 유지될 리 없지요.

"그 소설 속에서 그녀가 그 문제를 어떻게 해결했는지 기억이 나지 않네요. 나는 멀어지기로 작정했어요. 그 밖의 어떤 방법을 취해 그의 굴레를 벗겨줄 능력이 없었어요. 그럴 의욕을 잃었다고 해야 할까요? 너무 지쳐 있었다는 게 부인할 수 없는 진실이었으니까요. 이제 모든 걸 다 털어놓은 셈이에요. 드디어 속이 시원하신가요?"

정 교수가 저녁 예배의 설교를 맡았다는 H성결교회는 그녀의 집에서 출발하여 강변도로를 끼고 약 삼십 분을 달려야 하는 거리에 있었다.

모든 것은 분명해졌다. 최형석, 그는 여전히 독일에 있고, 혜령은 수녀가 될 것이고, 나는 계속 신문기자로 남을 것이다. 명쾌하고 단순했다. 최형석이 난삽하게 진술했던 행적들이 성격 부재의 소설 한 편을 읽고 난 직후와 같은 혼란과 충격을 던지기는 했으나, 나는 애써 망각을 불러들일 생각이다. 소설을 읽고 난 후의 감동조차 허락해선 안 되는 까닭은 그것이 소설이 아니기 때문이다. 그의 이야기들은 완벽하게 그 혼자만의 것이어야 하고, 나와는 아무 상관이 없어야 한다. 왜냐하면 나는 중학교 때도 고등학교 때도 그가 경험한 것과 같은 희한한 벌을 받은 적이 없을 뿐 아니라, 이탈리아나 독일은커녕 제주도 구경도 해보지 못한 처지니까. 산꼭대기에서 밤을 새운 적도 없고 성 베드로 광장에 가본 적도 없으니까. 그는 그고 나는 나니까. 나는 혜령을 만나고 나오면서 그 불행한 남자와 나 사이에 선을 그으려고 필사적으로 주문을 외웠다.

  그러나 나는 정 교수를 만나고 싶었다. 왜 그런지 그분을 만나야 할 것 같은 생각이 육중한 무게로 가슴을 눌러왔다. 어이없게도 정 교수는 아무것도 모르고 있을 것이다. 지난번에 만났을 때 털어놓았던 그대로 아직도 자신의 딸에게 무슨 변화가 일어났는지 알 수 없어서 애만 태우고 있을 것이다. 더구나 그녀는 이미 수녀가 되겠다고 마음을 굳혔는데, 그 중대한 결단에 대해서 눈치조차 채지 못하고 있는 것이 아닐까? 그렇다면 그분에게도 형석이 보내온 편지에 적힌 내용을 알려주어야 하지 않을까?

서둘러서 가더라도 예배 시간에 닿기는 어려울 것 같았다. 삼십 분 정도는 늦을 것이 거의 확실했다. 그러나 그건 상관없는 일이기도 했다. 하나님을 만나려는 게 내 목적이 아니니까.

택시 미터기가 심장의 고동 소리를 흉내 내며 찰칵찰칵 숫자들을 집어삼키고, 그러고는 곧 새로운 숫자들을 토해내고 있었다. 나는 등받이에 머리를 기대고 앉아 한숨을 몰아쉬었다. 논리가 발 들여놓을 틈이 없는, 설명이 불가능한 한숨이었다. 담배를 피울 줄 모른다는 사실이 처음으로 안타까웠다. 혜령과의 대화를 떠올려보려고 안간힘을 썼다. 머리가 복잡해서 좀처럼 생각이 모아지지 않았다. 머리를 좌우로 연신 흔들었다. 머리카락이 제멋대로 흐트러졌다. 흐트러진 머릿결을 손가락으로 쓸어 올리는데, 그때에야 자리에서 일어나기 직전에 그녀가 했던 말들이 후텁지근한 선풍기 바람처럼 불어왔다.

"친구 중에 오래전부터 성 나자로 마을에서 일하는 수녀가 있어요. 안양 가는 길목에 자리 잡은 나환자 자립촌이에요. 그 친구는 고등학교를 졸업하자마자 자원해서 그곳에 들어갔어요. 최근에 그곳을 방문한 적이 있는데, 내 삶을 다시 생각하게 하는 계기가 됐어요. 여러 차원의 삶이 있다는 것은 우습지만 전혀 새로운 각성이었죠. 다른 말로 표현하면, 내 고집을 수정하게 만들었다고 할 수 있겠고요. 이제껏 나는 타인이 필요로 하는 사람이 됨으로써, 나 자신을 견고하게 세워보려고 했던 것 같아요. 그게 내가 지향하는 생의 목표였지요. 그런데 그 친구와 그곳에 있는 사람들에게서, 자기 자신을 헐어버리는 게 먼저라는, 자기를 헐어버림으로써 타인이 필요로 하는 사람이 될 수 있다는, 그것이 가장 완벽하게 자기를 세우는 길이라는 역설을 배웠어요. 그동안 나는 나를 세우려고 타인을 이용하려 했어요. 나를 위해 나의 도움이 필요한 누군가가 있어야 했던 거지요. 그래서 나 자신도 세워지지 않았던 거구요. 그렇다고 나자로 마을에 들어가겠다는 건 아니에요. 어차피 사람에게는 주어진 길이 따로 있으니까요. 그 친구처럼 외부에서 사람들과 접촉하며 활동하는 수녀가 될 순 없을 것 같아요. 참으로 훌륭하고 필요한 일이지만, 그래서 더욱 내가 섣불리 할 수 있는 일이 아닌 것 같아요. 나를 세우기 위해 남을 이용하는 똑같은 실수를 반복하고 싶지는 않아요. 그러면 안 될 것 같아요. 수도원 안에만 머물며 수도에만 전념하는 관상수녀를 생각하고 있어요."

나는 정 교수를 만나야 할 것 같았다. 그분을 만나 혜령에 대한 이야기를 더 할 수 있을 것 같고, 또 그래야 할 것 같았다. 형석의 편지 내용을 전한다는 건 사실 표면적인 이유에 지나지 않았다. 혜령에 대한 내 감정이 무엇인지 스스로도 분명하게 파악하시 못하고 있었는데, 그건 내 감정이 수시로 변하기 때문이었다. 확인할 길도 설명할 길도 없는 힘이 나를 정 교수에게로 이끌었다. 정 교수는 H성결교회로부터 저녁 설교를 부탁받았다고 했다. 나는 망설이지 않고 택시를 탔다.

H성결교회의 고딕식 건물은, 새로 들어선 아파트 숲과 주택

들 가운데 그 큰 입을 활짝 열고 우뚝 서 있었다. 입구 쪽 좌석에 앉아 있던 중년의 여자가 반 시간이나 늦게 들어서는 낯선 나를 힐끗 훑어보고는 주보를 내밀었다.

맨 뒷자리에 앉자마자 우선 손수건부터 꺼내야 할 만큼 나는 더위를 느꼈다. 천장에 달라붙은, 잠자리 모양의 대형 선풍기 서너 대가 사람들의 땀을 식혀주려고 땀을 뻘뻘 흘리며 뱅뱅 돌고 있었지만, 그 선풍기들의 가상한 노력에도 불구하고 잠자리가 잠자리 이상일 순 없는 듯했다. 이만한 교회에 냉방 시설이 제대로 되어 있지 않다는 게 짜증스러울 정도였다.

정 교수에게는 여전히 청중의 시선을 끌어당기는 자력이 있었다. 자석에 달라붙은 쇠붙이들처럼 신자들은 하나같이 그의 눈에 진지하게 매달려 있었는데, 목사에 대한 신자들의 신뢰와 존경 덕분에 그 자력은 지난번 와이엠시 회관에서보다 훨씬 효과를 발휘하고 있는 것 같았다. 좋은 자석에 좋은 자성체가 만난 셈이라고나 할까.

──────── 에덴동산의 선악과 사건으로 인해 인간 세계에 죄의 씨가 뿌려지는 것입니다. 분리가 일어납니다. 인간의 일방적인 절교 선언에 의해 인간이 하나님과 분리됩니다. 자연이 인간과 분리되고 인간이 인간과 분리됩니다. 나는 이 사건을, 그들의 삶을 위해 모든 조건을 부여해준 바로 그 신을 향한 '인간의 폭력'이라고 부릅니다. 인류 최초의 사건이지요. 이 사건의

결과로서 인간에게 주어진, 혹은 인간이 얻어낸 선악에 대한 지식은 죽음을 전제로 한 것이기에 하나의 형벌입니다. 한 젊은 독일 신학자의 표현대로 하면, 이 죽음은 이제 생명을 은사가 아니라 계율로 가지는 것을 의미합니다. 축복이 아니라 의무가 됩니다. 환언하면 죽는다는 것은 곧 살라는 요청을 받는 것을 의미한다는 말입니다. 이 형벌은 '신에 대항한 인간의 폭력에 대한 신의 인간에 대한 보응'이라고 말할 수 있습니다. 나는 이 신의 보응을 폭력이라고 이해합니다. 때로는 신 또한 폭력을 씁니다. 물론 신의 폭력은 인간의 폭력에 대한 형벌, 혹은 심판이며 그 또한 미리 경고되었다는 차이가 있지만 말입니다. 인간의 폭력에 대한 신의 보응이 무서운 것은 그것이 에덴, 축복의 회수를 뜻하기 때문만이 아니라 여기서부터 비로소 인간을 파멸의 구렁텅이로 몰아넣은 이기주의가 독버섯처럼 싹트기 시작했기 때문입니다……. 인간이 인간을 향해 저지르는 이런 수평적 폭력은 신과 인간 사이의 수직적 폭력을 전제하고 있다는 사실을 이해하는 것이 중요합니다. 절대자와의 비뚤어진 수직 관계를 무시하고 인간 사이의 평등한 관계만을 기획하는 것은 환상에 불과합니다. 신을 거론하지 않은 모든 휴머니즘은 허무주의라는 기형의 자식밖에는 낳지 못할 것이고, 종국에는 절망이라는 기항지에 도달하게 될 것입니다. 바벨탑이 그 본보기입니다…….

정 교수는 와이엠시 회관에서 강연했던 내용을 설교로 이용하고 있었다. 나는 안내인에게서 받은 주보에 눈을 주었다.

찬송	379	다 같이
성경 봉독	말 3:7	사회자
찬양		성가대
설교	인간의 폭력과 하나님의 심판	정상훈 목사
기도		정상훈 목사
찬송	440	다 같이

'폭력으로부터의 자유'라는 제목이 '인간의 폭력과 하나님의 심판'으로 바뀌어 있을 뿐, 내용은 거의 그대로인 것 같았다. 그러나 정 교수는 자신의 청중 가운데 그 사실을 알아차리고 가볍게 실망하는 사람이 있다는 사실을 눈치챘는지 곧 다른 이야기를 꺼냈다.

……저는 그리스 신화 속의 에리직톤이라는 인물을 불러내어 이 자리에 등장시킬 필요를 느낍니다. 신화에 의하면 에리직톤은 신성을 부정하고 신들을 멸시하는 저속한 인물이었다고 합니다. 현실 너머의 세계에 대한 인식이나 배려가 전혀 없는 불경한 사람이었던 것 같습니다. 어느 날 이자는 시어리어스(Ceres)라는 여신이 매우 아끼는 숲으로 들어가서 닥치는 대로 도끼질을 해댔습니다. 그 숲에는 오래된 참나무 한 그루가 서 있었는데,

얼마나 큰지 그 나무 한 그루만으로도 숲을 형성하는 것 같아 보일 정도였다고 합니다. 사람들은 이 나무를 신성하게 여겨 화환과 감사의 글을 바쳤습니다. 그도 그럴 것이 시어리어스 여신의 사랑을 독차지하고 있던 나무였으니까요. 신성한 것에 손을 대는 행위는 부정하고 불경한 짓입니다. 그것은 금지되어 있습니다. 그러나 오만한 인간 에리직톤은 금기에 도전했습니다. 그는 이렇게 말했습니다.

"이 나무가 여신의 사랑을 받든 말든 그게 무슨 상관이냐? 설사 이 나무가 여신 자신이라고 한들 내가 하고자 하는 일을 방해하겠느냐?"

그러고는 곧장 그 크고 신성한 나무에 도끼질을 하기 시작했습니다. 일격이 가해지자 나무에 생긴 도끼 자국에서 붉은 피가 흘러나왔습니다. 주위 사람들이 공포에 사로잡혀 에리직톤을 말렸습니다. 그러나 그는 개의치 않았습니다. 주변의 충고를 묵살하고, 거기다 그 나무 속에 살고 있는 님프의 경고까지 무시하고 도끼질을 계속하여 그 나무를 고꾸라뜨립니다.

자기가 총애하는 참나무의 죽음을 알게 된 여신 시어리어스는 분개합니다. 여신은 에리직톤에게 가장 무서운 벌을 내리기 위해 머리를 짜냅니다. 여신이 고심 끝에 결정한 것은 그 오만하고 불경한 자를 굶주림의 여신에게 넘겨주는 것이었습니다. 여신은 명령합니다.

"얼음에 덮인 사티아 지방의 맨 끝에 불모의 땅이 있다. 그곳에는 추위와 공포와 떨림, 그리고 굶주림이 함께 살고 있다. 가서 굶주림의 여신에게 전해라. 에리직톤의 밥사발을 소유하라고."

시어리어스의 부탁을 받은 굶주림의 여신은 곧 에리직톤의 집으로 달려가 잠든 그의 혈관에 입김을 불어넣었습니다. 그러자 에리직톤은 그 즉시, 그가 꾸고 있는 꿈속에서부터 음식물을 간절히 요구하게 되었습니다. 잠에서 깨자마자 굶주림이 불길처럼 거세게 타올라 그를 지배했습니다. 그는 굶주림에 사로잡혔습니다.

에리직톤은 지체하지 않고 땅이나 바다나 공중에서 나오는 어떤 종류의 것이든 먹을 것을 가져오라고 지시했습니다. 모든 종류의 음식물이 에리직톤에게 공급되었습니다. 음식을 먹으면서도 배가 고팠기 때문에 음식 먹는 일을 중단할 수 없었습니다. 그는 한순간도 쉬지 않고 먹었지만, 그러면서도 항상 허기에 시달렸습니다. 먹으면 먹을수록 더 배가 고팠습니다. 먹으면 먹을수록 더욱 많은 것을 갈구하게 되었습니다. 그의 굶주림은 세상의 모든 강물을 받아 들이켜고도 여전히 만족할 줄 몰라 하는 바다와 같았습니다.

아무리 재산이 많아도 그의 허기를 이겨낼 수 없었습니다. 그는 모든 것을 팔아 먹을 것을 사는 데 썼습니다. 빈털터리가 되는 건 시간문제였습니다. 마침내 그에게 남은 것은 하나밖에 없는, 아비를 전혀 닮지 않은 착한 딸뿐이었습니다. 참혹한 굶주림은 그에게서 분별력과 인간으로서의 도리를 빼앗았습니다. 그는 자기의 주린 배를 채우기 위해 하나밖에 없는 딸을 팔았습니다……

    실내를 둘러보았다. 적당한 밝기의 조명이 실내에 빛을 뿌리고 있었다. 은은하고 온화한 느낌을 주었지만 원고를 읽기에는 다소 불편할 수도 있는 밝기였는데, 그래서인지 강대상 위에 달린 스포트라이트가 정 교수를 향해 집중적으로 빛을 쏘아대고 있었다. 정 교수는 그 빛으로부터 힘을 받아 외치고 있는 것처럼 보였다.

    반달 모양의 유리창을 가린 커튼에는 예수의 생애를 형상화한 그림이 그려져 있었다. 요단 강에서 세례 요한에게 세례를 받는 예수와 광야에서 마귀에게 시험을 받는 예수와 겟세마네 동산에서 '이 잔을 내게서 물리쳐주시옵소서. 그러나 내 원대로 마시고 아버지의 원대로 하시옵소서' 하고 기도하는 예수의 모습이 보였다. 성당의 벽화를 연상시키는 그 그림들을 나는 홀린 듯 바라보았다. 천장에 달려 회전하는 선풍기 바람에 따라 커튼 속의 예수님과 그의 제자들이 흔들렸다. 그의 군중들도 이리저리 흔들렸다. 그러나 정 교수의 청중들은 꼼짝하지 않았다. 나는 정 교수에게 눈을 돌렸다. 그의 확신에 찬 눈이 안경알 속에서 빛나는 게 느껴졌다. 그가 미풍처럼 부드럽게 웃는 것이 보였다. 자기 설교에 스스로 취한 건지, 아니면 자기 설교에 취해 있는 청중들에게 취한 건지 정확하게 알 수는 없었다. 어쨌거나 나를 향해 지어 보이는 웃음이 아니라는 건 확실했다. 그는 한 개인이 아니라 불특정 다수를 상대해야 하는 자리에 서 있었다. 그리고 그 자리는 수많은 눈길을 한꺼번에 끌어모아야 하는 특정한 자리였다.

나는 그의 설교가 끝나기를 기다리고 있었다. 그의 설교가 들을 만하지 않아서가 아니라 그로부터 듣고 싶은 것이 설교가 아니었기 때문이었다. 그래, 에리직톤은 딸을 팔았지. 그러나 팔려 가는 도중에 아비를 닮지 않은, 그 착한 딸은 바닷가에서 바다의 신 넵튠에게 빌었지. 제발 다른 사람의 노예가 되지 않게 해달라고……. 나는 반항하듯 속으로 중얼거렸다. 그녀는 넵튠의 도움을 받아 집에 돌아오긴 했지만, 불행하게도 아버지의 허기는 여전했지. 그녀는 아버지에 의해 다시 팔리는 신세가 되어야 했지. 그녀는 팔리고 또 팔렸지. 팔려 갈 때마다 넵튠의 호의로 구출되었지만, 굶주림에서 벗어나지 못한 아버지는 계속해서 자기 딸을 팔아넘겼지. 하지만 언제까지나 딸을 팔아 음식을 구할 수는 없었지. 에리직톤의 최후는 비참했지. 그는 결국 제 몸의 허기에 양식을 공급하기 위해 자기 팔다리를 뜯어먹다가 죽고 말았지. 여신 시어리어스의 복수는 그때야 끝이 났지……. 예수님은 움직이지 않았다. 제자들 중 한 사람만 움직였다. 아니, 둘, 셋, 모든 제자들이 다 흔들렸다. 동요하지 않던 군중들이 삽시간에 흩어졌다가 모였다가 다시 흩어졌다.

갑자기 두통이 엄습했다. 어디서 나타났는지 알 수 없는 아지랑이들이 나비처럼 펄럭이며 시야를 어지럽혔다. 눈에 비늘이 덮인 것 같기도 했다. 나는 손으로 눈을 비비며 머리를 흔들었다. 눈을 가리고 있는 비늘이 벗겨지기를 기대하면서. 정말로 눈에서 비늘이 떨어져 나간 것일까. 조명탄을 쏘아 올린 것처럼 갑자기 실내가 밝아졌다. 빛이 너무 갑작스러워서가 아니라 지나치게 강렬해서 오한이 일었다. 섬뜩한 오한이 가슴 한복판을 유성처럼 가르며 지나갔다. 지나친 빛 또한 어둠만큼 끔찍하다는 생각이 스쳤다. 빛 또한 소리와 같아서 수용할 수 있는 밝기에 제한이 있는 것일까. 어떤 식으로 그 밝음을 표현하든, 우리가 느끼고 수용할 수 있는 밝음에는 한계가 있는 것일까. 그런 걸까……. 나는 대단한 화두라도 되는 양 그 순간 문득 붙잡은 그와 같은 상념에 매달렸다. 아니, 그때 나는 정돈된 생각을 할 여유가 없었다. 파편 같은 단상들이 뒤죽박죽 엉켜 혼란스러운 상태였다.

강렬한 불빛 아래 벌거숭이로 선 것과 같은 수치심이 찾아온 것은 그 순간이었다. 정 교수는 그 환한 밝음 가운데서 환하게 웃고 있었다. 눈가에 모인 정 교수의 잔주름이 지도에 표시된 파란 강줄기처럼 선명하게 드러나 보였다. 그런 것이 이렇게 떨어져 있는 곳에서 그렇게 또렷하고 자세히 보일 리 없다는 생각은 할 수 없었다. 그는 너무 높은 곳에 있었다. 그리고 너무 멀리 있었다. 확실한 것은 그것이었다. 한 번도 강대상이 높거나 멀다고 생각해본 적이 없었는데, 오늘은 참 많은 것을 깨우치는구나.

내 속에서 누군가 말을 했다. 그렇지, 이제 나는 저곳으로 갈 수 없지. 그러니 까마득히 높아 보일 수밖에. 그러니 까마득히 멀어 보일 수밖에. 나는 내 시선이 도달할 수 없는 높이를 향해 심하게 목의 각도를 꺾어 사선을 긋고 있음을 깨달았다. 정 교수는 내가 올라가려다 포기한 바로 그곳에서 세상의 풍진에 오염된 불쌍한 영혼을 조소하고 있는 것처럼 보였다. 뒷목에 통증이 몰려왔다.

올려다보는 것만 아니라 내려다보는 것도 고통이라고 형석의 기억은 말했다. 나는 벌을 받고 있었다. 벌을 받는 건 정 교수도 마찬가지라는 생각이 들었다. 내가 고통스러운 것처럼 저분 역시 못 참을 고통을 견디고 있는 거라고 나는 되뇌었다. 언뜻 하나님을 본 듯했다. 하나님은 교황의 자리에 앉아 있었다. 여러 명의 교황이 보였다. 문득 아그자를 본 듯했다. 아그자는 에리직톤처럼 도끼를 휘둘렀다. 여러 명의 에리직톤이 보였다. 여러 명의 아그자가 보였다. '에리직톤의 밥사발을 소유하라.' 환청도 들려왔다.

입안이 바싹바싹 타들어왔다. 거지 나사로의 손가락 끝에서 한 방울의 물이라도 떨어지기를, 그리하여 바싹 마른 혀를 적셔주기를 간절히 소원하는 저 예수의 비유 속 어리석은 부자와 같은 심정이 되었다. 그러나 그 부자에게는 한 방울의 물도 허락되지 않았다. 우리와 너희 사이에는 큰 구렁텅이가 가로놓여 있다고 아브라함은 말했다. 나는 넵튠의 도움을 구할 자격을 가진 에리직톤의 경건한 딸도 아니었다. 그러기에는 아비를 너무 많이 닮았으리라.

  풀밭 위를 기어가는 뱀처럼 내 손이 무심결에 양복저고리의 안주머니 속으로 스르르 미끄러져 들어갔다. 섬뜩하게 차가운 것이 잡혔다. 머리카락이 일시에 주뼛거리며 식은땀이 돋았다. 내 영혼 깊은 곳 어딘가에 숨어 기회를 노리고 있던 뱀 한 마리가 쉬이쉬 소리를 내며 등을 타고 올라오는 듯한 섬뜩함에 나는 부르르 몸을 떨었다. 속이 메스꺼워지면서 토악질이 하고 싶어졌다. 참기 힘든 강렬한 구토의 욕구가 더 이상 그 엄숙한 자리에 태연을 가장하고 앉아 있을 수 없게 만들었다. 목구멍이 간질간질했다. 삼십 년 동안 축적되어온 찌꺼기가 한꺼번에 올라올 것만 같았다. 나는 앞좌석을 한 손으로 꼭 쥐고 힘들게 몸을 일으켜 세웠다. 눈앞이 다시 깜깜해지며 몸이 비틀거렸다. 중심을 잡아야 했다. 나는 호주머니 속에 잠겨 있는 오른손을 재빨리 뽑아 올렸다. 혀를 날름거리는 뱀 한 마리가 건져져 나왔다. 기다란 생식(生殖)의 끈에 매달려 내 음침한 영혼의 습지에서 서식해온 에덴의 뱀, 최초로 이 땅에 폭력을 들여오고, 의식 깊은 곳에 **폭력과 파괴성을 심어준** 바로 그 뱀이었다. 나는 소리를 지르지 않으려고 필사적으로 입술을 깨물며 몇 번이고 손을 털었다. 정교수의 목소리가 꿈결에서처럼 아련하게 귓불을 타고 흘러내리고 있었다.

……하나님이 언제까지나 참고 아무것도 하지 않는다고 생각하지 마십시오. 그분은 심판하고 보응하십니다. 하나님은 사랑의 이름만 가지고 있는 것이 아닙니다. 사랑과 정의는 그분의 두 가지 얼굴입니다. 이런 논리의 연장선상에서 사랑과 정의는 동일한 것이 됩니다…….

제 2 부

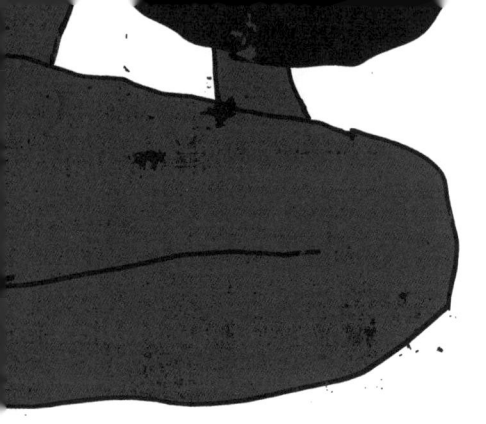

05

암살자의 시간

─────── 1981년 5월 13일, 바티칸의 성 베드로 광장에서 23세의 터키인 마호메트 알리 아그자는 전형적인 테러리스트의 자세로 브라우닝 구경 9밀리미터 반자동 권총을 빼어 들고 교황 요한 바오로 2세를 겨냥했다. 교황은 중상을 입었다. 현장에서 즉시 체포된 이 암살 미수범은 터키의 우파 테러 단체인 '회색늑대단'과 관계를 맺고 있었고, 살인죄로 복역하던 도중에 도망한 탈옥수였다. 범인이 현장에서 체포된 데다가 범행에 사용된 무기도 경찰이 압수했으므로 이 희대의 저격 사건은 쉽게 그 전모가 드러날 것으로 보였다. 그러나 상황은 그렇게 간단하지 않았다.

쟁점이 되는 부분은, 이 사건이 아그자의 단독 범행이냐, 아니면 배후에 누가(이를테면 '회색늑대단' 같은 집단이) 있느냐, 였다. 암살 기도가 있고 이틀 후에 《뉴욕 타임스》는 로마 발신으로 이렇게 전했다.

"이탈리아 정부 소식통에 따르면, 경찰은 아그자가 단독으로 범행을 저지른 것으로 확신하고 있다."

서유럽 대부분의 언론과 정부 및 정보기관들도 한결같이 우익 광신자인 아그자의 단독 범행이라는 결론을 서둘러 받아들이는 듯한 인상을 주었다. 그러나 로마를 근거지로 활동하고 있는 존경받는 언론인이며 국제 테러 조직의 활동을 철저히 파헤친 저서 『테러 네트워크』의 저자인 클레어 스털링은 아그자의 단독 범행이라는 성급한 판단을 받아들일 수가 없었다……

나는 쓰고 있던 원고지 위에 펜을 집어던지고 담배를 찾아 물었다. 눈앞이 침침하면서 정신이 몽롱해졌다. 콧물이 나고 으슬으슬 한기가 도는 감기가 벌써 며칠째 떨어져 나갈 기미를 보이지 않고 있었다. 더 버티지 못하고 집에 들어오는 길에 약국에 들러 약을 사 먹었는데, 드디어 약 기운이 퍼져나가는 모양이었다.

"요새 감기, 끈질깁니다. 되도록 일찍 잡아야지, 대수롭지 않게 생각했다가는 큰코다치기 십상이에요. 이틀 치 지어드릴 테니 일단 복용해보시고 상태 봐서 다시 오십시오."

젊은 약사가 조제해준 감기약 속에 무엇이 들어 있는지 알 수 없지만, 식도를 타고 내려간 그 하얀 분말과 노랗고 빨간 정제들이 몸속 이곳저곳을 종횡무진 휘젓고 다니며 정신을 흐물흐물 풀어내고 있는 것 같았다. 마치 물 위를 둥둥 떠다니는 것 같은 환각이 빠르게 퍼져 손 하나 꼼짝하기가 힘들 지경이었다. 내가 몰아내려고 했던 감기 기운보다 오히려 약 기운이 훨씬 더 지독하고 참을 수 없게 느껴지는 터여서 이럴 바엔 차라리 감기를 끌어안고 버티는 편이 나을 뻔했다는 후회까지 하게 만들었다. 의식을 완전히 무장해제당한 기분이라고 할까. 좀처럼 생각이 한군데로 모이지 않았다. 나는 만사 제쳐놓고 그만 그 기묘한 환각에 몸과 정신을 송두리째 내준 채 아무 데나 쓰러져 잠 속으로 빠져들고 싶었다.

그러나 그런 방기에의 유혹만큼 강렬하게 내 정신을 끌어당기는 또 하나의 유혹을 나는 무시할 수가 없었다.

여러 개의 육지와 물을 건너 나에게 배달된 형석의 우편물은 나를 당황하게 했다. 여러 해 전에 두툼한 편지를 불쑥 보내온 적이 있긴 했다. 그때도 의아하고 거북했지만, 그래도 이해할 수 없는 것은 아니었다. 혜령이 귀국한 직후 혼자 뮌헨에 남아 있던 그에게서 온 그때의 편지는 어떤 점에서는 반갑기까지 했다. 물론 놀라운 이야기가 담겨 있었다. 무엇보다 믿을 수 없었던 것은 그가 뮌헨에서 만난 한 편집광과 함께 교황 암살을 기도했다는 고백이었다. 그의 편지 내용이 사실이라면, 그들은 아그자라고 하는 터키 청년이 실제로 교황 요한 바오로 2세를 저격하던 바로 그 시간에 그 저격범과 동일한 목적을 가지고 성 베드로 광상에 있었다. 그들 역시 아그자가 그랬던 것처럼 교황을 암살하기 위해 로마로 날아갔으며 더구나 그들의 품속에는 나중에 범인이 범행에 사용한 것으로 밝혀진 무기와 같은 종류의 권총—구경 9밀리미터 브라우닝 반자동 권총이 들어 있었다.

형석은 이런저런 상황과 여러 논리를 동원하여 자신이 취한 행위의 불가피함을 진술했다. 그는 그것이 그 상황에서 자신이 할 수 있었던 유일한 가능성이었던 것처럼 말했다. 그러나 대부분의 그의 진술은 궤변으로 읽혔고, 비합리적인 신념이 확고하게 체계화된 편집증을 우려하게 했다. 제법 튼튼한 논리로 무장하고 있는 듯해 보이는 피상적인 인상과는 달리, 아니 그런 인상으로 하여 더욱, 그의 영혼이 혼란과 어둠 가운데 있으며, 안식을 찾지 못해 방황하고 있다는 것을 눈치채기는 그렇게 어려운 일이 아니었다. 그는 자기 나름의 방식으로 간절히 구원을 갈망하고 있었고, 구원이 손에 잡히지 않아 절망하고 있었다. 어쩔 수 없이 인간으로 태어난 자가 자신의 숙명적인 인간됨—인간일 수밖에 없음, 인간 외에는 아무것도 아님을 절실하게 깨닫는 순간에 부닥쳐야 하는, 피할 수 없는 벼랑 앞에 그는 서 있었다. 그는 그 벼랑을 피하지 않으려 했던 것일까. 벼랑에서 그대로 떨어짐으로써 기꺼이 인간이라는 이름에 충실하고자 한 것일까. 그의 방법이 비뚤어진 것은 맞지만, 그럴지라도, 그가 자기 나름의 방식으로 구원을 추구하기 위해 누구보다 치열한 싸움을 벌인 사실만은 부정할 수 없었다.

그렇지만, 그에게는 미안하지만, 그때 일이 까마득히 오래전 일로 기억될 정도로 나는 그를 잊고 지내왔다. 형석에 대해서만이 아니다. 혜령에 대해서도 나는 거의 신경을 끊고 지냈다. 그래야 했다. 혜령이 주변의 만류를 뿌리치고 기어이 수녀원에 들어가고 얼마 지나지 않아서 꼭 한 번 남해의 작은 도시에 위치한 그 수녀원을 찾아간 적이 있었다. 삼십 분간의 면회 시간이 길게 느껴질 정도로 그녀와 나 사이에 존재하는 간격이 심각했다. 그녀는 이미 다른 세계에 살고 있었다. 안타깝게도 우리는 할 말이 거의 없었다.

물론 요즘도 가끔씩, 어떤 계기에 의해 그녀와 보냈던 과거의 시간들이 문득 상기되면 한숨을 쏟아내곤 한다는 사실까지 숨기고 싶진 않다. 그러나 그런 것을 밝힌다는 것이 무슨 의미가 있단 말인가. 그녀는 세상의 질서, 거기 갇힌 나를 신랄하게 매도하고 하늘에 뿌리를 내리기 위해 나를 떠나가지 않았는가.

나는 하루만 신문을 멀리해도 무식꾼이 되어버릴 정도로 정신없이 돌아가는 세상사에 맹목적으로 휩쓸려 다니며 살고 있다. 뉴스와 풍문의 관성에 등 떠밀려 산다고 해야 할까. 가끔 내가 견지하고 있는 원칙 같은 것이 있는지 심각하게 회의하기는 한다. 그런 질문에 시원스런 답을 곧바로 내놓을 수 없을 정도로 요즘의 내 삶은 막무가내이고 뒤죽박죽이고, 또 그만큼 맹목적이다.

지금 말할 수 있는 것이 한 가지 있긴 하다. 어느 곳보다 뉴스거리가 많은 이 나라에서 오만 가지 뉴스를 만지작거리며 살아온 덕택에 이 세상에 작용하는 부력이라는 것의 위력을 믿지 않을 수 없게 되었다는 것이 그것이다. 유독 뉴스거리가 많은 세상은 불안정하다. 그런 세상에서 사는 사람들은 자신의 삶의 표면에 작용하는 부력 말고는 다른 원칙을 크게 신뢰하려 하지 않는다. 부력 말고는 신뢰할 만한 것이 없다고 생각하는 사람들에게 이 세상살이는 중력과 부력의 맹목적인 싸움 외에 아무것도 아닌 것이 된다. 목을 누르는 중력에 대항하여 어떻게 해서든 가라앉지 않고 떠 있으려고 하는, 완강한, 거의 본능에 가까운 생존에의 욕구, 그것만이 이 시대에 우리가 살아 있다는 유일한 징표가 아닐는지.

    형석은 진부한 내 일상의 틈을 비집고 다시금 불쑥 뛰어 들어왔다. 한 장의 짧은 엽서와 한 권의 제법 두꺼운 책을 가지고. 따지고 보면 그는 처음부터 내 삶 속으로, 그리고 무엇보다도 혜령의 삶 속으로 그야말로 불쑥 끼어든 자라고 말해야 할지 모른다. 그 때문에 그는 처음부터 거북하고 거추장스러웠지만 그러면서도, 어쩌면 그렇기 때문에 쉽게 내치기 어려운 조심스러운 존재였다. 그는 바깥으로부터 불쑥 들어왔기 때문에 낯설지만, 동시에 안으로 들어와 뒤섞였기 때문에 어쩔 수 없이 친근하기도 한 이중의 얼굴을 하고 있었다. 그의 갑작스런 등장을 부담스러워하면서도 무시해버리지 못하고 받아들인 데에는 그런 사정이 있었다.

    ─────── 뮌헨은 지옥입니다. 하인리히 뵐의 소설을 번역하고, 그 소설의 제목처럼 아무 말도 하지 않고 훌쩍 죽음의 길로 들어가버린 한 비범한 염세주의자가 그렇게도 찬사해 마

지않았던 뮌헨의 매력을 나는 아무 데서도 발견할 수가 없습니다. 수도승들이 이자르 강 연안에 이주하여 살기 시작하면서 생겨났다는 이 예술의 도시가 히틀러와 파시즘의 요람 노릇을 했다는 사실은 역사의 아이러니라고 해야겠지요. 한때 히틀러의 광기가 쓸고 다녔던 이곳의 하늘은 거의 언제나 대지만큼 투박하고 습기로 가득 차 있습니다. 파산된 내 영혼을 보는 것 같습니다. 나는 거의 언제나 몸속의 피들을 얼려버리는 듯한 섬뜩한 한기를 느끼고, 그럴 때마다 음습한 음모 같은 걸 제안받는 듯한 기분에 사로잡히곤 합니다. 그런 기분이 엄습할 때면 나는 딱히 뭐라고 설명하기 힘든 묘한 흥분 상태에 빠져들어 나도 모르게 부르르 몸을 떨곤 하지요. 희열 같기도 하고, 두려움 같기도 하고, 울분 같기도 한…… 내가 지금 뮌헨의 하늘에 대해 이러쿵저러쿵 떠들어댄 겁니까? 이곳이 지옥이라고? 아닙니다. 지옥은 특정한 장소를 차지하고 있는 것이 아니지요. 천국이 그런 것처럼 말입니다. 지옥은 특정한 하늘이나 땅이 아니라, 그 하늘이나 땅을 지옥으로 읽는 사람의 특정한 마음속에 있기 마련임을 모르지 않습니다. 은밀한 범죄를 모의하는 것과 같은 음침하고 우중충한 뮌헨의 하늘과 땅이 내 마음속에 들어와 있다는 뜻으로 고쳐 읽는다고 해도 상관없습니다.

최근에 제가 구해 읽은 한 권의 책을《지츠 임 레벤(Sitz im Leben, 삶의 자리)》지에 실린 서평과 함께 김 선배에게 보내드릴 생각을 한 게 어떤 마음의 작용 때문인지 모르겠습니다. 이 책의 내용에 대해서는 특별히 설명할 필요를 느끼지 않습니다. 굳이 한마디 하자면, 진실은 종종 추리가 닿지 않는 자리에 웅크리고 있다는 정도입니다. 이 역사적인 사건의 현장에 내가 있었기 때문에 이 말을 할 수 있습니다. 테러 단체의 일원만이 총을 쏠 수 있는 것은 아닙니다. 요리사가 아닌 사람이 음식을 만들 수 있고 정원사가 아닌 사람이 나무를 가꿀 수 있는 것과 같은 이치입니다. 총을 쏜다고 해서 모두 테러 단체의 일원이라고 할 수 없습니다. 노래를 부른다고 해서 모두 가수라고 할 수 없고 그림을 그린다고 모두 화가라고 부를 수 없는 것과 같은 이치입니다. 그런데도 우리는 너무 쉽게 요리사만이 음식을 만들고, 가수만이 노래를 부른다고 단정해버립니다…….

  그렇게 두껍지 않은 그 책의 제목은 『암살자의 시대(The time of the assassins)』였다. 나는 책상에 앉아 스탠드에 불을 켜고 그 책의 이곳저곳을 건성으로 뒤적여본 다음, 함께 보내온 두 페이지짜리 복사물을 집어 들었다. '한 용감한 여성 저널리스트가 교황 요한 바오로 2세의 암살 미수범을 추적하여 그 배후를 밝힌 흥미진진한 책'이라는 추천사가 먼저 눈에 들어왔다.

  교황 저격 사건은 큰 사건이었다. 사건 현장을 답사하고 범인의 주변을 추적한 기사가 연일 쏟아져 나와 독자들의 궁금증을 충족하고 동시에 부추겼다. 내가 근무하고 있는 신문사에서도 저격범인 아그자의 행적에 대한 《뉴욕 타임스》의 보도 내용을 번역해서 3회에 걸쳐 내보낸 적이 있었다. 미심쩍은 점이 없지 않은 채로 정신병 경력이 있는 한 과격한 청년이 비정상적인 심리 상태에서 저지른 해프닝쯤으로 받아들이는 것이 일반적인 추세였다. 그리고 로마 법원이 아그자에게 무기징역을 선고한 이후 사건은 세인들의 관심으로부터 점차 멀어졌다. 뉴스는 뉴스를 덮는다. 시간이 흐른다는 건 뉴스가 만들어진다는 것. 새로 태어난 뉴스가 낡은 뉴스를 밀어낸다는 것. 새로운 뉴스들이 다투어 교황과 아그자를 잊게 했다.

그런데 이 책은 무엇이란 말인가. 그리고 형석은 무엇 때문에 이런 책을 내게 보낼 생각을 한 것일까. 나는 불쑥 연락을 재개해온 그가 거북스러웠고, 이런 책을 보낸 저의를 수상쩍게 받아들일 수밖에 없었다.

그가 보내준 『암살자의 시대』의 짧은 서평에 의하면, 아그자는 단순히 '정신이 이상한 이념의 광신자'가 아니며, 교황에게 개인적인 적의 같은 걸 품고 있는 인물은 더더욱 아니었다. 자꾸만 의식을 풀어 헤치려 드는 고약한 감기약 기운과 싸워가며 그날 밤에 내가 어렵게 해독해낸 바에 의하면, 아그자의 범행은 '회색 늑대단'이라는 테러 난체에 연결되고, 이 테러 단체는 불가리아의 비밀경찰에, 그리고 불가리아의 비밀경찰은 다시 소련의 비밀경찰인 KGB에 끈이 닿아 있었다. 예컨대 아그자의 범행 동기와 관련하여 그 책 속에는 이런 내용의 글이 소개되어 있었다.

────────── 1980년 8월경 폴란드에서는 자유 노조 운동이 합법화되면서 사회 내의 동요가 점점 격화되어갔다. 이것을 일부 공산권의 위정자들은 동구권 전체에 대한 치명적인 위협으로 받아들였다. 그들은 이 운동의 정신적인 지도자가 폴란드 출신의 교황 요한 바오로 2세라는 사실을 알고 있었다. 그들은 동구권 전체의 이익을 계산한 끝에 교황을 제거해야 한다고 결정했다…….

교황 저격범의 범행 동기에 대한 이런 식의 분석이 비약적이고 억지스러워 보이는 것은 사실이지만 나름대로 독특한 시각인 것은 분명했다. 그렇더라도 의문은 여전히 남는다. 나는 무엇 때문에 형석이 시류에 벗어난 이런 정보를 내게 제공하려 한 것인지 여전히 이해할 수가 없었다. 그가 내게 기삿거리를 제공하려 했다고는 믿어지지 않았다. 그럴 리가 없었다. 그는 그런 성격의 인물이 아니었고, 또 나와 그런 관계를 맺고 있는 것도 아니었다. 단순한 뉴스 제공이 동기가 아니라면 형석 자신의 경험과 어떤 방식으로든 연결된 것이라고 보아야 했다. 실제로 그는 자기가 그 사건 현장에 있었음을 밝힌 바 있다. 그렇지만 어떤? 나는 물 위를 둥둥 떠다니는 것 같은 상태에서 그 원고를 우리말로 거의 다 옮겨 적을 때까지 그에 대한 아무런 힌트도 찾지 못했다. 따라서 그 사건에 불가리아가 개입되어 있든, KGB가 관련되어 있든 별다른 흥미가 생겨날 리 없었다. 나는 그 글을 건

성으로 읽어대고 있을 뿐이었다. 그런데 그 서평의 마지막 장을 넘기자 붉은 사인펜으로 밑줄을 그어놓은 부분이 나왔다. 두 군데였는데, 하나는 '첼릭과 신원 미상의 동양인'이었고, 다른 하나는 '첼릭과 그 동행자'로 되어 있었다. 문맥으로 보아 '첼릭'은 사람의 이름인 듯했다. 그러나 물론 나는 아직 그 밑줄의 의미를 온전히 이해할 수 없었다. 같은 페이지의 맨 아랫단에 역시 붉은 사인펜으로 형석이 써놓은 글이 몇 줄 있었다. 나는 우선 그것부터 읽어보기로 했다.

─────── 선배는 쉽게 눈치챌 수 있을 겁니다. 스털링의 이 글에 나오는 '첼릭과 신원 미상의 동양인'이 누구인지 말입니다. 이것이야말로 우스꽝스러운 난센스가 아닐 수 없습니다. 삶은 종종 우리를 희롱하려 들지요. 아니면, 우리가 삶을 희롱하려 드는 건지도 모를 일입니다. 어느 쪽이든지 나는 상관하지 않습니다. 지금 내가 두려워하는 것은 고통이나 절망이 아니라 무감각입니다. 이미 고통도 절망도 느낄 수 없는 감각의 완벽한 부재 상태에 빠져버렸는지 모르겠습니다. 세상은 더 이상 나에게 아무것도 아닙니다. 나는 더 이상 세상에게 아부것도 아닙니다. 세상과 개체를 연결해주는 끈이라고 할 수 있는 감각이 나를 떠났습니다. 그래서 나는 세상에게 아무것도 아니고, 세상은 나에게 아무것도 아닙니다. 나는 무생물입니다. 그래서 나는 지금 위험합니다. 나는 무슨 짓을 저지를지 모릅니다.

그것이 전부였다. 형석은 독일에서 자신이 어떻게 지내고 있는지에 대해서는 한마디도 적지 않았다. 뿐만 아니라 지나가는 말로도 혜령에 대해 언급하지 않았다. 자신을 낯선 땅에 혼자 버려두고 훌쩍 떠나버린 여자를 용서할 수 없는 것일까. 어쩌면 그가 혜령의 귀국을 나와 연결 지어 생각하고 있을지 모른다는 생각이 잠깐 들었다. 그가 혜령이 나와 함께 있기 위해 귀국한 것이라고 생각할 것 같지는 않았다. 그렇지만 어쨌든 귀국한 그녀가 나와 함께 있을 거라고 생각할 가능성은 있었다. 혜령에 대해 한마디 말도 꺼내지 않으면서 유독 내게만 연락을 해온 이유가 그 때문이 아닐까. 혜령과 내가 함께 있다고 추측하고 있다면, 그는 자신의 관심을 이런 식으로 표현할 수 있을 것이다. 혜령이 수녀원으로 들어갔다는 사실을 알 턱이 없는 그로서는 그런 오해를 할 가능성을 배제할 수 없었다. 그러나 단정할 수는 없었다. 그는 자신의 주소조차 밝히지 않았다.

나는 담배를 끄고 창가로 다가갔다. 건너편에 음침하게 웅크리고 있는 여러 동의 아파트 건물이 보였다. 불 켜진 집이 두 집 말고는 없었다. 십자가의 네온 불빛만이 어둠을 상대로 대결이라도 벌이듯 깜박이고 있었다.

얼마 전까지만 해도 비어 있던 곳이었다. 보름 전쯤 바깥이 좀 시끄럽고 웬 기계 소리 같은 것이 나기에 무슨 일인가 하고 내다봤더니 트랙터가 와서 땅을 고르고 있었다. 그날 이후 여러 날 동안 제법 많은 사람들이 분주하게 움직이는 모습이 목격되었다. 한 채의 건물이 완성되는 데는 두 주밖에 걸리지 않았다. 급조한 조립식 건물 옆에 그 건물보다 훨씬 크고 세련되어 보이는 십자가 탑이 세워졌다. 일요일이나 수요일 저녁에는 사람들이 함께 부르는 찬송가 소리를 들을 수 있었다. 일이 있어서 새벽까지 깨어 있다가 찬송가와 기도 소리를 듣기도 했다. 그럴 때면 한동안 창문 앞에 서 있곤 했다. 원인을 알 수 없는 두근거림이 찾아드는 것이 그런 순간이었다. 특히 새벽 시간에 어둠 속에 불을 켜고 혼자 버티고 있는 십자가는 꽤나 유혹적이었다.

창문을 열고 찬바람을 쐰 탓인지 머릿속을 지배하고 있던 몽롱한 기분이 조금씩 와해되는 기분이 들었다. 눈의 가장자리를 손가락으로 지그시 눌러 눈의 피로를 쫓아낸 다음 다시 책상으로 돌아와 앉았다. 서평의 마지막 페이지를 마저 읽기 위해서였다. '첼릭과 신원 미상의 동양인'이라는 부분에 밑줄이 그어진 바로 그 페이지였다.

……보고서에 의하면, 교황 살해 음모는 다음과 같이 짜였다. 불가리아 비밀경찰은 이 계획의 조직 및 집행을 위해 아그자와 오랄 첼릭을 고용했다. 그리고 '회색늑대단'의 서독 총책인 무사 세르다르 첼리비는 자신의 조직을 통해 아그자에게 안전한 은신처와 현금을 제공하는 일을 맡았다. 그 대가로 불가리아 정부는 아그자, 첼릭, 그리고 첼리비에게 300만 서독 마르크를 지불하기로 약속했다. 그들이 이탈리아에서 탈출할 때는 세관 검색

을 전혀 받지 않거나 거의 받지 않아도 되는 외교관 차량, 혹은 TIR(국제도로운송협정)의 트럭을 이용하기로 했다.

그런데 이 음모는 여기에서 끝나지 않는다. 저격 사건이 벌어진 당일 아그자의 뒤를 쫓아 성 베드로 광장에 함께 나타난 첼릭은 소리가 요란한 두 개의 공포 폭탄을 터뜨리기로 되어 있었다. 아그자의 탈출을 엄호하려고 그랬을 것이다. 그러나 성 베드로 광장에 나타난 첼릭은 신원 미상의 동양인과 함께였고, 그들은 폭탄 말고도 각자 권총을 휴대하고 있었다. 그들은 왜 폭탄 말고도 권총을 소지했을까? 수사관들은 폭탄이 터지는 소동을 틈타 아그자를 사살해버리려고 했을 것으로 추리하고 있다. 실제로 아그자가 교황을 향해 방아쇠를 당기는 순간에 그들 역시 권총을 빼어 들려고 했다. 그 장면을 목격한 증인들이 있다. 그러나 사건이 일어나고 아그자가 현장에서 붙잡히는 소란을 틈타 그들은 황급히 사라져버렸다. 아그자는 한 수녀가 끈질기게 붙들고 늘어지는 바람에 체포되고 말았다. 현장을 빠져나간 첼릭과 그 동행자는 로마의 불가리아 대사관에서 대기하고 있다가 총격 직후 떠난 TIR 트럭을 타고 탈출한 듯하다. 그 후 그들은 현재까지 모습을 나타내지 않고 있다. 이들을 붙잡을 때까지 이 사건의 진실은 결코 완전히 밝혀졌다고 할 수 없을 것이다.

첼릭이라는 사람과 신원 미상의 동양인 동행자가 형석 일행 ― 즉 델브루케와 형석이었다는 암시를, 형석은 자신의 글을 통해 넌지시 던져주고 있었다. 이건 무슨 뜻일까. 이 책을 쓴 여성 저널리스트의 취재와 추리가 엉터리라는 사실을 말하려는 것일까. 아니면 자신들이 '불가리아 커넥션'이라고 불리는 이 엄청난 사건에 단순한 목격자로서가 아니라 공범으로서 깊숙이 연루되어 있다는 고백을 하려는 것일까. 그의 의도가 무엇일까. 그는 더 이상 아무 말도 하지 않았다. 따라서 나는 그에 대해 아무런 가정도 세울 수 없었다.

06
부정한 모의

형석의 편지는 혜령과 정 교수를 내 시간 속으로 다시 불러내게 했다.

많은 시간이 지나갔다. 가끔 혜령의 안부가 궁금하긴 했지만 그때마다 나는 그녀가 나와 상관없는 세계로 이동해 갔다는 사실을 애써 주입했다. 정 교수와도 거의 연락을 끊고 지내왔다. 마음을 짓누르는 거북한 무언가가 그에게 가는 발을 막았다. 그가 학원 민주화를 외치는 학생들의 절대적인 지지를 바탕으로 학장에 추대되었다는 소식을 들었지만 모른 체했다. 평소 그를 따르던 동기가 적극적으로 권해서 그의 집을 함께 찾아간 것이 꽤 오래전이었다. 동기가 전화를 걸어 정 교수에게 인사드리러 가자고 하면서 선생이 은근히 나를 데리고 오기를 원한다는 암시를 주었으므로 나는 머뭇거리다가 그럼 토요일 오후쯤이 어떻겠느냐고 물었었다.

"역시 평신도라서 사고방식이 다르구나. 이 친구야, 목회자는 토요일이 제일 바쁘다는 거 몰라? 주일 준비해야지."

지난해에 목사 안수를 받아 서울 근교의 아파트 단지에서 이제 막 목회를 시작한 햇병아리 목사는 웃으면서 내 의견을 묵살했다.

"월요일 오후로 하자. 월요일 저녁 어때?"

"알았습니다, 목사님. 평신도가 생각이 짧아서 죄송합니다."

나는 농담을 하며 전화를 끊었지만, 씁쓸한 기운을 피할 수는 없었다.

제자들을 위해 손수 커피를 끓여내면서 정 교수는 "신문사 재미가 좋은 모양이지?" 하고, 듣기에 따라서는 야단치는 것처럼 느껴질 수 있는 질문으로 말문을 열었다.

"재미는 무슨, 재미로 일하는 사람이 어디 있습니까?"

나는 일부러 헛웃음을 지으며 가볍게 받았다. 정 교수의 질문에 반반씩 섞여 있는 것으로 보이는 비난과 농담 가운데서 내게 거북한 부분인 비난을 걷어내고 농담만 수용하려는 의도였다. 그러나 그날 그 방의 상황은 내 뜻대로 진행되지 않았다. 왜, 나는 재미로 일하는데, 하고 정 교수가 웃지도 않고 받았고, 동석하고 있던 동창도 단합이라도 한 듯 나도 재미있는걸, 하고 맞장구를 친 것이다.

"여기 세 사람이 있는데, 그러니까 한 사람만 자기 일에 재미를 못 느끼고 사는 거로구먼. 우연히도 재미를 느낀다고 대답한 두 사람은 같은 일을 하고 있고……. 어떤가? 재밌는 데로 전업할 생각이 없나?"

거기까지가 농담이었다. 아니, 거기서부터 농담이 아니었다. 내가 뒤통수를 긁적이며 쑥스럽게 웃기만 하자 정 교수가 커피잔을 들어 한 모금 마시고는 탁자 위에 벗어두었던 안경을 찾아 썼다. 긴요한 이야기를 할 때면 안경을 찾아 쓰거나 쓰고 있는 안경을 고쳐 쓰는 것이 그의 버릇이라는 걸 나는 알고 있었다. 나는 어쩔 수 없이 저절로 긴장되는 걸 느꼈다.

"그렇지 않아도 따로 연락을 할 생각이었는데 말이지……. 자네도 알지? 배은자 교수라고. 실천신학을 가르치던 여교수 말이야. 그 양반이 이번에 정년 퇴임을 하는데……."

그 노교수가 퇴직을 하면서 받게 되어 있는 상당한 액수의 퇴직금 전액을 바쳐 교회를 개척하려 한다는 이야기였다. 사명과 의욕이 있고 능력도 갖춘 젊은 목회자에게 교회를 맡기고 싶어 한다고 했다. 정 교수에게 평소에 눈여겨보아온 좋은 젊은이를 천거해달라고 했고, 정 교수는 나를 그 '좋은 젊은이'로 지목한 셈이었다.

"결국 자네가 원래 자리로 돌아오리라는 것이 내 믿음이네. 바람이기도 하고. 다른 데서는 만족을 얻지 못할 걸세. 어떤 성취도 충분하지는 않을 거야. 내 말이 틀렸나? 잘 생각해보게. 하나님의 두 번째 부름이라고 할 수도 있지 않을까?"

나는 언제나처럼 자신 없는 웃음으로 어색한 분위기를 메웠다.

"당장 대답할 필요는 없어. 신중하게 생각해보고 연락 주게."

정 교수는 돌아갈 때도 악수를 하며 재차 다짐을 주었다. 그를 만나는 걸 거북해한 이유가 반드시 혜령만이 아니라는 것, 실은 바로 이런 종류의 대화에 대한 부담감과 더 관련되어 있다는 생각이 그때 문득 들었다. 어쩌면 나는 그 때문에 일부러 거리를 만들려고 애쓰고 있었는지 모르겠다.

형석의 편지는 나로 하여금 과거의 시간으로 돌아가게 했고, 또 동시에 그 시간들을 객관화할 수 있는 여유를 부여했다. 이번에야말로 정 교수를 만나야겠다고 마음먹었다. 어쩌면 이런 빌미를 기다리고 있었던 것 같기도 하다. 나는 형석이 편지와 함께 동봉한 『암살자의 시대』라는, 교황 저격범의 배후를 추적한 여성 저널리스트의 책에 대한 《지츠 임 레벤》지의 서평을 약 기운과 싸워가며 읽어낸 다음 날, 신학대학의 학장 부속실로 전화를 걸었다.

간밤에 내가 한 작업 내용에 대해 옆자리의 동료는 기사화해도 되겠다며 관심을 보였다. 물론 나는 형석이 암시한, 그러나 분명하게는 아무것도 알려주지 않은 '첼릭과 그의 동양인 동행자'가 델브루케 씨와 내가 아는 한국인 형석일 가능성에 대해서는 말하지 않았다. 만일에 교황 저격 사건에 한국인이 관련되어 있다는 사실이 밝혀진다면 엄청난 뉴스가 될 것은 틀림없지만, 확인되지 않은 내용을 사실인 양 떠벌릴 수는 없었다. 그것에 대해 더 취재할 능력이 있는 것도 아니었다. 무엇보다도 내가 아는 사람의 일이었고, 쓸데없이 문젯거리를 만들고 싶은 마음이 없었다.

책상 위에는 막 인쇄되어 나온 1판 신문이 펼쳐져 있었다. 옆자리의 다른 동료 기자들은 자신들 앞에 놓인 신문 지면을 살피고 있었다. 세상은 조용하지가 않았다. 신문의 활자들 가운데에서, 더러는 활자와 활자의 행간들 사이에서 요동을 치고 있었다. 떼강도들은 패싸움을 벌여 서울 변두리의 조용한 밤을 노획했고, 어떤 재벌 기업의 사업장에서는 구사대라는 이름의 깡패들이 파업을 결의하고 있는 노동자들에게 무자비한 폭력을 휘둘렀다. 정치는 여전히 언제나처럼 안개 속을 헤매고, 광고면에는 '모든 일이 잘되었으니 자식들을 생각해서……'로 시작되는, 집 나간 아내를 찾는 남편의 호소문이 실려 있었다.

"드디어 수녀들까지 구호를 외치고 나왔네. 단식에 들어간 사람도 상당수라는군. 도대체 어쩌려고 이러는지……"

맞은편에 자리한 문이 읽고 있던 신문을 손가락으로 툭툭 치며 한숨을 내쉬었다. 바로 옆자리의 윤이 대수롭지 않다는 듯 심드렁한 목소리로 받았다.

"아니, 그게 뭐 어제오늘 일이야. 암튼 필리핀이라는 나라는 달라. 정치의식이랄까, 시민의식 같은 게 고양되어 있다고 할까. 민주화의 오리엔테이션이 되어 있다고 할까. 확실히 우리하고는 다른 점이 있는 것 같아."

"지금 무슨 소리를 하고 있는 거야? 외신면을 읽고 있는 게 아니야. 사회면 기사라구."

"아니, 뭣 땜에? 마리아상 앞에서 무릎 꿇고 기도나 올리고 있어야 할 수녀님들이……."

다른 목소리가 두 사람의 대화 속으로 끼어들었다.

"딱 두 줄밖에 안 났으니 알 수가 있나. 수녀들이 단식 농성에 돌입했다고만 쓰여 있구먼. 가십 투로. 그뿐이야. 아무튼 세상이 어떻게 돌아가는 건지 도무지 모르겠어. 안 그래, 김 형?"

읽고 있던 신문을 접어 아무렇게나 내던지며 내 쪽으로 고개를 돌린 사람은 처음 화제를 제공한 문이었다. 문은 나보다 두 해 전에 신문사에 들어와 사회부를 거쳐 문화부에서 문학 기사를 쓰고 있었다. 나는 두 해쯤 남의 나라 소식을 대필해주며 지내다가 얼마 전부터 종교 쪽을 출입하고 있는 터였다. 나는 수녀들 일이라면 내 담당일 수 있다는 생각을 그때는 미처 하지 못했다.

문의 말투는 신문쟁이들 사이에서 일반적으로 통용되는 자학과 냉소주의의 변형된 표현 외에 아무것도 아니었다. 우리는 흡사 거울을 통해 자신의 얼굴을 들여다보듯 서로의 기분을 잘 헤아리고 있었기 때문에, 누구도 구태여 '이 썩어 문드러질 세상에서 관리와 통제의 대상이 되어버린 지 오래인 죽은 정보를 앵무새처럼 옮겨 적는다는 것이 무슨 의미가 있단 말이냐' 하고 비분강개하지 않았다. 나 역시 아무 대꾸도 하지 않았다.

그 대신 나는 그때 막 생각이 나기라도 한 것처럼, 그리고 이런 일은 생각난 김에 재빨리 해치우는 것이 최선이라는 듯 수첩을 뒤져 전화번호를 확인하고는 모교인 신학대학 학장실로 전화를 걸었다. 그러나 정 교수는 자리에 없었고, 나는 당연히 통화할 수 없었다. 전화를 받은 학장 부속실의 직원은 '학장님'의 부재를 알리면서, 메모를 남기면 전해주겠노라고 친절을 부렸으나, 나는 잠시 망설인 끝에 직접 찾아가 뵙겠다고 말하고는 끊어버렸다.

  날씨는 더할 나위 없이 청명했다. 전철은 요란스러운 소음을 내뿜으며 나른한 오후의 한가운데를 게으르게 달렸다. 햇살은 유리 파편처럼 잘게 부서져 철길에 깔리고, 승객들의 표정에는 남녀노소 할 것 없이 생활의 피로와 권태가 오래 묵은 때처럼 덕지덕지 달라붙어 있었다. 나는 유리문에 비스듬히 기대서서 철길 주변의 키 작은 나뭇잎들 위로 후두둑 떨어지는 지친 햇살들을 바라보았다. 아니다. 정직하게 말하면 창밖으로 향한 내 눈은 그때 아무것도 보고 있지 않았다. 머릿속에는 여러 가지 단편적인 영상들이 빠르고 복잡하게 뒤섞이는 중이었다.

  학장 부속실에 전화를 걸어 찾아가겠노라고 해놓고서도 나는 한동안 정 교수를 찾아가지 않았다. 우선은 변명하기 편리한 대로 일에 쫓기느라 여유가 없었고, 아무렇지 않은 척했지만 여전히 짓누르는 알 수 없는 부담감의 지배를 받고 있었기 때문이었다. 그런 내가 무과당 주스를 한 박스 사 들고 서울 근교에 있는 신학대학으로 찾아가게 된 것은 실은 좀 쑥스럽고 다소는 엉뚱하기까지 한 계기에 의해서였다.

  "참 이해 못할 부분이 많은 사람이에요. 왜 그렇게 쓸데없이 시간을 낭비하자는 거지요? 아니, 결혼할 생각이 있는 거예요, 없는 거예요? 정말이지 병욱 씨의 이런 미지근한 부분이 맘에 안 들어요. 병욱 씨한테 무작정 맡겨두었다가는 머리가 희어지기 전에 결혼하기 어렵겠어요. 집에서는 혹시 두 사람 사이에 무슨 일 있느냐고 하는데 어떻게 말해야 할지 답답하고……. 다른 건 제가 맡을 테니까, 제발 병욱 씨는 주례할 분이나 좀 알아보세요. 우리 결혼에 전혀 관심이 없지 않다는 최소한의 의사 표시로 말예요. 그것도 못 한다고는 하지 않겠지요?"

희수는 드디어 그렇게 선언하고 나섰다. 그와 같은 나의 소극성의 배후에 혹시라도 예전 여자인 혜령이 자리하고 있는 것이 아닌가 의혹의 눈초리를 보낸다 해도 나는 별로 변명할 말이 없다. 단호하게 부정할 자신이 없기 때문이다. 그러나 반드시 그 때문만은 아닌 것이, 그즈음 들어서 나는, 긴 세월 전혀 다른 환경과 교육의 세례를 받고 자라온, 성이 다른 두 사람이 어느 날부터 갑자기 한 공간에서 한 몸처럼 섞여 살도록 제도화되어 있는 결혼이라는 관습에 부쩍 의혹을 품는 중이었다. 결혼 무용론이니 뭐니 떠들어댈 생각까지는 없지만, 아무튼 그런 식의 평범한 사람살이에 관심이나 흥미가 사라진 것은 사실이었다. 그런 제도에 적응할 자신이 좀처럼 생겨나지 않았다고 말하면 더 정확한 표현이 될지 모르겠다. 어물어물하는 사이에 결혼 이야기를 주고받을 단계까지 진행되어버리긴 했지만, 따지고 보면 우리 사이는 그녀의 구김살 없는 낙천주의와 매사에 적극적인 성품에 의해 유지되어온 면이 있었다. 그녀가 적극성을 보이지 않았다면, 우리 관계는 일찌감치 마무리되었거나, 그렇지 않더라도 여태 지지부진을 면치 못하고 있을 거라는 뜻이다.

사흘 전, 그녀는 마침내 내 앞에 나타나 생글생글 웃으며 두 달이 채 남지 않은 달력 위의 날짜를 손가락으로 짚었다. 여전히 웃음을 지우지 않은 표정인 채로 그녀는 내게 예식장을 알아보았노라고 했다.

"괜찮죠? 날짜는 내가 잡기로 했잖아요. 그리고 원래 결혼 날짜는 신부 의사를 존중하는 거래요."

나는 기가 막혀 말이 나오지 않았다. 내 마음을 아는지 모르는지, 그녀는 기가 막히게 예쁜 웨딩드레스를 보아두었노라고 덧붙이면서 종로에서 인사동으로 꺾어지는 골목 어귀로 나를 끌고 갔다. 그녀는 '기가 막히게 예쁜' 드레스를 입고는 거울에 비춰보듯 이쪽저쪽으로 몸을 돌려가며 내 주위를 빙빙 돌았다.

"주례자, 결정되었어요?"

대여 비용을 확인하고 드레스숍을 나오면서 그녀가 물었다. 내 팔에 매달린 그녀는 어린아이처럼 천진난만하게 웃었다. 그녀는 그런 여자이다. 구김이 없고 매사가 제멋대로이고, 경쾌하고, 무엇이든 앞질러서 일을 저질러놓고 보는 여자. 그런 행동이 꼴불견으로 비치지 않는 것은 다른 의도나 사심이 느껴지지 않기 때문이다. 혜령과는 사뭇 다른 여자라고 할 수 있었다. 혜령이 지나칠 정도로 섬세하고 자기 검열이 심하며 정신에 경사되는 측면이 강한 반면, 희수는 활동적이고 능동적이며 자유분방했다. 혜령이 그녀의 정신을 통해 정적인 것의 신비감 같은 것을 들여다보게 한다면, 희수는 자신의 행동을 통해 동적인 것의 자유와 기쁨 같은 것을 표출한다고 비유할 수 있을지. 혜령은 견고한 형식의 안정감을 지니고 있는 여자였다. 그 안정감은 감각적인 것에는 가능한 한 마음을 두지 않으려는 특유의 진지하고 차분한 성품과 관련되어 있었다. 그 때문에 그녀에게서는 흡사 그리스 시대의 대리석 조각과 같은 균형감이 느껴졌다. 그녀의 매력은 아름다움에서 나오는 것이 아니라 안정감으로부터 말미암은 것이었다. 희수의 경우는 달랐다. 그녀에게서 풍겨 나오는 것은 안정감과는 상관이 없었다. 정확히 그 반대였다. 그녀는 마치 움직이지 않는 것은 존재하지 않는 것과 마찬가지라고 믿는 사람처럼 행동했다. 그녀의 매력이 가변성과 부조화, 그 놀라울 정도의 자유분방함으로부터 비롯하는 것임을 나는 안다. 희수에게 이끌리게 된 배경에 혜령과 대조적인 그녀의 그와 같은 요소들이 크게 작용했는지 모르겠다. 그녀를 만나면 생기가 느껴진다. 세상의 밝은 면만 알고 있는 여자가 풍겨내는 천진난만하고 낙천적이고 따뜻한 기운, 거부할 수 없는 발랄함.

"주례자, 결정되었어요?" 하는 질문을 받았을 때, 나는 어째서 고개를 끄덕였을까. 어쩌자고 정 교수의 이름을 입에 올리고 말았을까. 전부터 정 교수를 염두에 두고 있었던 것일까. 누군가에게 주례를 부탁해야 할 상황이 생긴다면 그 사람은 두말할 것 없이 정 교수라고 생각하고 있었던 것일까. 그렇지 않다면, 어떻게 그렇게 쉽게 고개를 끄덕이고, "누군데요?" 하는 질문에 망설임 없이 정 교수의 이름을 댈 수 있었을까.

"정상훈 교수라고, 내 대학 은사님이야."

정상훈 교수는 학장실에 없었다. 학내 어딘가에 계실 거라고, 앉아서 기다리면 금방 돌아오실 거라고 학장 부속실의 비서는 친절하게 말했다. 그렇지만 주인도 없는 방에 들어앉아 무작정 기다리고 싶지 않았다. 그러느니 모처럼 옛날 일을 되새길 겸 캠퍼스나 돌아보는 편이 나을 것 같았다. 나는 학장실을 나와 교정의 이곳저곳을 걸어 다녔다. 기존의 강의실에 잇대어 ㄴ 자형의 새 건물이 맞물려 증축되어 있었다. 뒤편에는 새로 짓고 있는 건물이 한 동 있었는데 그 앞에 붙은 표지판에는 '기숙사 동'이라고 적혀 있었다.

공사장을 가로질러 뒤쪽으로 올라가자 비탈을 따라 좁고 울퉁불퉁한 길이 나타났다. 숲으로 이어지는 길이라는 걸 나는 알고 있었다. 나무 그늘에 몸을 숨기고 있던 새들이 푸드득 소리를 내며 날아올랐다. 새들조차 문득 반가워져서 나는 녀석들이 날아간 방향으로 걸음을 옮겼다. 기숙사 쪽으로 얼마간 걸어가면 시가지를 한눈에 내려다볼 수 있는 제법 높은 둔덕이 나타나고, 그곳을 지나 내처 걸으면 도서관 건물이 나타날 것이었다. 그 둔덕 한쪽에는 한 사람이 겨우 들어가 누울 수 있을 정도로 작은 동굴이 하나 있었다. 그곳에 틀어박혀 절대자의 이름을 간절히 부르던 신학도들의 음성이 때를 가리지 않고 캠퍼스의 공기를 뜨겁게 달구곤 하던 기억이 떠올랐다. 오랜 시간의 풍화작용에 의해 저절로 만들어진 그 동굴을 신학생들은 기도굴이라고 불렀고, 더러는 고해실이라고 부르기도 했다. 그 안에 들어가면 이상하게 아무것도 숨길 수가 없었다. 통회하고 자백하고 울부짖고 했다. 그곳에서 흘렸던 눈물과 쏟아내었던 통곡을 떠올리자 문득 부끄러워졌다. 나는 얼마나 멀리 와 있는 것일까. 확보한 것은 아무것도 없었지만, 마찬가지로 불가능의 목록 역시 아무것도 없었던, 그래서 무모하고 순수하고 치열했던 나이, 이십대 초반의 대부분을 나는 이 조그마한 캠퍼스에서 보냈다. 도서관과 강의실, 채플과 기숙사, 그리고 산책로와 기도굴……. 어느 곳 하나 그냥 지나칠 수 있는 곳이 없었다.

나는 되도록 천천히 발걸음을 조절하며 산책로를 걷고, 강의실을 기웃거리고, 서점에 들러 여러 가지 책들을 훑어보고, 운동장에서 땀을 흘리며 공을 차고 있는 젊은이들의 건강한 모습을 오래전의 내 모습을 대하듯 감회에 젖어 바라보았다. 건물 벽에 만장처럼 길게 내려 걸린 가지가지 구호들을 주의 깊게 읽어보기도 하면서 내 곁을 스쳐 간 시간들을 곰곰이 헤아려보았다. 이제까지의 내 삶이 갑자기 한 줌의 모래처럼 허무하게 손가락 사이로 빠져 달아나버린 것 같은 느낌이 들었다. 내 시간을 팔아 내가 산 것은 무엇인가. 그리고 내가 사기를 원하는 것은 무엇인가……. 만족한가. 만족할 만한가. 그런 질문이 갑자기 무거운 둔기가 되어 가슴을 쳤다. 회한의 끄트머리에서 나는 내 무의식의 심연으로부터 날카롭게 일어서는 하나의 질문과 만났다. 그것은 할 수 있는 한 대답을 피하고 싶은 부담스러운 질문이었다. 나는 왜 목사나 전도사가 아닌가. 나는 왜 아직 신문기자인가……. 불쑥 달려든 그 질문의 예봉을 피하기 위해 나는 걸음을 빨리하여 학장 부속실로 되돌아갔다. 그러나 정 교수는 여전히 돌아오지 않은 상태였다.

"전화가 왔는데, 조금만 기다리라고 하셨어요."

비서는 예의 몸에 밴 사근사근함과 친절을 과시하며 내게 자리를 권했다.

"커피 드릴까요?"

나는 주인 없는 방에 멀뚱하게 앉아 비서가 가져다준 커피를 다 마시고 나서 무료함을 달래기 위해서라기보다는, 도전처럼 다그치는 그 마음속의 질문으로부터 놓여나기 위해 방 안을 둘러보기로 했다. 낯선 방이었다. 너무 넓은 데다가 바닥에는 촉감 좋은 양탄자까지 깔려 있었다. 거기다가 먼지 하나 날아다니지 않을 정도로 깨끗했고 숨도 제대로 쉬지 못할 정도로 잘 정돈되어 있었다. 그 때문에 편히 앉아 기다리지 못하고 안절부절못해하는지도 모를 일이었다. 그곳은 학장실이지, 내가 기억하고 있는 정 교수의 방이 아니었다.

익숙한 것이 한 가지 있기는 했다. 전공 서적들이 빼곡하게 들어차 있는 한쪽 벽의 책장 위에서 나는 낯익은 흑백사진을 발견했다. 하늘을 향해 맹렬하게 솟구치는 분수의 물줄기와 예배당의 십자가 탑을 일직선으로 접속시킨 절묘한 구도의 그 사진은 여러 해 전에도 정 교수의 방에 걸려 있었다. 본관 앞의 잔디밭 한가운데 만들어진 분수대가 처음으로 물줄기를 뿜어 올리던 날, 정 교수는 카메라를 들고 나와 저 사진을 찍었다. 예배당이 학교에서 가장 높은 둔덕에 세워져 있었기 때문에, 그리고 모든 예배당이 그런 것처럼 꼭대기에 십자가가 세워져 있었기 때문에, 정문 쪽에서 방향을 잘 잡으면 분수대와 십자가를 한 렌즈 안에 포착할 수가 있었다. 그 작품은 그렇게 태어났다.

나는 일어서서 사진이 걸려 있는 벽 쪽으로 다가갔다. 바로 눈앞에 사진이 걸려 있었다. 나는 주의를 집중하여 찬찬히 그 사진을 들여다보았다. 사진을 벽에 걸어놓고 스스로 감탄해 마지않던 정 교수의 모습이 떠올랐다.

"저 물줄기를 잘 봐. 싱싱한 생명력이 느껴지지. 하지만 저 분수의 물줄기에서 싱싱한 생명력 말고는 아무것도 보지 못한다면 그 눈은 대단하다고 할 수 없을 거야. 어떻게든 조금이라도 높이 치솟으려고 발돋움하는 저 분수의 안타까운 몸동작을 보게. 우리 영혼의 몸동작이 저러하지 않나? 저러해야 하지 않나? 저렇듯 간절한 몸부림을 통해 궁극적으로 도달하려는 곳은 어디일까. 하늘이라고 해도 좋고, 영원이라고 해도 상관없겠지. 누군가에게는 궁극적 실재일 수도 있겠고, 또 존재의 근원이라고 할 수도 있을 거야. 그야 어쨌든 하늘을 향해 솟구쳐 오르는 분수의 날갯짓이 십자가와 만나 일체를 이루는 이 사진은 그 상징하는 바가 자못 의미심장해 보이지 않나? 내가 찍었지만 참 잘 찍었어. 이 사진 속의 물줄기에서 푸드덕거리며 수직으로 솟구치는 힘찬 날갯짓 소리를 듣지 못한다면 그 사람은 아마도 영혼이 거세된 자일 거야. 안 그런가?"

커피를 다 마시고, 방 안을 이리저리 둘러보고, 그리고 그 낯익은 사진을 통해 여러 해 전의 정 교수의 흐뭇해 마지않는 목소리까지 다 듣고 났는데도 여전히 방 주인은 돌아오지 않았다. 나는 소파에 엉덩이를 걸치고 앉았다가 다시 몸을 일으켰다. 모처럼 만에 만난 각별한 인연의 스승에게 결혼식 주례를 부탁해야 한다고 생각하니 목이 탔다. 혜령의 아버지가 아닌가. 물론 나는 혜령의 아버지에게 내 결혼식 주례 부탁을 하려는 것은 아니었다. 내가 주례를 부탁하려는 사람은 대학 은사인 정상훈 교수였다. 나는 정상훈 교수보다 내 주례자로 적합한 사람은 없다고 생각하면서도 혜령의 아버지에게 주례를 해달라는 말을 꺼낼 수 있을지 자신이 없었다. 나는 조금 더 빈 방을 어슬렁거리다가, 비서가 커피 잔을 치우러 들어왔을 때 다시 밖으로 나오고 말았다.

"기도실에 좀……."

기도실은 학장 부속실 바로 옆에 있었다. 신학생 시절에 감당하기 벅찬 삶의 무게가 나를 억누를 때면 습관처럼 기도실의 편안한 어둠 속에 찾아들어 오랫동안 웅크려 있곤 했었다. 기도실은 언제나 어둡고 따뜻하고 아늑했다. 둔덕의 기도굴이 소리 내어 울부짖게 하는 반면 이 기도실은 숨소리도 내지 않고 앉아 있게 했다. 그러다 보면 아주 깊은 심연이거나 아주 먼 영원으로부터 어떤 소리가 들려오는 듯했다. 그때와 마찬가지로 기도실은 여전히 어둡고 따뜻하고 아늑했다. 나는 나무 의자에 걸터앉았다. 그러자 잠시 잊고 있던 조금 전의 도전적인 질문이 다시금 내면으로부터 걷잡을 수 없게 치솟아 올랐다. 나는 왜 아직 목사나 전도사가 아닌가. 함께 공부했던 친구나 선배들로부터 그와 비슷한 질문을 받을 때가 종종 있었다. 몇 가지 그럴듯한 변명거리를 준비하지 않은 것은 아니지만, 그런 변명이 통할 거라고 기대하지는 않았다. 내 변명은 대체로 얼버무림의 차원을 넘지 못했다. 가능한 한 회피하고 싶은 그런 질문에 대한 내 요즘 생각은 결혼에 대해 내가 취하고 있는 소극적인 태도와 일맥상통하는 부분이 있는지 모르겠다. 목사니 전도사니 하는 이름들에 부여된 상투적인 이미지와 외부의 기대에 충실할 자신이 생겨나지 않는 것이다.

그리고 이런 자문을 던지는 것이 어리석음의 과시 외에 아무것도 아닌 줄 알지만, 여기에도 혜령의 그림자가 어른거리고 있는 것은 혹시 아닐까, 생각하게 된다. 그녀는 내가 목회자의 길을 벗어나버렸고 쉽사리 그쪽으로 돌아갈 의지를 내비치지 않은 점을 나를 떠나는 표면적인 이유로 삼았다. 그녀가 그랬던 것처럼, 다른 사람은 이해하기 어려울지 모르지만, 이제 나 역시 혜령의 부재, 혜령으로부터의 단절을 지금과 같은 나의 태도를 정당화하는 명분이나 구실로 삼고 있는 것이 아닐까. 내가 성직으로부터 멀어졌기 때문에 혜령이 나를 떠난 것처럼 그녀가 나로부터 멀어졌기 때문에 나는 성직으로 되돌아가지 못한다는, 돌아갈 곳이 없어져버렸기 때문에 돌아가지 않는다는 논리. 나는 고개를 절레절레 흔들었다. 생각의 흐름이 지나치게 한쪽으로 쏠리고 있다는 우려를 떨쳐버릴 수 없었다.

의식이 균형을 잡지 못하고 휘청거리고 있을 때, 누군가 내 옆으로 다가와 살며시 몸을 앉히는 기척이 느껴졌다. 나는 기도실 문이 열리는 소리를 듣지 못했다. 그리고 그 밖에 어떤 소리도 더 듣지 못했다. 나도 모르게 어렴풋이 잠 속으로 빠져들었던가. 그렇지 않다면, 기도실의 적당한 어둠과 고요가 내 현실 인식을 마비시켜버렸는지 모른다. 마비된 현실은 종종 잠과 구분이 되지 않는다.

누군가 내 옆자리를 차지하고 앉은 것이 분명한데도 그곳으로부터는 숨소리조차 들려오지 않았다. 그 부재의 느낌이 너무도 완벽해서 혹시 내가 조금 전에 어떤 기척인가를 감지한 것이 착각이 아니었을까, 하고 불쑥 내 감각기관을 의심하기까지 했다. 그렇지만 그렇게 단정하고 넘기기에는 조용한 공간에서 느껴지는 누군가의 기척이 지나치게 선명했고, 그래서 무척 신경 쓰였다. 나는 궁금증을 참지 못하고 눈을 뜨고 말았다. 바로 내 옆자리에서, 사물의 윤곽이 겨우 잡힐 정도로 흐릿한 불빛을 받으며 놀랍게도 한 사람이 나를 빤히 쳐다보고 있었다.

"선생님."

나는 그 사람이 정 교수라는 것을, 기도실을 장악하고 있는 희뿌연 어둠에도 불구하고 금방 알아보았다. 나는 엉거주춤 상체를 일으켜 인사를 하려고 했다.

"되었네. 앉지. 앉아서 이야기하지."

그가 내 팔을 잡아 주저앉혔다. 그러나 대화를 하자던 그는 나를 가만히 바라보기만 할 뿐 무슨 말을 더하지 않았다. 그렇지 않아도 부담감이 없을 수 없는 터라 그의 침묵은 나를 적잖이 당황하게 만들었다. 동기와 함께 찾아왔던 지난번과는 분위기가 사뭇 달랐다. 기도실의 적당한 어둠 속에 표정을 감출 수 있다는 사실이 그나마 위안을 주었다. 하지만 그 어둠이 내 표정만이 아니라 정 교수의 표정도 같이 숨겨주고 있다는 사실을 깨닫자 입 안의 침이 말라붙는 듯 긴장이 되었다. 나는 침을 삼켰다. 침이 목을 타고 넘어가는 소리가 크게 들렸다. 빛이 그런 것처럼 어둠 또한 본질적으로 편견을 알지 못한다는 단순한 사실이 그 순간처럼 불만스럽게 여겨진 적이 없었다. 상대방이 무슨 생각을 하고 있는지, 어떤 표정을 짓고 있는지 알 수 없는 상황에서 무슨 말을 만들 수 있겠는가. 복면을 하는 사람들의 심리 속에는 자신의 얼굴(신분)을 감추려는 의도보다 자신의 표정(감정)을 도둑질 당하지 않으려는 의도가 숨겨져 있을 것이다.

어색한 침묵이 갑자기 조밀한 그물이 되어 좁은 기도실에 펼쳐졌다. 정면의 나무 십자가가 거느리고 있는 광배의 푸른빛이 침묵의 그물 위로 눈송이처럼 사그락사그락 떨어져 내리는 것 같았다. 그리고 그 그물 속에 많은 시간과 다양한 영상들이 걸려 푸드덕거리기 시작했다. 뮌헨의 형석과 수녀원의 혜령이 겹쳐 보이다가 장난기가 가득 배인 희수의 얼굴이 나타났다. 주례 부탁해야지요, 빨리요, 하고 그 얼굴이 다그쳤다. 전후좌우가 제멋대로 뒤엉킨 여러 가지 기억들이 의식의 수면을 빠르게 오르내리고 있었다.

나는 터무니없이 심각해지려는 상황에 조금 불안을 느꼈다. 나만 그런 것이 아니라 정 교수 역시 나를 만나는 것이 어색하고 거북한 것일까. 그런 사이가 되어버린 것일까. 내가 이해하고 있는 한 모든 침묵은 심각한 상황을 담보로 하고 있기 마련이었다. 그리고 모든 심각한 것들은 사람들의 눈에 띄지 않는 안쪽에 흉기를 숨기고 있기 마련이었다. 침묵으로만 관계를 연장할 수밖에 없는 상황 속으로 친근감이 끼어들 여지가 없는 것은 당연했다. 그렇지만 나 역시 무슨 말을 먼저 꺼낼 수 있을 것 같지가 않았다.

"꼭 이야기를 해야 한다고 생각하진 않지만, 그리고 자네가 듣고 싶어 할 거라는 보장도 없긴 하지만, 기왕에 자네가 찾아왔으니까……."

이윽고 정 교수가 힘들게 입을 열었다. 힘들게 입을 열어놓고는 나를 외면했다. 고개를 약간 치켜든 상태에서 얼굴을 정면으로 돌렸다. 그런 자세 때문에 그는 언뜻 눈앞의 십자가를 쏘아보고 있는 것처럼 보였다. 거기다가 그의 목소리는 몹시 쓸쓸하고 공허하게 들렸다. 왜 그런지 속이 텅 빈 것 같은 음성이었다. 차라리 침묵의 연장에 불과한 것처럼 여겨지기도 했다. 음성은 껍데기일 뿐이고, 실상은 침묵, 또는 공허라는 편이 더 정확한 것도 같았다. 침묵을 아슬아슬하게 싸고 있는 얇고 보잘것없는 껍데기. 그의 음성은 일순 내게 그런 느낌을 갖게 했다. 그런 느낌의 상당 부분이 밀폐된 기도실 특유의 분위기에서 비롯하는 것일 수도 있지만, 어쨌거나 정 교수의 평소 인상과는 아주 많이 달랐다.

속 빈 껍데기에 실린 그의 말들은 십자가가 세워진 벽면에 맨몸으로 부딪혔다가 그 충격으로 자잘하게 부서져서 좁은 공간의 이곳저곳에 파상적으로 퍼져나갔다.

"혜령이가 돌아왔네. 집에 있네."

혜령이 돌아오다니. 정 교수는 혜령이 독일에서 귀국했을 때도 지금과 똑같이 말했었다. 혜령이가 돌아왔네……. 마치 내게 그 사실을 알려야 할 의무라도 있는 사람처럼. 아니면 내가 그 사실을 꼭 알아야 할 권리라도 가진 사람이라는 듯이. 이번에도 그는 그때와 마찬가지로, 마치 그녀가 독일 어디쯤에서 귀국이라도 한 것마냥 말하고 있다. 하지만 그것은 불가능한 일이다. 출국도 하지 않은 사람이 어떻게 귀국할 수 있단 말인가. 내가 아는 한 그녀는 남해의 작은 도시에 있는 한 관상 수녀원에 머물고 있었다. 나는 아무 반응도 보이지 않는 것으로 정 교수의 설명을 요구했다.

"어떻게 이런 일이 일어날 수 있는 건지……. 하늘의 지배를 받으며 살겠다며 진흙탕 같은 이 세상을 버리고 떠난 그 애에게 왜, 이런…… 이해할 수가 없네. 이 세상의 크고 작은, 감각적인 행복을 단념하는 대가로 그 애가 누리기를 원했던 것은, 자네도 알다시피, 저 높은 곳에서 내려오는 하늘의 평화와 안정뿐이었는데, 그런데……."

정 교수는 몹시 힘들게 나를 향해 말했지만, 그러나 내게는 독백을 하고 있는 것처럼 들렸다. 그는 듣는 사람의 이해 수준을 전혀 고려하지 않고 말했다. 내 존재를 무시하거나 망각해서라기보다 자신의 감정에 붙들려 있기 때문인 것 같았다. 감정이 의식을 앞지르고 있었다고 해야 할까. 그는 내게는 스승이지만, 혜령에게는 어쩔 수 없이 아버지일 뿐이라는 생각을 다시 하게 했다. 감정이 앞서면 논리를 놓치게 되고, 따라서 의사 전달에 효과적이지 못할 것은 뻔한 이치. 나는 알아들을 수 없는 말들을 늘어놓는 한 딸의 아버지인 정 교수가 안타까웠다. 도대체 혜령에게 무슨 일이 일어났단 말일까.

"그 애가 초월하기를 원했던 이 세상의 추악한 질서가 그 애를 가만두지 않았네. 아니, 세상을 초월하고서 비로소 세상에 붙잡혔다고 해야 할까. 그 애의 초월을 이 세상이 용납하지 않은 거겠지. 그래서 거기까지 쫓아가서 끌어내린 거겠지. 세상이 그렇게 만만하지 않다는 걸 보여준 거겠지. 세상이 그렇게 무자비하다는 걸 누가 모르겠나. 그래도 그렇지…….."

  나는 정 교수의 구름 잡는 듯한 독백을 더 이상 듣고 있을 수 없었다. 나는 사건의 실체를 파악하기를 원했다. 혜령에게 일어난 일이 무엇인지 알아야 했다. 정 교수의 말마따나 땅의 법칙과 현실의 감각적인 행복 대신 하늘의 원칙과 신성이 제공하는 절대적인 평화를 택해 수도원으로 들어간 그녀가 집으로 다시 돌아왔다는 건 범상한 일이라고 할 수 없었다. 며칠 다니러 온 정도가 아닌 건 분명했다. 그는 그녀가 집으로 돌아오는 과정에 억지스럽고 상서롭지 못한 사건이 개입해 있는 것 같은 암시를 강하게 풍겼다. 나는 혜령에게 무슨 일이 일어났다는 거냐고 물었다. 정 교수는 잠시 침묵했다. 눈앞에서 십자가가 엷은 푸른빛을 떨어뜨리며 우리들을 내려다보고 있었다. 그는 그 십자가에서 나오는 빛에 눈길을 주었다. 외부와 완벽하게 차단된 기도실에는 적막이 두껍게 깔렸다. 무엇 때문인지는 모르지만 그가 머뭇거리고 있다는 걸 눈치챌 수 있었다. 나는 답답했지만 기다리는 것 말고는 할 일이 없었다. 이윽고 그가 내 쪽으로 고개를 돌리고 내 어깨 위에 가만히 팔을 얹었다.

  "나노 사정을 알고 있는 것은 아니네. 그래서 답답하고……. 그 애가 입을 열질 않아. 억지로 입을 열게 할 수도 없고, 어떻게 해야 할지……. 혼이 나간 사람 같은 얼굴을 해가지고 어느 날 갑자기 나타나서는 제 방에 틀어박혀 나올 생각을 안 해. 벌써 여러 날 되었는데 아무한테도 이야기를 하지 못했어. 자네한테도 알릴 생각을 하지 못했어."

혜령과 나를 연결해주는 끈이 아직 남아 있다고 믿고 싶은 사람이 나 말고 한 사람 더 있을지 모른다는 생각이 들었지만, 그 생각은 전혀 고무적이지 않았다. 오히려 나는 쓸쓸함을 느꼈다. 정 교수의 목소리가 어둡고 적막한 공간에 쓸쓸함을 더했다. 속이 텅 빈 것 같은 목소리로 느릿느릿, 더러는 쉼표를 찍듯 숨을 골라가며 그가 기도실의 어둠에 의지하여 들려준 사연이란 다음과 같은 것이었다.

두 주 전 토요일, 깊은 밤이었다. 정체를 알 수 없는 검은색 승용차가 그녀를 집 앞에 내려주고 떠났다. 초인종 소리에 잠에서 깬 정 교수의 아내가 나가보니 넋이 나간 것 같은 혜령이 문 앞에 서 있었다. 그녀가 문을 열고 나오는 걸 확인하고 승용차는 골목을 빠져나갔다. 혜령은 그렇게 예고도 없이 불쑥 집으로 돌아왔다. 그때 이미 그녀의 심신은 심하게 상해 있었다. 며칠 밤을 꼬박 샌 듯 눈은 퀭하게 꺼지고 얼굴에는 피곤기가 두껍게 내려앉아 있었다. 머리며 옷매무새도 어딘지 단정치가 않았다. 눈동자가 불안하게 흔들렸고 사람의 시선을 피하기까지 했다. 침착하고 사려 깊은 평소의 혜령이 아니었다. 그녀는 완전히 다른 사람이 되어 있었다.

그때 정 교수는 출장지인 춘천의 한 호텔에서 아내의 전화를 받았다. 아내는 여러 차례 무섭다는 말을 반복했다. 심상치 않은 말이었다. 평소 혈압이 낮은 편인 아내의 건강까지 걱정이 되었으므로 지체할 수가 없었다. 그는 그 길로 학회 참석을 포기하고 서울로 돌아왔고, 자기 방에서 이불을 뒤집어쓴 채 죽은 듯 잠들어 있는 딸을 보았다.

그녀는 잠을 깊이 잤지만 오래 자지는 않았다. 이튿날 정오 무렵 문을 두드렸을 때 혜령은 눈을 멀뚱하게 뜬 채 천장을 바라보고 있었다. 어떻게 된 거냐는 질문 공세를 그녀는 침묵으로 버텼다. 아무 말도 하려 하지 않았고 누구도 만나려 하지 않았다. 아무 말도 할 수 없는 것 같았고 누구도 만날 수 없는 것 같았다. 그 방에서 한 발짝도 나오려 하지 않았다. 답답하지만 그녀가 입을 열 때까지 조마조마한 마음으로 지켜보는 것 말고 다른 방법이 없었다.

그녀가 집으로 돌아온 지 사흘이 지난 후에 정 교수는 자신의 연구실에서 낯선 사내의 방문을 받았다. 사내는 넥타이를 단정하게 매고 그 위에 검은색 점퍼를 걸친 차림이었다. 마흔 살쯤 되었을까, 은빛이 도는 안경테 탓인지 눈매가 날카로워 보였다. 사내는 호주머니에서 두툼한 수첩을 꺼내 들었다. 정 교수는 검토하고 있던 서류에서 눈을 떼고 누구냐고 물었다. 사내는 자신의 신분을 밝히는 대신 용건부터 내밀었다.

"학장님께 몇 가지 여쭐 게 있어서 말이지요. 학장님의 옛날 제자 가운데 신태혁이라고, 기억나십니까?"

"신태혁?"

"네. 십 년쯤 전에 이 학교 신학과에 입학했는데, 3학년 가을학기에 제적당한 걸로 되어 있습니다. 제가 알아본 바에 의하면, 학장님께서 학생처장으로 재직할 때 일어난 일입니다. 바로 이 친구입니다."

사내는 수첩을 열어 사진 한 장을 보여주었다. 낡고 색이 바랜 증명사진이었다. 시간이 제법 많이 흐르긴 했지만 그를 못 알아볼 수는 없었다. 정 교수는 사내에게 누구냐고 다시 묻지 않았다. 물을 필요가 없었기 때문이다.

"신태혁이 무슨 일을?"

"불법 노동운동 주동자로 수배 중인 걸 모르고 계셨습니까? K중공업 방화 사건 때 노동자들을 선동한 혐의를 받고 있습니다. 이 자가 학교에서 쫓겨난 데에도 방화 사건이 연관되어 있는 걸로 알고 있습니다만, 그렇지 않습니까?"

형사는 깍듯이 존댓말을 썼지만, 이런 일에는 이골이 난 사람이 갖기 마련인 심드렁한 표정과 느물거리는 말투를 사용했다. 그런 표정과 말투에도 불구하고 빈틈을 보이지 않았는데, 말하자면 그런 것이 그자가 만만치 않은 위인임을 짐작게 하는 요소였다.

"신태혁이 자네하고 학번이 같지, 아마?"

"혜령이하고도요."

"그래, 그랬지."

오래된 기억이 떠오르는지 정 교수의 음성이 한층 은밀해졌다. 나 역시 그랬다. 잊고 있었던 태혁의 이름을 접하는 순간, 마음속에서 알 수 없는 동요가 일어나는 걸 느낄 수 있었다. 그것은 마땅히 감당해야 할 자기 몫의 짐을 유기했을 때 느끼는 죄책감 같기도 했고, 그 짐을 다른 사람이 지고 가는 걸 목격했을 때 느끼는 불편함 같기도 했다. 나는 어쩔 수 없이 끼어드는 자책과 회한을 피하지 못했다.

S교회에 대한 방화 기도 사건은 태혁의 주도로 이루어졌다. 그의 주장에 설득력이 있기도 했지만, 그 교회와 그 교회 당회장 목사의 행태가 대부분의 신학생들에게 적지 않은 분노를 불러일으켰기 때문에 그 계획은 어렵지 않게 실현될 수 있었다. S교회는 우리가 다니던 신학대학이 소속된 교단에서 가장 규모가 큰 교회였다. 신자 수도 그랬고, 교회 건물도 그랬고, 교단에 미치는 영향력이나 재정의 수준도 그랬다. 그 교회에서 한 주일에 모금된 헌금액이 웬만한 중소기업의 일 년 매출을 능가한다는 말은 결코 근거 없는 소문이 아니었다. 종교의 고유한 영역에 대한 이해가 없거나 비뚤어진 시각으로 바라보는 사람에게는, 기업이 들이는 노동과 자본의 투자도 없이 손쉽게 부를 축적하고 있는 집단으로 보일 수 있었다. 현세에서의 축복과 내세에 대한 공포를 양날의 검처럼 휘두르면서, 그러면서도 모든 사람이 더불어 행복을 누릴 수 있도록 사회를 개선하는 일에 무관심한 종교는 얼마나 추한가. 우리는 젊었고, 그런 추함을 부끄러워하고

분노할 정도의 양식을 가지고 있었다. 가난한 이웃과 고통받는 영혼들을 위해서 자신의 삶을 송두리째 내주었던 예수의 이름을 팔아 오늘날의 교회는 자기의 배만 불리고 있지 않은가, 가장 경계해야 할 악인 이기주의의 노예가 되어 신자 수와 교회당의 평수를 늘리고 겉모양만 화려하게 치장하는 데에 정신을 팔고 있는 교회를 하나님이 기뻐하겠는가…….

배 목사는, 혼란한 정국을 이용해 급히 군복을 벗고 정당을 하나 만들어 부랴부랴 새로운 공화국을 세운 전역 군인들이 자기들에게 없는 정통성이니 뭐니 하는 껍데기를 억지로라도 만들어보려고 각계 각지에서 불러 모은, 소위 원로들의 잔치에 불려다니는 위인이었다. 자격도 없는 똘마니가 제멋대로 허술한 건물을 지어놓고, 사후에 자격증 가진 건축설계사들을 불러 이미 완공된 건물에 맞게 설계 도면을 그리게 하면, 그 허술하고 위험한 건물이 돌연 튼튼하고 안전한 건물로 바뀌기라도 한단 말인가. 그런 식의 어처구니없는 발상이 통하리라고 생각했을까. 배 목사는, 말하자면 그 잘못 지어진 불법 건축물의 사후 설계도 작성에 동원된, 소위 자격증 가진 설계사들 가운데 한 명이었다. 신학생들 눈에는 그렇게 보였다.

무엇보다 우리를 실망시킨 것은, 그 억지 공화국이 마련한 조찬 기도회 자리에서 배 목사가 했다고 알려진 기도의 내용이었다. 말이 좋아 '나라와 민족을 위한 기도회'지, 실은 그 집회 역시 사후 설계도 작성 작업의 한 방편에 다름 아니라는 것을 모르는 사람은 거의 없었다. 허울 좋은 그 '나라와 민족을 위한 조찬 기도회'는 그 역사가 제법 유구한 편이었다. 우리나라에서 이런 이름의 기도회가 처음 생긴 것은 1966년 3월이었다. 역시 급하게 군복을 벗고 권좌에 오른 키가 작은 대통령이 세상을 호령하던 시절이었는데, 어느 호텔에서 주인공이 불참한 상태에서 첫 모임이 이루어졌다. 1968년부터는 매년 5월에 대통령이 직접 참가하는 정기 행사로 자리를 잡았다. 1976년인가에는 그 명칭을 '국가 조찬 기도회'로 바꾸었지만, 그것은 간호원을 간호사로 바꿔 부른 것과 하등 다르지 않는 변화였다(간호사로 이름이 바뀐 다음에도 그들은 여전히 주사를 놓고 어린아이들의 입에 체온계를 물린다). 모임은 고급 호텔에서 무슨 호화로운 쇼처럼 열렸다.

정통성을 의심받고 있는 정권에 종교의 권위를 빌려 정당성을 부여하는 역할을 한다고 할 수밖에 없는 모임이었다. 그 대가로 종교는 권력이 하사하는 단물에 취해 흐물흐물해지고. 신학생들의 눈에, 그런 성격의 조찬 기도회에 불려 다니는 배찬성 목사야말로 잘못된 정치적 기능을 수행하고 있는 대표적 종교인으로 보였다.

성직자들을 비롯하여 많은 양식 있는 인사들이 인권과 민주화를 주장하다 부당하게 감옥에 갇혀 고생하고 있는 시대에, 배 목사는 무슨 호텔인가에서 바로 그 잘못된 공화국의 주인을 위해, 그가 자유와 정의와 평화의 주라고 믿고 고백하는 하나님을 향해 기원하고 있었던 것이다. 이 혼란한 난국을 타개하고 우리

민족을 바른 길로 인도하도록 우리의 지도자에게 여호수아가 가졌던 용기와 지도력을 부여해달라고 기도하는 배 목사의 근엄한 얼굴을 텔레비전 화면을 통해 접하면서 신학생들은 한숨을 쉬었고, 냉소했고, 그러다가 쌍소리를 내뱉었고, 더러는 민망한 코미디를 보기라도 한 것처럼 킥킥대며 웃었다.

서너 명만 함께 모여 있어도 일단 의혹의 대상이 되던, 찬바람 쌩쌩 불던 시절에 당국의 적극적인 지원까지 받아가며, 무조건 순종하는 것을 질 좋은 신앙의 징표처럼 생각하고 있는 이 땅의 순진한 신자들을 여의도 광장에 몇 백만 명씩 모아놓고 '나라와 민족을' 어쩌고 하는 대형 집회를 개최한 장본인도 배 목사였다.

S교회에 대한 방화 모의는 그런 배경에서 이루어졌다.

주변의 눈치를 살펴가며 대상이 불분명한 욕설을 늘어놓거나 한숨을 내뱉다가 침묵하며 돌아설 뿐, 그 시절의 젊은 신학도들은 무력하기 짝이 없었다. 지금이라고 크게 달라지진 않았지만 냉소주의와 침묵은 그 시절 우리가 달고 다니던 꼬리표 같은 것이었다. 그런 와중에 태혁이 용기 있는 제안을 하고 나섰다. 그 제안은 곧 우리를 흥분시켰다. 그러나 그 흥분 속에는 해서는 안 되는 일을 남몰래 꿈꿀 때의 설명하기 힘든 불안과 설렘과 두려움이 섞여 있었다. 우리는 학교 앞 찻집에 앉아 있었다. 며칠 전부터 학교는 문을 닫은 상태였고, 학생들은 학교 안으로 들어갈 수 없었다. 하지만 학교가 문을 닫는 일은 비일비재했으므로 학생들은 놀라지 않았다. 투덜거리기는 했지만 놀라지는 않았다.

"한쪽에서는 억눌린 자유와 짓밟힌 인권을 되찾기 위해 발버둥치다가 붙잡혀 들어가서 죽을 고생을 하고 있는데, 다른 쪽에서는 호화스런 호텔에 거룩한 상판대기들을 하고 앉아 자유를 억누르고 인권을 짓밟은 권력과 권력자들을 위해 기도하고 있다면, 그들이 모두 하나님의 이름으로 그렇게 하고 있다면, 어느 장단에 맞춰 춤을 춰야 해? 한쪽이 옳다면 다른 쪽은 틀린 거지. 양쪽 다 맞을 수는 없는 거지. 우리는 어느 한쪽 장단을 선택해야 해. 양쪽 장단에 맞춰 춤을 출 수는 없는 거야. 사실 누가 옳고 누가 그른지는 불을 보듯 뻔하잖아? 백성들을 억압하는 왕들의 잘못된 구조를 신의 이름으로 합법화시켜주는 거짓 종교인들이 권력자들보다 더 악하다는 것이 성서의 가르침이지 않아? 그걸 누가 몰라? 그걸 모르는 사람이 어디 있겠어?"

태혁이 흥분해서 소리 질렀다. 그러다가 문득 생각났다는 듯 혼잣말처럼 그 말을 했다.

"아, 그놈의 잘난 교회당에 불이나 확 질러버려?"

그 자리에 참석한 이들 가운데 그가 언급한 '그 잘난 교회'가 어느 교회인지 모르는 사람은 없었다. 그러나 그 말이 함의하고 있는 내용이 너무나 충격적이었기 때문에 우리들 가운데 누구도, 혹시 듣는 사람이 없는가 하고 두리번거리긴 했지만, 곧바로 무슨 반응을 보이지는 않았다. 그 말을 입에 올린 당사자인 태혁 역시 자기 말에 놀란 듯 입을 닫았다. 그러나 그것이 시발이었다. 한참 후에 누군가 조심스럽게 생각해볼 만한 의견이야, 했고, 또 한참 후에 누군가 생각만 하고 말 일은 아니지, 했다. 생각만 하는 게 우리들의 문제야, 에 이어 누군가 문제는 용기가 없다는 거야, 했을 때 무언의 연대가 이루어진 사실을 그 자리에 있는 우리는 실감할 수 있었다.

우리는 물론 '교회―성전'에 드리워져 있는 신성함의 기운을 무시할 수 없는 신학생들이었다. 우리는 성전이 하나님의 집이라는 이해를 낡고 시대에 뒤떨어진 관념이라고 매도해버릴 수 있는 위치에 있지 않았다. 우리는 비교적 보수적인 편에 속하는 교단 소속 신학대학의 학생들이었다. 따라서 그 사건을 모의하는 과정은 순탄할 수 없었다. 우리는 마음의 동의와는 상관없이 실행에 대한 계획을 세우지 못했고, 자주 머뭇거렸고, 여러 차례 격론을 벌여야 했다. 나도 마찬가지였다. 마음속 한구석에서 마지막 순간까지 망설임과 의구심을 떨쳐내지 못했다.

그러면서도 몇 사람의 주도에 의해 일이 진행되어갔다. 세부적인 계획들이 세워졌다. 다른 신학대학의 학생회와 연대를 결성하고, 디데이를 잡고, 각각의 임무를 부여받았다. 그 중심에 태혁이 있었다. 그전에도 학내에서 시위를 주도하는 일은 언제나 태혁의 몫이었다. 그는 사람들을 설득할 줄 아는 잘 정리된 이론과 언변, 그리고 리더십을 지니고 있었다.

일의 성격만을 놓고 보면 무방비 상태의 교회 건물에 불을 지르는 일은 결코 어려운 일이 아니었다. 경찰들이 빙 둘러 삼엄하게 경계하고 감시하는 집권당의 당사나 미국문화원 같은 데에

화염병을 던지는 것과는 비교할 수 없을 정도로 수월한 일이랄 수 있었다. 그러나 그곳은 여전히 신성이 위력을 발휘하고 있는 하나님의 집이었고, 우리는 신학생이었다.

우리는 본당과 조금 떨어진 교육관 건물에 석유를 뿌리고 불을 질렀다. '우리는 왜 S교회에 방화를 하지 않으면 안 되었는가?'라는 제목의 유인물을 뿌렸고, 태혁은 치솟는 불길을 배경으로 하고 서서 그 내용을 낭독했다. 우리는 우리 행동을 감추려 하지 않았다. 그러나 우리들의 허술한 기도는 현장에 있던 신자들에 의해 수포로 돌아가고 말았다. 우리가 불을 내기 위해 달려간 그 교회당에서 밤늦은 시간까지 기도회를 하고 있던 이들이었다. 우리는 교육관 건물의 현관 기둥을 조금 검게 그을려놓고는 곧바로 연행되고 말았다.

그리고 연행된 지 닷새 만에 모두 풀려났다. 당시 학생처장을 맡고 있던 정 교수가 이 사건이 미수에 그친 데다가 어디까지나 교단 내부의 문제로 정치적 성격이 없다는 점을 내세워 설득했다는 이야기를 들었다. 물론 쉽지는 않았다. 그러나 수시로 경찰서를 드나들며 학교에서 자체적으로 징계하겠노라고 사정사정해서 우리를 빼냈다고 했다. 하지만 일이 거기서 끝나지는 않았다. 교단의 완고한 어른들은 교단의 상징적인 교회라고 할 수 있는 S교회에 불을 지른 신학생들을 도저히 묵과할 수 없다는 입장을 견지했다. 긴급 이사회가 개최되고 징계위원회가 열리는 등 한동안의 부산한 과정을 거쳐 중징계 방침이 정해졌다. 학교에서는 되도록 사건을 축소하려고 많은 노력을 기울였지만, 이 사회의 결정을 무시할 수는 없었다. 아무 징계도 하지 않고 흐지부지 넘어갈 수 있는 사안이 아니었다. 가능한 한 흠집을 내어 목회 현장으로 내보내지 말아야 한다는 것이 학생처장인 정 교수의 지론이었다. 우리 행동을 이해하고 용납해서는 절대 안 되었다. 누구보다 우리를 용서할 수 없어 한 사람이 정 교수였다. 그러나 또한 누구보다 우리의 장래를 걱정하는 사람이기도 했다. 그는 우리에게 교단 어른들을 찾아가 공개적으로 사과할 것을 권유했다. 너희들의 심정을 모르는 것은 아니다. 분통이 터지고 피가 끓었겠지. 의식 있는 젊은 기독교인으로서 무슨 일인가 해야 한다고 생각했겠지. 그러나 동기가 선하다고 모든 행동이 다 용인되는 것은 아니다. 너희들은 경솔했다. 너희들은 잘못된 방법을 썼을 뿐 아니라 대상을 잘못 선택했다. 너희들이 분풀이를 해야 할 대상은 하나님의 성전이어서는 안 되었다. 하나님의 성전에 대한 너희들의 분풀이는 명백하게 불경한 짓이었다. 지금은 어른들의 노기를 가라앉히는 일이 중요하다. 교단에 소속되어 있는 학교로서는 그분들의 의사를 무시할 수가 없다……. 그런 충고를 하기 위해 우리를 부른 자리가 논쟁의 자리가 될 줄은 그분도 예상하지 못했을 것이다. 논쟁의 주인공은 정 교수와 태혁이었다.

  정 교수는 자기가 가르쳐온 학생들이 그렇듯 극단적인 행동을 통해 자기 의사를 표현하는 걸 몹시 안타까워했다. 현실 정치에 대한 관심이 나쁘다는 것이 아니라 그 관심이 어떻게 표현되느냐가 중요하다는 요지의 충고를 좀 길게 했다.

"현실 정치에 대한 관심은 하나님을 '정의'라는 스펙트럼을 통해서만 바라볼 때 도달할 수 있는 하나의 지점일 뿐이다. 인간의 정의보다 중요한 것이 있다. 하나님의 자유이다. 하나님은 자신의 뜻을 통해 통치하신다. 하나님을 제한하려 해서는 안 된다. 나는 하나님이 개입할 여지를 상정하지 않는, 정의라는 이름으로 이루어지는 어떤 형태의 인간적인 방법과 기획도 신뢰할 수 없다."

태혁은 현실 정치에 대한 관심을 정죄하는 듯한 스승을 향해 좀 신랄한 어조로 실망을 표현했다. 그는 이렇게 말했다.

"하나님을 자신들이 가지고 있는 기득권을 옹호해주는 편협하고 옹졸한 후원자쯤으로 간주해선 안 된다고 생각합니다. 독재 권력의 발아래 무릎 꿇고 비굴하게 타협이나 하는 종교를 우리는 기독교라고 배우지 않았습니다. 거룩한 종교심을 앞세워 우리의 발목을 묶는 나쁜 현실 정치에 무관심하라고 선생님은 지금 말씀하십니다. 그러나 그 무관심이야말로 권력이 바라는 짓임을 우리는 압니다. 성서의 예언자 전통에 의하면, 우리의 하나님은 안정이나 질서 같은 쇠사슬을 이용해 인간을 노예화하는 현상 유지의 지지자가 아니라, 인간을 노예화하는 일체의 불의한 권력과 구조와 관습을 타파하고자 했던 개혁자였습니다."

"자네는 현실 비판에 너무 매달린 나머지 안정이나 질서 같은 가치들을 너무 소홀히 취급하는 것 같네. 젊기 때문이겠지. 하지만 인간적인 수단에 의지하는 한 현실은 물론 미래까지 잃어버릴 수 있다는 사실을 잊지 말아야 하네. 왜냐하면 인간은 불완전한 존재니까. 내가 이해하는 바로는, 자네가 말한 성서 속 예언자들도 무정부 상태를 초래하는 폭력적 상황까지를 지지하지는 않았네. 더구나 우리가 가장 이상적으로 받아들이고 있는 예언자 상이 제2이사야의 '고난의 종'이 아닌가."

"안정이나 질서를 내세워 예언자들을 침묵하게 해서는 안 됩니다. 우리가 진정으로 슬프고 가슴 아프게 생각하는 것은, 오늘날의 우리 교회가, 그리고 우리가 존경하기를 원하는 교회 지도자들이 그러한 현실 수호자들의 거짓 이념에 동조하거나 그 거짓 이념을 우리가 믿는 하나님의 이름으로 지지해주는 현상입니다. 억압적인 정치권력보다 그들에게 타협하여 진리를 외치는 양심적인 목소리를 잠재우려 하는 종교인들이 더 나쁩니다. 바벨론과 페르시아에 점령당한 이스라엘 제사장들이 그랬듯 우리들의 종교와 종교 지도자들도 권력을 쥔 왕을 위해 기도하고, 왕에게 충성을 맹세하고, 왕의 거짓 권위를 홍보해주는 대가로 살만 피둥피둥 쪄 있지 않습니까? 배가 부르니 감각이 없어지고 감각이 없어지니 고통을 모를 수밖에요. 고통을 모르는 자는 구원과 상관이 없는 자라고 알고 있습니다."

이런 것을 일일이 옮기는 것이 의미가 있을까. 여전히 현실은 그대로이고, 우리의 이분화된 논리 또한 불행하게도 그대로인 것을. '형식'과 '개혁'이라는 두 개의 상반된 개념을 내세워 성서를 갈등의 구조로 푼 구약학자가 있었다. 우리가 사는 세상이야말로 형식을 앞세우는 진영과 개혁을 부르짖는 진영 간의 끝없는 갈등 구조로 내게는 읽힌다. 한쪽은 안정과 질서를 유일한 가치로 내세운다. 그들은 무질서를 악이라고 단정한다. 삶은, 그것이 어떤 형태의 삶이든, 무질서와 혼란 속에서는 불가능하다고 그들은 주장한다. 형식은 우리의 삶에 튼튼한 중심을 부여해서 견고하게 붙들어준다. 종교는 오랜 세월 종교 자체에 내장된 절대적인 권위를 통해 확고부동한 형식의 세계관을 보장하고 유지하는 데 기여해왔다. 영구불변하는 우주적 세계관이라든가 왕에게 신적인 권위를 부여하는 강력한 정체적 상징들이 이 세계의 형식을 지탱해왔다. 이때의 종교는 '제사장'이 대표한다.

그러나 다른 쪽에 서 있는 사람들은 안정과 질서를 중시하는 형식의 논리가 실은, 왕은 언제나 왕이고 노예는 언제까지나 노예로 남아 있기를 바라는 기득권자들이 현상을 공고히 하기 위해 꾸며낸 허구이며 우상의 논리에 불과하다고 공격한다. 그들은 형식이 굳어지면 반드시 억압적인 권력으로 화한다는 사실을 아주 잘 알고 있다. 이들은 안정이나 형식이 아니라 자유와 개혁을 삶의 기본이 되는 가치로 내세운다. 이들에게 의미 있는 삶은 늘 새롭게 개혁되는 것이다. 따라서 그들은 조직화된 형식의 억압 체계를 비판하고, 안정과 질서라는 우상을 파괴하려고 한다. 여기서 자유와 개혁을 대변하는 종교는 '예언자'이다.

선입견이나 편견을 배제하고 말한다면, 형식과 질서도 중요하고 개혁과 자유도 없어서는 안 되는 가치이다. 형식이 중요한 만큼 개혁이 중요하고, 개혁이 필요한 만큼 형식도 필요하다. 경계해야 할 것은 억압으로 변한 군은 형식과 삶의 기초를 송두리째 무너뜨리는 잘못된 개혁일 것이다. 딱딱하게 굳은 구조는 유연하게 개혁되어야 하고, 방만한 무질서는 적절히 통제되는 것이 마땅하다. 형식은 개혁을 요청하고 개혁은 형식을 지향한다. 형식은 형식의 건전한 유지를 위해 개혁을 필요로 하고 개혁은 개혁의 바람직한 전개를 위해 형식을 요청한다.

그러나 불행하게도 논쟁이 시작되면, 그 논쟁에 참여하고 있는 사람의 입장과 처지에 따라 이 두 요소는 극단으로 간격이 벌어져서 첨예하게 대립하기 마련이었다. 그때 태혁은 논쟁의 상대가 자기 선생이라는 사실을 잊고 있었다. 정 교수가 불쾌한 표정을 노골적으로 지어 보인 것은 이례적인 일이었다. 아마도 그는 소득 없는 말싸움에 말려든 자신을 자책하고 있었을 것이다. 제자들을 보호하기 위해 애쓰는 자신의 노력을 이해해주지 않는 학생들이 섭섭하고 괘씸했을 거라는 추측도 해볼 수 있다.

"어쨌거나 나로서는 자네들의 성전 방화 기도를 용납할 수 있는 입장이 아니야. 자네들은 신학생들이 아닌가. 신성에 대한 파렴치한 도전 행위를 자유니 개혁이니 하는 구실을 들어 변명하려 들지 말게. 인간의 수단에만 의존하는 한 어떤 모양의 개혁이든 실패할 수밖에 없다는 점을 명심하라구. 나는 자네들을 가르치는 선생으로서 자네들이 피해를 보지 않게 하려고 여러 방법을 강구하는 중인데, 반성의 빛을 보이지 않는 사람은 나로서도 어떻게 할 수가 없을 것 같네."

정 교수는 단호한 어투로 그렇게 말하고는 자리에서 일어나 버렸다. 그것이 그 토론장의 파국이었다.

정 교수로서도 태혁만은 어쩔 수 없었노라고 나중에 술회한 적이 있었다. 신태혁을 제외한 모든 사건 참가자들이 근신 처벌을 받는 것으로 사건이 종결되었다. 태혁을 희생양으로 하고 우리를 구제한 셈이었다. 태혁의 제적을 결정한 징계위원회의 결과를 알리면서도 정 교수는 태혁에 대한 섭섭함을 숨기지 않았다.

그 일이 있고 며칠 지나지 않아 학교 앞에서 만난 태혁은 노동 현장으로 뛰어들 거라고 하면서 웃었다. 그는 혼자 웃었고, 우리는 아무도 웃지 못했다. 그를 따라 웃는 대신 나는 태혁이 지난 학기에 한 저명한 민중신학자를 골탕 먹인 기억을 되새기고 있었다.

강사로 초빙되어 온 Y박사는 여러 권의 자기 저서보다 많은 직함을 가지고 있는, 소위 잘나가는 신학자 가운데 한 명이었다. 내학에 초청되어 온 그는 우리나라 공장 근로자들이 얼마나 열악한 작업환경에서 착취당하고 있는지, 그 대가로 받는 임금이 얼마나 형편없는지 통계를 제시해가며 설명했다. 아직 어린 십대의 여공들이 10만 원도 못 되는 임금을 위해 밤잠도 못 자고 일을 하다가 깜박 조는 바람에 손가락 잘리는 일이 허다하다는 이야기를 하고 있을 때였다. 좌석 중간쯤에 앉아 있던 태혁이 벌떡 일어났다.

"어린 노동자들이 잠잘 시간까지 빼앗겨가며 혹사당하고 받는 임금이 10만 원도 안 되는데 지금 이 자리에서 노동자들의 그런 비참한 실상에 대해 의분을 토하는 대가로 교수님이 받게 되어 있는 강사료는 얼마나 되는지 궁금합니다. 한 시간 동안 그들을 팔아 그들의 한 달 급료보다 많은 강사료를 받는 것에 대해 윤리적으로 어떻게 생각하시는지 알고 싶습니다. 제가 듣기로는 교수님께서는 신학자들 가운데 가장 큰 저택을 소유하고 있다고 하는데, 그것이 사실이라면, 물론 부모님으로부터 물려받은 재산이 많으시겠지만, 그래도 그런 교수님의 현실과 노동자들의 현실에 대한 지금의 의분, 나아가 교수님의 이른바 민중신학과는 어떻게 연관되는지 알아들을 수 있도록 설명해주시면 고맙겠습니다."

신학자는 잘 정리된 이론을 가지고 있었지만, 엉겁결에 다그치는 무례한 학생의 공격 앞에서 어쩔 줄 몰라 하며 말을 더듬었다. 사회를 보던 교수가 급히 마이크를 잡고 화제를 돌렸기에 망정이지 그러지 않았다면 어떤 일이 벌어졌을지 예측할 수 없는 상황이었다. 우리는 그날, 공교한 논리가 삶과 실천을 직접 문제 삼는 체험 앞에서 얼마나 무력하게 주저앉고 마는지를 똑똑히 보았다. 그러고 보면 태혁은 그때 이미 삶과 실천을 문제 삼는 자리로 나가고 있었다.

"가명을 쓰고 있었다는군. 형사들도 그를 붙잡고 나서야 그의 정체를 알게 되었다는 거야."

"그렇다면 학교 다닐 때의 행적을 확인하려고 선생님을 찾아온 거로군요?"

태혁의 소식을 다시 듣게 될 줄은 몰랐다. 하지만 내가 정말로 궁금해하는 것은 태혁이 아니라 혜령에 대한 것이었다. 정 교수는 처음에 혜령이 집으로 돌아왔다는 말을 꺼내놓고는 바로 이어가지 않았다. 그 대신 형사가 태혁에 대해 알아보러 왔다는 이야기를 했다. 두 사람 사이에 무슨 연관이 있다는 말인가. 봉쇄수녀원의 수녀와 위장 취업한 노동운동가가 맺을 수 있는 관계를 추측하기가 쉽지 않았다. 나는 대화가 빨리 진행되기를 바랐다.

"그런 셈이지. 하지만 그게 용건의 전부는 아니었어. 황당하게도 태혁이 그 친구가 붙잡힌 장소가 혜령이의 수녀원이었다는군. 그 형사가 그러더군. 그자가 따님이 있는 수녀원에 숨어 있었습니다. 따님이 조사를 받은 것은 그 때문이었습니다……."

"어떻게 그런 일이……."

한 가지는 분명해졌다. 혜령의 돌연한 귀가가 태혁과 관련되어 있다는 것이 그것이다. 하지만 어떻게? 어떻게 그런 일이 가능할 수 있단 말인가. 수도사들 말고는 일반인의 출입이 통제된다는 수녀원에, 더구나 남자인 신태혁이 어떻게 숨어 있었다는 것인지도 이해하기 힘들었지만, 그 두 사람이 같은 장소에, 그것도 특별히 구별된 공간인 수녀원에 함께 있었다는 사실을 이해하기가 더 힘들었다. 그들은 학교에 다닐 때도 친밀한 사이가 아니었다. 굳이 말하자면 서로를 불편해하는 사이였다. 종교적 태도나 세상을 대하는 시각에 있어서 그들은 조금도 닮은 점이 없었다. 그런데 어떻게? 이해할 수 없기는 정 교수도 마찬가지인 모양이었다.

"나 역시 어찌된 영문인지 모르고 있네. 혜령인 입을 다물고 있고, 형사는 뭔가 더 알고 있는 게 있겠지만, 그걸 들으려고 그 사내를 다시 만나고 싶지는 않아."

그에게서 영혼을 다스리는 이 땅의 목회자들을 배출해내는, 제법 큰 교단의 신학대학 교수 이전에 딸을 가진 한 평범한 아버지의 고뇌를 보는 일은, 적어도 그에 의해 영혼들을 잘 다스리도록 교육받은 바 있는 내게는 적지 않게 민망한 경험이었다. 푸른 빛을 뿜어내는 십자가가 그윽하게 내려다보고 있는 동굴 같은 기도실에서 오랜만에 해후한 스승과 제자는 할 말을 잃었다. 두 사람 사이를 혜령과 태혁이 가로막고 서서 말을 놓게 하고 있었다. 스승은 나에게 자기 딸을 한번 만나보라고 부탁하고 싶었으리라. 그런 부탁을 그나마 편한 마음으로 할 수 있는 사람이 나 말고는 달리 없었으리라. 그러나 그는 말하지 않았다. 따라서 그 말은 스승의 마음을 읽은 제자가 해야 했다.

"제가 댁으로 한번 찾아가보겠습니다."

그날, 나는 주례 부탁을 하지 못했다. 말을 꺼낼 수가 없었다.

07
에리직톤을 위한 변명

"도대체 어디까지 가겠다는 거지? 이건 뭐, 미친개가 발광하는 꼴이 아니고 뭐야. 이쯤 되면 무소부재 권력이니 공포정치니 하는 말이 무색한 거 같아. 인간의 본성에 대해 진지하게 생각하게 한다니까. 가령 말이야, 히틀러를 어떻게 하나의 사회현상으로 이해할 수가 있겠어? 그 독재자는 사회학이 아니라 정신분석의 대상이지 않아? 요새 작자들이 지랄발광하는 꼬라지를 보면 어쩔 수 없이 인간 속에 있는 악마를 생각하지 않을 수 없게 된다니까. 가령 말이야……."

저녁 시간이었다. 우리들은(나와 책상을 나눠 쓰는 문과 윤, 그리고 사회부에 근무하는, 나의 입사 동기인 최가 그 시간 우리들의 명단이었다) 자주 다니는 신문사 골목의 횟집에서 저녁식사를 겸해 술판을 벌이고 있었다. 별로 우습지도 않은 시답잖은 우스개 농담을 몇 개 거친 후 자연스럽게 어수선한 시국을 안주거리로 올렸다. 신문에 기사화된 것도 있었지만 태반은 신문에 실릴 기회조차 얻지 못한 것들이었다. 수십 명의 대학교수들이 개헌을 지지하는 성명을 냈다든지, 임금 인상과 작업환경 개선을 요구하는 방직공장 여공들에게 경찰들이 마구 폭력을 휘둘러 해산시켰다든지 하는 것들. 기사화되었더라도 사건의 핵심은 빠지거나 왜곡되거나 행간에 숨은 것들이 대부분이었다. 우리는 이 땅의 평범한 남자들이 그런 것처럼 다소 위악적으로 뉴스 속의 뉴스를 화제로 삼아 퇴근 후의 술자리를 즐기고 있었다.

사회부 기자인 최가 분위기를 이끌었다. 나이에 어울리지 않게 벌써 앞머리가 시원하게 벗어진 최는 이제 갓 서른을 넘긴 노총각이었다. 와그락거리는 성질대로 입이 걸고 한번 마이크를 잡으면 여간해서는 놓지 않으려 드는 위인이었다. 말투가 냉소적이고 말속에 욕설이 자유자재로 섞였지만 그러면서도 나름의 논리를 잃지 않았다. "개자식들이 내 팔을 꺾으면서 취재 수첩을 뺏잖아. 그래서 나도 한 방 먹였지. 덕분에 병원 신세를 지긴 했지만. 놈들이 느물거리며 뭐래는지 알아? 어차피 기사도 못 내보낼 걸 뭐하러 취재하느냐고 하잖아. 하, 머리가 핑 돌더라고. 이건 뭐 약 올리는 것도 아니고. 그렇지만 어쩌겠어. 팔만 더 꺾일 텐데. 작자들도 웃기지. 어차피 기사가 되어 나오지 않을 줄 안다면서 수첩은 왜 뺏고 지랄이야" 하고 씩씩거리다가 방송과 연극을 담당하는 윤에게 대고, "씨팔, 나도 윤 형처럼 얼굴 반반한 탤런트들 만나 이상형이 뭐냐, 첫 키스 언제 했냐, 그런 거 물어보면서 월급 타먹으면 좋겠구만. 이건 뭐, 기자 노릇하는 재미가 있어야지, 재미가. 아니, 이 술에 물을 탔나? 왜 이렇게 흐리멍

텅해?" 하고 악을 써대고, 그러다가 갑자기 또 나를 향해서는 "아 그잔지 뭔지 하는 작자가 소련 공작원이라는 게 말이 되는 소리야? 교황이 폴란드 출신이니까 폴란드가 소련 말을 안 듣는다, 그게 교황 탓이다, 그러니까 교황을 없애야 한다? 이야기가 그렇게 되는 거야? 이거 너무 함부로 짜 맞춘 시나리오 아냐? 대체 어떤 돌대가리가 만든 시나리오야. 유치하기 짝이 없어. 그렇다면 바웬사부터 죽여야 하는 거 아니겠어? 그 글을 쓴 작자가 골수 우익 보수주의 꼴통이 아닌가 알아봐" 하고 대들기도 했다. 좌충우돌이었다. 그러나 그의 말들은 특유의 거친 어투에도 불구하고 듣는 사람을 즐겁게 만드는 구석이 있었다. 일부러 의도한 것 같지 않은데도 그의 말을 듣고 있으면 이상하게 속이 후련해졌다. 사이사이에 삽입되는 파격적인 욕설이 양념 구실을 하기까지 했다.

최는 이 시대를 가리켜 미친개가 발광하는 꼴이라고 단언했다. 그것은 우리의 정치가 사회학이 아니라 정신병리학의 차원으로 옮겨 갔다는 말의 뜻이었다. 나도 언젠가 읽은 바 있는 서양의 한 사회심리학자를 인용하면서, 그는 인간을 지배하고 있는 두 가지 경향성을 바이오필리아(생명을 사랑하는 정열)와 네크로필리아(생명을 파괴하는 정열)로 구분해서 설명했다. 생명을 사랑하려는 정상적인 정열에 반하는 네크로필리아는 병리학적 충동이라고 했다. 생명을 사랑하고자 하는 정열이 성장을 멈추면 생명을 파괴하려는 정열이 증식한다고 그는 말했다. 사람이 아무도 사랑할 수 없게 될 때, 즉 아무것도 창조할 수 없게 되어 자아의 감옥에 고립될 때, 그가 할 수 있는 유일한 대안은 생명 파괴로 나타난다는 것. 생명의 파괴, 그것만이 그 사람이 할 수 있는 유일한 자기주장이 된다는 것. 창조를 위해서는 사랑이 필요하다. 파괴를 위해 필요한 것은 단순하다. 그것은 폭력—주먹, 칼, 또는 총이다. 사회 구성원 가운데 이 파괴적인 병원균인 네크로필리아에 감염되어 있는 비율이 어느 정도냐가 그 사회의 성격을 결정한다. 생명을 사랑하는 정열이 지배하는 집단은 밝고 건강하고 희망이 넘치는 사회이다. 반대로 생명을 파괴하는 정열에 지배받는 집단은 어둡고 병적이고 폭력적이어서 테러와 고문이 자연스럽게 통용될 수 있는 여지를 가진 사회이다. 이 사회를 지배하는 것은 이성의 법칙이 아니라 밀림의 법칙이다. 폭력이 법인 곳에서 생명은 창조되기 위해서가 아니라 파괴되기 위해서 존재한다. 네크로필리아의 경향성이 우리 사회를 잠식해 들어왔음을 느낀다고, 최는 마치 그것이 무슨 세균의 이름이라도 된다는 듯 손으로 몸을 쓸어내며 얼굴을 찌푸렸다.

"아무리 지독한 정치권력이라고 해도 그 힘이 미칠 수 없는 성역이 사회의 어느 한 곳엔가는 있기 마련이잖아. 있어왔잖아. 아주 오래전부터, 바다 저쪽이나 이쪽이나 그런 장치를 마련해가지고 있었잖아. 삼한 시대에도 왜 소도(蘇塗)라는 이름의, 세속의 간섭으로부터 자유로운 신읍(神邑)이 있었지 않나. 아무리 큰 죄를 지은 죄인일지라도 거기로 들어가면 살 수 있었지. 한마디 명령으로 백성의 목숨을 마음대로 빼앗을 수 있었던 절대 권력도 이 구별된 도피성 앞에서는 어쩔 수 없이 돌아서야 했단 말이야. 무소불위의 절대왕권 사회의 한쪽에 이처럼 정치권력이 미칠 수 없는 열외의 신성한 지대를 설정해놓은 옛날 사람들의 그 여유와 지혜를 이 무식한 쌍것들이 어찌 흉내나 낼 수 있겠어? 걔들의 눈에는 성역이니 신읍이니 하는 게 다 개소린 거야. 그래서 군홧발로 수녀원을 짓밟을 생각을 해낸 거겠지. 교회당 안에 최루탄을 뻥뻥 쏴대고 법당으로 우르르 몰려가 스님들을 여럿 잡아가더니, 세상에, 이번엔 수녀원까지…… 성역이란 게 더 이상 존재하지 않는다는 사실을 이처럼 노골적으로 시위하는 게 어딨어. 무서운 게 아니라 부끄럽고 추악해. 추악하다고."

"수녀원에 군홧발이라니? 그게 무슨 말이야?"

모처럼 만에 윤이 끼어들었다. 그러나 그의 질문 형식을 띤 참견은 최의 단독 질주에 제동을 걸기 위해서라기보다는 달리는 말에 채찍을 가하는 격으로 최의 달변을 지원하려는 의도가 더 있어 보였다.

"개자식들. 취재 수첩 때문에 한바탕 붙은 게 그 때문이라니까. 수녀원에 난입해서 샅샅이 뒤진 거야, 그 무식한 것들이. 전쟁 중에도 보호되어야 하는 곳이 수녀원 아냐? 조금 불경한 상상인지 모르겠는데, 나는 수녀원이 최후까지 보호되어야 할 이 세계의 음부라는 생각이 들어. 어떤 상황에서도 절대로 침범당하면 안 된다는 점에서 말이야. 그런데 강론을 하고 있던 신부를 끌고 가고 수녀들을 무더기로 잡아가서는 닦달을 하고……."

 나는, 그때까지만 해도 최의 걸쭉한 말들을 비교적 신경을 이완시킨 채 듣고 있었다. 정보를 만지는 이들이 모이면 으레 습관적으로 늘어놓기 마련인 신세 한탄이나 넋두리쯤으로 받아들이고 있었던 것이다. 더구나 술자리에서 설마하니 혜령과 관련된 어떤 정보를 접할 수 있으리라는 생각을 할 수 없는 노릇이었다.

 나는 그때까지도 혼란 가운데 있었다. 뮌헨으로부터 날아온 형석의 편지를 받은 지 얼마 되지 않아서 혜령이 수녀원을 떠나 이 도시로 돌아왔다. 확인할 길 없는 복잡한 사정들과 함께. 정 교수는 혜령의 귀가에 태혁이라는 친구가 어떻게든 연관되어 있음을 시사했다. 태혁을 만나보아야 하리라는 생각을 하면서도, 나는 그의 소재를 파악하려는 노력을 하지 않고 있었다. 혜령에 대해서도 마찬가지였다. 마음과는 달리 어쩐 일인지 나는 선뜻 그녀를 찾아가지 못하고 있었다. 무엇을 망설이는 것일까. 정체를 알 수 없는 막연한 두려움에 쫓기며 나는 지난 한 주간을 그냥 보내버렸다. 할 수 있는 한 빈 시간을 없애려고 허둥거리며 이곳저곳 바쁘게 쏘다니기만 했다. 무엇을 결정해야 하는 순간이면 어김없이 찾아오는, 구제할 길 없는 내 소심증과 우유부단이 다시 도진 셈이었다.

 "그럼 수녀들이 단식 농성 중이라는 짧은 기사가 그거야? 그게 최 형이 취재한 거야?"

 나는 되도록 내 속에서 일고 있는 사적인 호기심을 들키지 않으려고, 술병을 들어 그의 빈 잔에 따르면서 넌지시 물었다.

"니미랄, 그거만 읽고서야 어떤 기가 막힌 눈을 가진 위인이 거기서 진짜 무슨 일이 벌어진 건지 사건의 실체를 파악할 수 있겠어. 안 그래? 아무리 요새 독자들이 행간에서 기사 읽는 훈련이 많이 되어 있다고 해도 말이야. 수녀들이 농성을 벌이고 있다. 왜? 이유가 없잖아. 이건 불완전한 문장이지. 그네들이 기도 시간을 줄이고 취침 시간을 늘려달라고 요구하는 건지, 아니면 수녀원장이 어용이라고 퇴진을 주장하는 건지, 그것도 아니면 수녀 노조라도 결성하겠다는 건지, 어떤 자식이 알아먹겠어? 이런 식의 질 낮은 코미디가 범람하고 있다니까."

"그 사건의 실상이 뭔데? 공연히 흥분만 하지 말고 자네야말로 알아듣게 말해봐. 군홧발이 수녀원을 어떻게 했다고?"

최는 술잔을 들어 벌컥벌컥 들이켠 다음 그 일을 생각하면 여전히 갈증이 난다는 듯 씨근덕거렸는데, 나는 공연히 가슴이 조마조마하여 자꾸만 옆자리를 돌아보았다. 저만치 떨어진 곳에 그럴듯한 기업의 부장 정도의 직함을 가지고 있을 법한 사내들 넷이 넥타이를 맨 와이셔츠 차림으로 앉아 술을 마시고 있을 뿐, 다른 손님은 없었다. 그들은 우리보다 훨씬 큰소리로 떠들고 있었기 때문에 경계를 하지 않아도 될 것 같았다. 술자리의 이웃을 경계해야 하다니, 빌어먹게 쓸쓸한 기분이었다.

"이제는 더 이상 잘못된 세속의 권력으로부터 도피해 갈 소도, 그 성역의 신읍, 그 신성한 도피성이 우리에게는 존재하지 않는다는 더러운 현실 때문에 울화가 치밀고 슬프고 분하고 그렇단 말씀이야, 내 이야기는. 무슨 일이 있었느냐고? 무슨 일이 있었지. 개 같은 일……. 무장을 한 작자들이 수녀원을 습격했어. 무슨 중범죄자의 은신처를 수색하듯 샅샅이 뒤지고 강론하러 온 신부와 수 명의 수녀들을 연행해 갔어. 거기에 지명수배자가 숨어 있다는 게 구실이었지. K중공업 방화 사건의 주동자로 수배된 신 뭐라는 자가 그곳에 숨어 있다는 정보를 입수한 모양이야. 박규성 신부라고 알지? 노동운동에 관여하고 있는 젊은 신부 말이야. 그 양반이 마침 강론을 하러 그곳에 와 있었는데, 연행을 하려고 하니 고분고분했겠어? 그러니까 자식들이 몇 방 먹였겠지. 결국 그 신부를 비롯해서 여러 명의 수녀들이 신 모 씨와 함께 잡혀간 거야. 그게 사건의 실체야. 나는 종교를 가지고 있지 않지만, 이 치졸하고 추악한 세상살이와 구별된 어딘가 열외의 지점에 신성의 권위가 빛을 발하는 자리를 하나쯤 마련해두어야 한다고 생각하는 편이야. 마지막 은신처 같은 데가 있다고 생각하면 든든하잖아. 조금 위안이 되고, 이 세계에 대한 희망을 포기하지 않을 수도 있고, 그럴 것 같은데……. 도대체 어쩌겠다는 수작이야? 하늘까지 점령해버리겠다는 말도 안 되는 억지이고, 종교든 신이든 뭐든 맘에 안 들게 굴면 닥치는 대로 잡아 가두겠다는 얼토당토않은 만용이 아니고 뭐야."

"그런데 말이지. 아무도 들어갈 수 없다는 그 수녀원 건물에 그 신 뭐라는 친구가 어떻게 숨어 있었다는 거야? 더구나 남자잖아. 그것도 이상하잖아?"

　말없이 듣고만 있던 문이 질문을 던졌고, 나는 속으로 신태혁이라는 이름을 가만히 만지작거렸다.

　"수녀원이라는 데를 나도 잘은 모르지만, 봉쇄문인가 그런 게 있어서 내부와 외부를 구분하는 모양이야. 봉쇄문 외부에 채소밭과 젖소 우리 같은 게 있고, 그곳에서 그네들이 노동을 한다고 해. 일반인들과의 면회가 이루어지는 곳도 거기고. 반면에 봉쇄문 내부는 수녀들이 수도에 전념하는 곳으로 다른 사람은 들어갈 수 없고. 그런데 대부분의 수녀원에는 힘든 일을 도와주고 잡일을 도맡아 하는 일꾼들이 있다는 거야. 그래야겠지. 그 사람들은 물론 외부에서 생활하지. 말하자면 수녀원에 딸린 식구들인 셈인데, 내가 확인한 바로는 문제의 그 수녀원에는 사십 대의 부부와 젊은 남자가 한 명 있었어. 그 젊은 남자가 신 뭐라는 친구였던 거고. 그 친구는 그러니까 그 수녀원에 노동자로 위장하고 숨어 지냈던 거야. 위장 취업이야 그 친구 전문이라니까 뭐."

　"흠, 그거 교묘하군. 그 친구를 찾아낸 것들은 더 교묘하고."

　자못 호기심이 당긴다는 듯 다시 문이 관심을 보이자 옆에 앉은 윤이, 이 친구, 갑자기 엉뚱한 관심을 보이고 그러네, 하며 면박을 주었다. 나는 아무 말 없이 다시 한 번 주변을 둘러보았고, 최는 고개를 절레절레 흔들었다.

　"관계된 사람을 통 만날 수가 없어. 하긴 만나면 또 뭐할 거야. 어차피 기사도 못 쓸걸. 결국 수첩 뺏기고 병원 신세 지고 그럴

건데……."

 최는 자조 섞어 말하고 한숨을 내쉬었다. 더 이상 대화는 진전되지 않았다. 그것이 그 술자리의 결론인 셈이었다. 우리는 알고 있었다. 그 한숨으로 그가 우리가 숨 쉬고 사는 이 세상의 무시무시한 쓸쓸함에 방점을 찍고 있다는 것을. 그마저 말할 기운을 잃어버리자 곧 불편한 적막이 찾아들었다. 그 적막은 이제 곧 그 자리가 파장할 거라는 예고 같기도 했다.

 혜령이 신태혁이 연행된 사건과 어떤 식으로든 연관을 맺고 있다는 사실은 분명해졌다. 물론 태혁이 그 수녀원을 은신처로 삼은 것이 혜령 때문이라고 단정할 근거는 없었다. 알고 지내던 신부의 도움으로 그곳에 들어왔다가 우연히 혜령을 만났을 가능성이 높았다. 그렇다고 해도 평범한 우연이라고 할 수는 없었다. 그녀는 태혁이 잡혀가는 순간 현장에 있었다. 함께 붙잡혀 가서 취조를 받았으리라는 추측도 어렵지 않게 할 수 있었다. 그러나 그 이상의 추측은 불가능했다. 나는 내 속에서 무언가 울컥하고 올라오는 걸 느꼈는데, 그것이 혜령에 대한 안쓰러움이라는 걸 부정할 수 없었다. 당장이라도 달려가 그녀를 만나야 할 것 같았다. 아마 술기운 탓이었을 것이다. 그녀를 품에 안고 눈물을 쏟아내고 싶었고, 그래야 할 것 같았고, 그럴 수 있을 것 같았다.

 술집에서 나와 적당히 취한 술기운을 과장하며, 성역은 없다, 이제 더 이상 신성한 땅은 존재하지 않는다, 개똥이다, 하고 투덜거리며 후미진 골목 담벼락에다 오줌을 갈기는 최의 곁에 나란히 붙어 서서 나도 바지 지퍼를 내렸다. 그리고 은밀하게 물었다.

"아까 말한 그 사건 말이야. 만일 누가 취재원을 소개해준다면, 만약 말이야, 그럼 취재를 다시 할 의향이 있어?"

최는 큰소리로 악을 쓰듯 말했다.

"무슨 소리를 하는 거야. 이 친구, 내 말을 헛들었네. 이제 성역은 없어. 이 미친 세월로부터 보호받을 수 있는 신성한 땅은 아무 데도 없다고. 이제 더 이상, 아무 데도……."

그의 몸이 앞뒤로 흔들렸다.

동료들과 헤어졌을 때 시간은 이미 10시가 지나 있었지만 나는 그녀를 만나야겠다는 충동을 이기지 못하고 약수동으로 향했다. 남의 집을 방문하기에는 늦은 시간이었다. 더구나 예고도 없이. 나는 술기운을 앞세우고 쳐들어갔다. 문을 열어준 사람은 정 교수였다. 혜령은 집에 없었다. 그녀는 이틀 전에 동해안에 있는 친척집으로 떠났다고 했다. 아무래도 조용한 곳에 가서 요양을 하는 것이 좋을 것 같아 정 교수가 권했다고 했다. 처음엔 서운했지만, 그녀를 볼 수 없게 된 것이 차라리 잘된 것처럼 느껴졌다.

그동안 두 차례 형사를 만난 정 교수는 대강의 내막을 알고 있는 듯했다. 나는 굳이 술자리에서 들은 이야기를 꺼내지 않았다.

"수녀원으로 다시 돌아가나요?"

"글쎄. 자네가 한번 물어보게나."

기억나는 대화가 그것밖에 없다. 나는 좀 뻔뻔스러웠던 것 같고, 정 교수는 시종 내 눈치를 보며 조심스러워했던 것 같다는 인상만 남아 있다.

토요일 오후에는 희수를 만날 약속이 있었다. 영화표를 예매해두었다며 시간을 비워놓으라고 전화를 걸어온 것이 수요일이었다. 바쁘다는 핑계를 대고 만나지 않은 것이 여러 날이었다. 이번 약속마저 미루면 어떤 반응을 보일지 눈에 선했다. 약속 장소로 가기 위해 책상을 정리하는데 옆자리의 윤이 전화기를 건넸다. 나는 눈짓으로 누구냐고 물었다. 여잔데, 하며 그는 빙그레 웃었다. 그녀의 목소리를 알아차리는 데는 "여보세요"라는 한마디로 족했다. 까마득히 먼 시간 너머로부터 걸려온 전화를 받는 기분이었다. 나는 순간 가슴이 먹먹해지면서 아무 말도 하지 못했다.

"저, 신문사 앞에 와 있어요. 지금 볼 수 있나요?"

나는 앞뒤 생각하지 않고 바로 내려가겠다고 말하고는 전화를 끊었다. 희수와의 약속을 취소하거나 연기해야 했으므로 나는 사무실을 나가다 말고 전화를 걸었다. 다행히 그녀는 아직 집에 있었다. 나는 갑자기 급한 일이 생겼다고 둘러댔다. 미안한 마음이 들지 않은 것은 아니었지만, 실제로 급한 일이 생긴 건 맞다고 스스로에게 변명했다. 그녀는 토요일 오후조차 자기에게 비워줄 수 없느냐고, 도대체 자기가 나에게 뭐냐고 투덜거렸다. 모처럼 친구와 함께 영화를 보는 것도 나쁘지 않을 거라고 달랬지만 그녀는 쉬 마음을 풀려고 하지 않았다.

"주례자는 어떻게 되었어요? 그건 병욱 씨가 알아서 하기로 한 거잖아요. 여러 번 얘기하지만 나는 병욱 씨의 그런 흐물흐물한 성격이 도대체 맘에 안 들어요. 내가 지금 토요일 오후에 같이 영화 보러 갈 사람이 없어서 이러는 줄 알아요?"

그녀는 귀가 얼얼하도록 마구 쏘아대고는 일방적으로 전화를 끊어버렸다. 나는 더 변명할 기회를 잃어버렸지만, 차라리 변명을 하지 않아도 된 상황이 다행으로 여겨졌다.

혜령은 넓고 투명한 창유리를 통해 밖이 훤히 내다보이는 찻집의 2층 창가에 앉아 있었다. 스웨터에 청바지 차림이었다. 막연하게나마 칙칙한 수녀복을 상상하고 있었기 때문에 혜령의 그런 옷차림은 조금 낯설었다. 하지만 마음을 가볍게 해주는 면도 있었다. 다소 야윈 듯한 얼굴에도 불구하고 다른 때보다 친근한 느낌을 받았는데, 옷차림 덕분인 듯했다. 그 때문에 나는, 몸은 괜찮아, 동해안에 갔다더니, 하고 며칠 만에 만난 사람 대하듯 편하게 말을 걸 수 있었다. 그녀는 말없이 고개만 끄덕였다. 나는 무얼 마시겠느냐고 물었고, 그녀는 녹차를 마시겠다고 했다. 나는 커피를 시켰다. 그리고 얼마 후에 내가 그녀의 사정을 알고 있다는 뜻으로 수녀원 사태를 입에 올린 것은, 침묵을 견디기 힘들었는지 그녀가 요새 신문사는 지낼 만한가요, 하고 물었기 때문이었다. 그녀의 질문이 세상에서 비껴나 있는 수녀원도 함부로 침노당하는 터에 세상 한복판에 자리하고 있는 신문사가 무사한 것은 무슨 재주냐고 힐난하는 것처럼 들린 탓도 있었다.

"우연한 기회에 들었어. 태혁이 그 친구가 어떻게 거기에……."

나는 말끝을 흐렸다. 그것만으로도 내 의사가 충분히 전달되었을 거라고 나는 생각했다. 혜령은 테이블 위의 얼룩을 손가락으로 문질러댔다. 내심의 불편한 기분을 도닥거리고 있는 것으로 보였다. 바이올린 선율이 은은하게 실내를 유영하고 다녔다. 워낙 소리가 약해서 귀를 기울이지 않으면 들리지 않을 그 음악이 선명하게 들렸다. 실내가 그만큼 조용했다. 다리를 심하게 저는 늙은 남자가 우리 자리로 다가와 불쑥 껌 한 통을 내밀었다. 혜령은 노인의 손바닥에서 껌을 주워 들고는 말없이 500원짜리 동전을 얹어주었다. 그러고는 가만히 고개를 숙여 인사했다. 노인은 고맙다는 인사도 하지 않고 거스름돈을 돌려줄 생각도 하지 않고 그냥 가버렸다.

"말해줄 수 있어? 태혁이가 어떻게……."

"신문사에 있는 사람이라 다르군요. 아버지는 그걸 알아내려고 백방으로 애쓰고도 알아내지 못했는데."

"아버님도 지금은 대충 알고 있어. 형사가 여러 번 들락거린 모양이야."

"그들이 아버지한테까지?"

혜령이 얼굴을 찌푸리며 녹차 잔을 들었다가 마시지 않고 내려놓았다. 그녀의 몸이 미세하게 떨렸다. 분노나 증오 대신 고통이 전해졌다. 나는 말을 잃었다. 나에게는 아무 권리도 없다는 생각이 문득 들었고, 그러자 마음이 몹시 무거워졌다. 한참 후에 그녀가 연한 봄나물 같은 입술을 열었다.

"이야기를 해야겠지요. 병욱 씨는 나에게 일어나는 불행을 살살이 알고 싶어 하니까."

마시고 난 찻잔을 밀어놓고 그녀는 심호흡을 했다. 마치 진술을 위해 준비운동을 하는 것처럼 보이는 동작이었다. 아니, 진술을 하기 위해 마음의 준비를 충분히 하고 왔다는 암시처럼 보이는 동작이기도 했다. 그녀에게는 누구에게든 털어놓지 않으면 안 될 사연이 있는 게 분명했다. 그렇지 않다면 왜 나를 찾아왔겠는가. 이윽고 그녀는 차분한 목소리로, 그러나 가끔 흔들리는 감정을 추스르기 위해 호흡을 조절해가며 준비해온 이야기를 들려주었다.

─────── 몰랐어요, 나는. 그동안 내가 얼마나 무감각한 상태에서 무감각하다는 걸 인지하지도 못한 채 잘도 살아왔는지. 우리가 사는 세상의 한복판에서 터무니없고 얼토당토않은 일들이 일상처럼 벌어지는데도 내 감각은 너무 무디고 너무 두꺼워서 그것을 감지하지 못했어요. 당연히 그와 같은 무감각이 허물이라는 생각도 하지 못했지요. 감각이 없으면 아픔을 느끼지 못하잖아요. 아픔을 느끼지 못하는 사람은 행동하지 않고, 행

동하지 않으니까 계속, 더욱 세상을 알 수가 없는 거지요. 내가 그랬어요…….

무엇이 옳고 그른지를 갑자기 알지 못하게 되어버렸어요. 전에 선명하고 명쾌하던 것들이 갑자기 불확실하고 불투명해져버렸어요. 전에는 양보할 수 없는 원칙이 있었고, 그 원칙에 충실하기만 하면 되었어요. 그것으로 충분했어요. 삶이 단순하고 분명했지요. 그런데 지금은 분명한 것이 아무것도 없어졌어요. 모든 것이 뒤죽박죽이고 혼돈이고, 가슴이 터질 것 같고, 그리고 아무 때나 자주 주체할 수 없이 눈물이 나요.

태혁이 이야기를 해야겠지요. 이 혼란이 그로부터 말미암았다고 할 수는 없지만, 그와의 만남이 계기가 된 것은 사실이니까. 태혁이는 복숭아를 수확하고 있던 지난달 중순에 우리 집에 나타났어요. 수녀원을 우리는 집이라고 불러요. 나는 다른 식구들이 복숭아를 따서 바구니에 담아두면 그것을 손수레로 실어 나르는 일을 맡아 하고 있었어요. 그렇게 옮겨 간 복숭아를 저울에 달아 분류하고 포장하는 일을 다른 식구가 했지요. 우리에게 노동은, 알고 있겠지만, 영적 독서나 묵상과 함께 수도 생활에서 빼놓을 수 없는 부분이에요. 신성한 노동을 통해 수도자들은 영혼의 정화를 경험하고 천주에 대한 순명의 자세를 가다듬곤 해요.

태혁이는 그날 박 신부님과 함께 우리들이 땀을 흘리며 일하고 있는 복숭아밭을 지나 우리 집으로 들어왔어요. 박규성 신부 알지요? 우리 집에서 가까운 T시에서 사목하고 계신데, 사제로 보다는 T공업단지의 노동자들을 위해 일하는 분으로 더 알려져 있더군요. 어머니하고 가까워요. 우리 원장 수녀님요. 우리 집에도 자주 오시고요. 성격이 활달하고 개방적인 데다가 평소 우스갯소리를 잘해서 다들 좋아했어요. 그날 박 신부님은 한쪽에서 어머니 수녀님과 한동안 이야기를 주고받더니, 이례적으로 농담 한마디 던지지 않고 바로 산을 내려가버렸어요. 박 신부님이 데려온 남자가 태혁이라는 사실은 그 당장은 물론 알 수 없었지요.

저녁 기도회 전에 원장 수녀님이 그 낯선 남자에 대해 조심스럽게 말했어요. 사정이 있어서 우리 집 신세를 지게 되었다. 서 씨 부부 숙소에서 그들과 함께 지낼 거다. 아마 오래 있지는 않을 거다. 되도록 빨리 다른 곳으로 데려가겠노라고 박 신부님이 약속했다. 자세히 묻지 않았지만 박 신부님이 관여하는 T공업단지 소속 노동자인 듯하다. 자매들은 개의치 말고 수도 생활에 전념하기 바란다. 우리의 무관심이 그에게 보여줄 최대의 관심이다…….

아무도 그 남자의 신상에 대해 궁금증을 털어놓지 않았어요. 호기심을 느끼는 사람도 없었어요. 세상일에 대한 의도적인 무관심, 그것 역시 수도자가 실천해야 하는 덕목 가운데 하나라고 할 수 있거든요. 나도 제법 수녀가 되어 있었던 모양이에요. 그 무렵에는 신문을 뒤적이지 않고도 아무 불편 없이 지낼 정도가 되었으니까요.

그렇긴 하지만 수녀들이라고 세상과 완전히 담 쌓고 그 안에서만 지낸다는 뜻은 아니에요. 최소한의 접촉이 없을 순 없지요. 수확한 농산물을 내다 팔기도 하고, 필요한 물건들을 구입하러 나가기도 하고, 또 위급한 환자가 생기면 병원에도 가야 하니까요. 운전을 할 줄 아는 사람이 어머니하고 나밖에 없었기 때문에 볼일이 있으면 수녀원에 있는 낡은 승용차를 몰고 시내에 나가는 일은 대부분 내 몫이 되어 있었어요. 독일에서 지낼 때 익혀 두었던 운전 기술이 유용하게 쓰인 셈이지요.

어느 날인가, 시내 나들이에 최 씨 아주머니와 동행한 적이 있었어요. 최 씨 아주머니는 남편 서 씨와 함께 우리 집 일을 돌봐주는 분이에요. 시장에서 잡다한 생활용품들을 구입하고 약국에 들러 원장 수녀님이 적어준 몇 가지 상비약을 구입한 다음, 외출할 때면 늘 들르는 책방에 들어가는 참이었어요. 그 순간 최 씨 아주머니가, 참 이거……, 하면서, 깜박 잊고 있었다는 듯 쪽지 한 장을 내밀었어요. 두 겹으로 접힌 그 조그만 종이에는 '보니노, 『해방의 정치 윤리』 / 기독교사회문제연구원, 『국가 권력과 기독교』 / 제임스 콘, 『눌린 자의 하나님』 / 게르트 타이센, 『갈릴리 사람의 그림자』 / 조인식, 『도시 산업 선교의 인식』' 같은 도서명이 적혀 있었어요. 나는 눈을 동그랗게 뜨고, 이게 뭐냐고 물었지요. 시내에 나간다고 했더니 그 남자가 좀 구해달라고 하면서 그 쪽지를 건네더라는 것이 그분의 설명이었어요.

내 관심을 자극한 것은 거기 적힌 책의 목록들이었지요. 그것들은 의심할 여지 없이 사회참여를 부르짖는 신학자들의 저

술들이었거든요. 보니노는 구티에레스나 보프 신부와 함께 남미의 해방신학을 주도하는 신학자이고, 게르트 타이센은 예수와 초기 기독교 공동체를 사회학적으로 해석해낸 신약학자잖아요? 제임스 콘은 흑인의 해방 문제를 신학적으로 이슈화한 미국의 흑인 신학자이고.『도시 산업 선교의 인식』이라는 책은, 노동운동가라는 그 남자의 신분상 그럴 수 있다고 해도, 다른 네 권의 책은, 적어도 신학 분야에 상당한 식견이 없으면 고르기가 쉽지 않은 특별한 책들이라고 생각했어요. 그 사람이 현대신학에 상당한 이해를 확보하고 있는 사람일 거라는 추측을 자연스럽게 할 수 있었지요. 최 씨 아주머니에게 전해주라고 할 수도 있었지만, 내가 직접 제임스 콘의 책을(다른 책은 구할 수 없었어요. 주문만 해놓고 왔지요) 건네주기로 마음먹은 것은 그 인물에 대한 호기심이 작용한 결과라고 해야겠지요. 수녀 신분으로 바람직한 호기심이라고 할 수는 없지만 말이지요.

　그렇게 해서 만났어요, 태혁이요. 그렇듯 이상하고 어이없는 만남이라니. 우리 중 누가 그렇게 뜻밖의 장소에서, 그렇게 낯설고 어이없는 모습으로 만날 거라고 생각인들 했겠어요? 하긴 그와 나의 서로 다른 모습은 강의실에서 성서신학이나 사회윤리를 공부하던 시절에 이미 예견되었던 일이긴 했어요. 서로의 신분을 확인한 순간, 그리고 어떤 상황인지 짐작해낸 순간, 태혁이 먼저 "결국……"이라고 알 듯 모를 듯한 말을 토해냈는데, 그 역시 그런 예견이 현실화된 사실에 대한 놀라움의 표시였을까요?

신앙과 세상을 보는 판이한 시선을 극대화했을 때 이를 수 있는 극단의 자리에 그와 내가 서 있다는 생각이 들더군요.

"놀랍네."

태혁이 먼저 입을 열었고, 나는 고개만 끄덕였어요. 그나 나나 상대가 어떤 궤도와 과정을 통해 현재의 지점에 이르렀는지 속으로 짚어보고 있었을 거예요. 오랜만에 만났는데도 반갑다는 느낌이 들지 않은 건, 그와의 친분 관계나 두 사람의 처지를 고려하면 이상한 일이라고 할 수 없겠지요. 오히려 무엇 때문인지 못된 짓을 하다가 들켰을 때와 유사한 종류의 당혹스러움이 내 입을 얼어붙게 하고 있었던 것 같아요. 정도의 차이는 있겠지만, 태혁이도 사정은 다르지 않았을 거예요. 놀랍지 않아요? 서로 등을 대고 반대 방향으로 걷기 시작했는데, 결국 한 지점에 이르러 만나고 있었던 셈이잖아요. 지구가 둥글기 때문이라고 하면 그만이긴 하지만요.

"묘한 인연이네. 세상에 쫓겨 몸을 숨기러 온 곳에 혜령이가 먼저 와서 몸을 숨기고 있었다니."

얼마간의 쑥스러운 탐색 끝에 태혁이 쿡쿡 웃음을 만들면서 그렇게 말했어요. 유쾌한 듯 지어 보이는 그의 웃음 속에 규명할 수 없는 쓸쓸함 같은 것이 진하게 배어 있다는 걸 감지할 수 있었어요.

"난 누구처럼 쫓겨 온 게 아니라……."

"그럴지도 모르지. 하지만 결과는 같잖아. 우리는 지금 세상을 피해 비교적 안전한 지대에 몸을 숨기고 있는 거라고. 물론 혜령이가 피하고자 한 세상이 나를 쫓는 세상과 같은 세상은 아니긴 하겠지. 그래도 그 세상의 눈을 피해 여기 숨어 있는 건 부정할 수 없다고."

 나 역시 숨을 곳이 필요했을 뿐이라는 태혁의 말을 부정할 수는 없었어요. 부정할 수 있으면 좋겠는데 그럴 수가 없었어요. 나는 그 사실을 굳이 표면에 드러내지 않으려 했지요. 피하고 싶었기 때문이지요. 나로 하여금 수녀원행을 결단하게 만든 결정적인 계기가 무엇이었는지를 한 번도 진지하게 돌아보지 않았다는 생각이 떠오르는데요. 뮌헨에서의 힘든 생활, 인간에 대한 실망, 세상에 대한 절망……. 그런 것들을 신성과 초월에 대한 지향으로 교묘하게 대체하고 있었는지 모르겠어요. 이곳으로 나를 내몬 동기가 그럴듯한 명분으로 치장되어 있는 것 말고 그와 나 사이에 별다른 차이가 없다는 사실을 태혁은 환기시키려 했지요. 쫓김과 숨음의 과정이 내면화해 있느냐, 그렇지 않으냐 하는 차이에 불과하다는 그의 생각에 선뜻 이의를 제기할 수가 없었어요. 그렇다고 그와 그가 하는 일을 온전히 이해하고 그와의 공감 영역을 곧바로 확보할 수 있게 되었다는 뜻은 아니에요. 그 이후 가진 몇 차례의 진지한 대화를 통해 그가 아주 서서히 내 이해의 품 안으로 들어왔다고 할 수 있겠네요. 어쨌든 그곳은 내 집이었고, 어떤 형식과 과정을 통해서 왔든 그는 내 손님이랄 수 있었지요. 더구나 형편이 썩 좋지 않은 손님이잖아요. 그의 말대로 그는 쫓기고 있었거든요. 그런 사람에게 필요한 것은 논쟁이 아니라 위로지요.

그는 숨어 지내는 제 처지를 답답해하고 못 견뎌 하는 편이었어요. 왜 그렇지 않겠어요. 그는 활동가잖아요. 노동 현장의 실태와 자기가 해온 일에 대해 드문드문 들려주는 사이사이 분통이 터진다는 듯 허공에 빈주먹을 휘두르는 일이 잦았고, 가끔은 눈물을 보이기도 했어요.

그는 가끔 이런저런 부탁을 하곤 했는데, 주로 신문을 사달라든지 편지를 부쳐달라는 것이었어요. 그런 정도야 발이 묶이지 않은 사람이 당연히 해줘야 한다고 생각했기 때문에 기꺼이 들어주었지요. 그러다가 차츰 은밀한 심부름도 하게 되었어요. 그의 동료를 만나는 일 같은 거요. 본의 아니게 연락책이 되어버린 셈인데, 좀 위험한 일이라고 하더라고요. 하지만 마다할 수가 없었어요. 그는 도망자 신세였고, 자유롭게 나다닐 수가 없었거든요. 우리 집에요. 알아요? 그는 숨어 있었어요.

그의 동료들은 기름투성이 옷차림인 채로 태혁의 안전과 건강을 물었고, 옷이며 먹을 것을 건네주곤 했어요. 그런 것을 전해 받은 날이면 그는 거의 항상 말을 잃은 채 오랫동안 하늘을 올려다보곤 했어요. 금방이라도 눈물을 쏟을 것처럼 아슬아슬한 눈으로 말이에요.

그런 식으로 그와 보내는 시간이 많아지면서 조금씩 태혁을 이해할 수 있을 것 같은 심정이 되어갔어요. 그동안 나는 태혁과 태혁네들이 주도하는 무슨 운동이라는 것에서 인간미를 전혀 느끼지 못했었는데, 그들에게 운동의 힘을 공급해주는 것이 바로 그들 내면에 흐르는 뜨거운 인간애라는 사실을 어렴풋이 감지했다고 할까요? 그래요. 태혁이 들고 있는 무기는 증오나 적의가 아니라 고통이고 슬픔이었어요. 그걸 깨달은 거예요. 고통이나 슬픔이 그렇게 아름답고 위대하게 보인 적이 그때 말고는 없었어요. 사소한 고통과 슬픔들 앞에서 번번이 엄살만 부려왔던 내 기억을 많이 부끄럽게 만들었고요.

한번은 태혁이 쏟아지는 장대비를 바라보면서 수배의 직접적인 계기가 된 K중공업 방화 사건을 회상하며 들려준 적이 있어요. 비를 피해 걸터앉은 서 씨의 마루에서 스산한 목소리로 혼잣말처럼 중얼거렸는데, 나는 그것이 나에게 들으라고 하는 소리라는 걸 알 수 있었어요.

"우린 절망에 빠진 상태였어. 현상의 유지를 획책하는 구조가 너무 견고했어. 저들은 질서를 이야기하고 발전을 약속하지. 그 논리가, 논리보다는 그 논리가 봉사하고 있는 구조가 사회적·경제적 약자들의 희생 위에 세워져선 안 된다는 우리 생각은 저들의 요새 같은 구조를 무너뜨리기에는 너무 약했어. 맞아. 우리는 불을 지르려고 했어. 그건 절망의 표현 외에 다른 게 아니었어. 내가 의견을 냈지. 그때 왜 S교회를 방화했던 대학 시절 일이 떠올랐는지 모르겠어. 하지만 십여 명의 사상자를 낸 그 기숙사 불은 우리와는 상관없는 일이야. 우리가 왜 노동자들이 쉬고 있는 기숙사에 불을 내겠어? 우리를 무자비하고 위험하기 짝이 없는 폭도로 몰기 위해 저들이 조작해낸 시나리오에 속지 마. 우리는 기숙사에서 한참 떨어진 관리실을 목표로 했어. 그런데 관리실에 불이 붙은 혼란의 와중에 갑자기 기숙사 건물에서 불꽃이 피어올랐지. 함정에 빠졌다는 걸 알았을 때는 이미 늦은 다음이었어. 어이없지만, 그리고 믿기 힘들겠지만, 이게 현실이야. 우리가 살고 있는 세상이라고. 교회를 향해 불을 던질 때나 이번이나 우리들의 그런 행위가 실은 절망의 몸부림에 다름 아니라는 걸 모르지 않아. 할 수 있는 일이 없었어. 그렇지만 할 수 없는 일이 없다고 아무 일도 하지 않을 수는 없었어. 그뿐이야. 결과적으로 불쌍한 노동자들의 생명을 상하게 했어. 말할 수 없이 죄스럽고 비참한 기분이야……."

왜소한 어깨선과 침울하게 가라앉은 그의 목소리는 굽힘 없는 신념으로 무장한 투사의 것이라기에는 너무 약하고 감상적이어서 나는 좀 당황했어요. 그런 식으로 그와 나는 비교적 자주 이야기를 주고받았고, 어떤 때는 함께 차를 타고 시내까지 나갔다 오기도 했어요. 좀 위험한 일이었지만, 많이 답답해했거든요. 그런 시간을 통과하면서 그 친구와 제법 가까워졌던 것 같아요. 그의 입장을 온전히 이해했다고는 말하지 않겠어요. 하지만 적어도 태혁과 그의 운동 논리에 대해 그때까지 막연하게 견지해오던 선입견을 많이 벗게 되었고, 상당히 공감을 표시하는 수준에 이르러 있었지요.

아, 이 이야기를 해야겠네요. 에리직톤요. 아마 내가 먼저 에리직톤을 끌어냈을 거예요. 태혁이 주장하는 운동의 논리를 비판하기 위해서요. 아버지에 의해 수직이 전제되지 않은 모든 수평적인 것을 부정하고, 수직의 절대성을 지원하는 예화로 빈번히 사용된 신화 속의 인물이 에리직톤이잖아요. 그 아버지에 그 딸이라고 하겠지만, 사실 나 역시 아버지의 입장에 전적으로 동의하는 편이었거든요. 그런데 그 이야기가 나오자, 태혁은 오래 생각해온 것처럼 적극적으로 에리직톤에 대한 자기 견해를 피력하기 시작했는데, 그의 에리직톤은 아버지와는 아주 다른 에리직톤이었어요. 이 신화 속 인물에 대한, 아버지와는 다른 해석이 그의 신념의 핵심을 잘 보여주는 것처럼 생각돼요. 생각을 많이 한 것 같았어요. 노트에 정리해서 적어두기까지 했더군요. 태혁은 수녀원에 있는 동안 기회 있을 때마다 무슨 글인가를 썼는데, 그를 붙잡아 가면서 그들이 그의 노트를 모두 가져가버렸어요. 한데 다행인지 그들이 들이닥치기 불과 수 시간 전에 그가 자신의 노트에서 찢어서 내게 준 게 있어요. 간밤에 쓴 글인데 한번 읽어보겠느냐고 하면서요. 그게 에리직톤에 대한 것이었어요. 공교롭지요. 읽어보고 싶다면 보여줄게요.

그가 잡혀가던 날 이야기를 해야겠네요. 그때 우리는 박 신부님의 강론을 듣고 있었어요. 신부님은 사랑에 대해 말했어요. 사랑은 이타적이다. 사랑은 자신을 이웃과 동일시하는 것이다. 사랑은 이웃의 고통에 동참하는 것이다. 사랑은 아픈 사람 곁에 있어주는 것이고, 슬픈 사람 대신 울어주는 것이다……. 그런데 갑자기 예고도 없이 그들이 들이닥쳤어요. 수녀원의 내부 깊숙한 곳까지 밀고 들어와서 이곳저곳을 뒤지고 강론 중인 신부님을 끌어내렸어요. 신부님은 강론을 다 마치지도 못하고 우리 앞에서 끌려갔어요. 물론 태혁도 숨을 수 없었지요. 유감스럽게도 수녀원도 안전하지 않았던 겁니다. 이 땅 어디에도 더 이상 안전한 곳이 없는 겁니다.

그때까지 어렵게 평온을 유지해오던 혜령이 거기서 감정의 분출을 이기지 못하고 말을 멈췄다. 눈물을 삼키는지 머리를 위로 향하고 눈을 깜박거렸다. 나는 잠시 기다렸다가 무슨 위로의 말인가를 건네려고 했는데 내 입에서 엉뚱한 말이 튀어나왔다.
"그래서 집단으로 시위를 한 건가, 수녀들이?"
"아뇨."
그녀는 단호하게 고개를 저었다.
"우리는 시위를 한 적이 없어요. 무슨 구호를 외치지도 않았고, 어디로 행진하거나 무얼 던지거나 하지도 않았어요. 우리는 그저 밥을 굶었을 뿐이에요. 음식 섭취를 중지하고 기도에 전념했을 뿐이에요. 며칠 후에 박 신부님이 시무하는 성당의 형제자매들과 T공단 근로자들이 우리 소문을 듣고 합류했지요. 그들 중 누군가가 수녀원 입구에 우리의 공동 기도문을 써 붙였던가 봐요. '박 신부님을 우리 품으로 보내주소서!' 기도문이었어요.

그러자 다른 사람이 그 옆에다 보다 길고 구체적인 문구를 첨가했어요. '천주여, 저들을 불쌍히 여기소서! 저들은 자신들의 죄를 알지 못하나이다.' 시간이 지나면서, 어떻게 알았는지 밖에서 동참하기 위해 찾아온 사람들이 점점 늘어나고, 그러면서 자연히 다양한 표어들이 나붙게 된 거지요. 양심수 석방, 노동운동 탄압 중지, 수녀원 난입 공식 사과……. 그런데도 신문은 침묵하더군요. 한 군데서도 보도하지 않더군요. 그리고 곧 그들이 다시 들이닥쳤어요. 수녀원 앞에 모여 있는 사람들에게 최루탄을 쏘며 난폭하게 끌고 가는데도 신문은 한 줄도 쓰지 않았어요. 여러 날 동안 음식을 먹지 못해 기진한 수녀들을 그 사람들은 무슨 흉악범처럼 줄줄이 묶어서 차에 태웠어요. 그리고 다음 날 특별히 나를 지목해서 불러내더군요. 정혜령, 하고 세속의 내 이름을 불렀지요. 수녀라는 신분을 내세워 예외적인 대우를 요구하거나 기대할 수 있는 상황이 아니었어요. 그런 사람들이라면 애초에 그런 식으로 난입하지 않았겠지요. 그들이 어떻게 대했는지 알아요? 억지로 베일을 벗기고 머리채를 잡아당겼어요. 수녀복을 잡아채고……."

그녀는 거기서 말을 중단했다. 기어이 참지 못하고 이번에는 손수건으로 눈자위를 훔쳤다. 감정의 동요를 수습하기가 어려운 모양이었다. 그녀의 고통이 내 영혼을 할퀴었다. 나는 그녀의 손을 붙잡고 키스하고 싶은 충동을 느꼈다. 그러나 물론 충동대로 할 수는 없었다. 문제는 고통을 느끼느냐 느끼지 못하느냐가 아니라 그 고통을 공유할 자격이 있느냐 없느냐였다. 박 신부는 이웃과 자신을 동일시하는 사랑에 대해 강론했고, 혜령은 감각과 무감각에 대해 이야기했다. 하지만 아픔을 공유할 자격에 대해서 그녀는 말하지 않았다. 그런 자격을 갖지 못한 자의 고통에 대해 그녀는 아는 것이 없었다.

그녀는 태혁이 느끼는 고통의 테두리 안에 들어가 있었지만 나는 그 테두리 밖에 있었다. 혜령 스스로 암시한 대로 고통이 그들을 연결해주었으리라고 나는 단정했다. 사람과 사람을 연결해주는 것이 사랑만은 아니다. 어떤 점에서는 고통, 고통을 공유한 경험이 서로를 더 잘 이해하고 소통하게 한다. 피부로 겪은 것보다 더 절실한 것이 어디 있을까. 경험은 이념이나 논리를 뛰어넘게 한다. 하물며 감정일까.

"물리적인 폭력 앞에서 인간의 육체는 너무나 보잘것없었어요. 그렇지만 어떤 경우에도 포기할 수 없는 것이 있어요. 우리의 삶이 신의 섭리 안에서 경작된다는, 아니 그래야 한다는 믿음. 그 믿음마저 없어진다면 나는 서 있을 수도 없을 거예요."

그녀는 무릎 위에 두 손을 나란히 모으고 조용히 눈을 감았다. 감은 눈의 한쪽 모퉁이에 말간 눈물이 이슬처럼 달려 있는 게 보였다. 나는 머뭇거리다가 손을 뻗어 그녀의 등을 토닥여주었다. 그 이상은 용기를 낼 수 없었다.

"태혁이 어떻게 되었는지 알아봐줄 수 있어요? 박 신부님도 나오고 나도 나왔는데, 그는 어디로 갔는지, 어디서 조사를 받는

지 모르겠어. 부탁이에요……."

　그녀는 간절해 보였다. 나는 그런 그녀의 뜻밖의 간절함이 편하지만은 않았다. 그녀가 나로부터 아득히 밀어지는 것만 같았다. 그러나 내 불편한 기분을 눈치채게 할 수 없었다. 나는 고개만 끄덕였다. 침묵 속에서 한없이 왜소해진 나 자신을 견뎌야 했다.

　혜령은 태혁이 쓴 글을 탁자 위에 올려놓고 찻집에서 나갔다. 혼자 조금 걷고 싶다면서 바래다주겠다는 내 제안을 거절했다. 나는 혼자 남았다. 횡단보도 앞에 서서 신호등이 바뀌기를 기다리고 있는 혜령의 모습이 창문으로 보였다. 그녀는 어깨를 잔뜩 웅크리고 고개를 떨어뜨리고 있었다. 그녀의 머리카락이 바람에 날렸다. 스산한 기분이 들었다. 나는 울컥해지려는 마음을 다독이며 혜령이 남기고 간 종이를 집어 들었다. 스프링 노트에서 찢어낸 자국이 선명한 그 종이는 다섯 장이었고, 볼펜으로 또박또박 눌러쓴 파란색 글씨들이 무슨 씨앗처럼 박혀 있었다.

　그것은 태혁이 내게 보낸 편지처럼 여겨졌다. 그럴 리가 없는데도 나는 혜령이 태혁의 심부름으로 이 편지를 내게 가져왔을지 모른다는 엉뚱한 상상을 했다. 수녀원에 있을 때 그의 연락책 역할을 맡아 했듯이. 그런 생각에는 태혁보다 혜령의 변신에 대한 놀라움이 더 많이 포함되어 있었다. 나는 그에게서 온 편지를 대하는 기분으로 거기 적힌 글들을 읽어내려갔다.

────────── 신화는 대부분의 경우 그 신화가 만들어진 시대의 사회적 상황을 유추해볼 수 있는 단서를 제공한다. 그런 점에서 일종의 지도라고 할 수 있다. 우리는 흔히 신화가 객관적이고 우주적인 세계상을 제시해 보여주는 것이라고 생각하기 쉽지만, 그것은 오해이다. 그 신화가 생겨난 특정 시대와 특정 세계에 속한 인간들의 자기 이해와 세계 인식을 보여주는 흔적에 다름 아니라는 것이 나의 생각이다. 특정 시대의 사고와 세계관과 언어로 기록된 신화들이 우리에게 수용되기 위해 오늘의 사고와 세계관과 언어로 재해석되어야 하는 이유이다. 신화가 입고 있는 옷은 벗겨져야 한다. 우리는 덧입혀진 것을 걷어낼 때 실체에 도달할 수 있다. 불트만이라는 신학자는 신약성서 속의 예수의 실체를 만나기 위해서는 복음서 저자의 서술 속에 들어 있는 신앙고백과 신화를 걷어내야 한다고 말했다. 그는 그것을 비신화화 작업이라고 불렀다. 에리직톤에 대한 재해석은 곧 에리직톤 신화에 대한 비신화화를 말한다.

에리직톤은 신들을 멸시하는 저속한 인물이었다고 신화는 기록한다. 그런데 그에게 이런 악명이 붙은 이유는 무엇인가. 기록은 시어리어스라는 여신이 매우 아끼는 숲에 들어가 이른바 신성한 나무로 구별된 크고 오래된 참나무에 도끼질을 한 때문이라고 한다. 신성한 것에 손을 대는 행위는 부정한 짓이다. 말하자면 금기. 이것은 이 신화가 만들어진, 대략 기원전 3세기 무렵의 언어라고 말해야 옳다. 따라서 만지면 안 되는 신성함이 무엇을 의미하는지, 그것이 오늘날 우리의 언어로 어떻게 번역되는 것이 좋은지 생각해야 한다. 이 이야기를 종교적 권위에 대한 강조쯤으로 받아들이는 것은 좀 단순한 태도일 것이다. 모든 신화들이 기존의 권력 구조를 영원불변의 구조로 신성화하고 있다는 사실을 이해하는 것이 어느 정도 도움이 되지 않을까? 신화 뒤에는 언제나, 눈에 보이거나 보이지 않는 권력이 있다. 아니, 모든 신화는 권력으로부터 나온다. 권력만이 신화를 생산할 자격을 가진다. 권력 구조의 신성화. 그것이 신화의 참된 기능이다. 이런 관점에서 권력에 의해 덧씌워진 신화의 옷을 벗기고 읽으면 실제 에리직톤이 누구였는지, 그가 무슨 일을 했는지 알게 될 것이다. 예컨대 신성의 이름으로 인간을 억압하는 잘못된 구조를 바꾸기 위해 외로운 싸움을 벌이다가 희생된 의인이었을지 모르는 일이다.

신화가 언제나 권력의 편에 서는 것은 신화가 그곳으로부터 나오기 때문이다. 권력을 건드린 자는 살아남지 못한다. 신성한 것이 권위 있는 것이 아니라 권위 있는 것이 신성하고, 혹은 그것만이 신성하다. 신성한 것을 만지면 부정하다는 말은 권위에 도전하는 것이 용납되지 않는다는 뜻이다. 여신은 에리직톤에게 가장 무서운 형벌을 내린다. 그는 제 몸을 뜯어 먹으며 비참하게 죽는다. 그의 도전은 용납되지 않았다. 그의 모반이 실패로 끝났기 때문이다. 권력이 그대로 존재하는 한, 그리고 그 권력을 지원해주는 신화가 해체되지 않는 한 결과는 바뀌지 않는다. 신화는 더 강화되고, 신화에 기댄 기존 구조의 신성함과 영원불변함 역시 강조된다.

　이 에리직톤의 신화와 기본적으로 구조가 같은 설화가 「출애굽기」에서 발견된다. 출애굽의 영웅 모세는 에리직톤의 다른 이름으로 읽을 수 있다. 에리직톤이 실패한 싸움에서 모세는 승리한다. 성공했는가, 실패했는가, 두 사람의 차이는 그것뿐이다. 그리고 그 차이가 서술의 차이를 만든다. 한쪽은 실패했기 때문에 신화가 유지되고, 다른 쪽은 성공했기 때문에 신화가 해체된다. 에리직톤이 그랬던 것처럼 모세 또한 신적 권위를 등에 업은 이집트 파라오의 절대 권력에 도전했다. 에리직톤의 행위에 대해서는, 여신이 총애하는 참나무에 도끼질을 했다고 신화적인 표현법으로 기술하고 있지만, 모세의 행위에 대해서는, 이집트인을 죽이고 히브리인들을 결속했다는 식으로 전혀 신화적이지 않은 문장을 쓰고 있는 것에 주목해야 한다. 이것은 무엇을 말하는가. 에리직톤은 신화와 권력에 도전했지만 실패함으로써 신화를 계속 유지하고 강화해준다. 그 이야기의 서술 방법이 그것을 증거한다. 그러나 모세는 신화와 권력에 도전하여 성공함으로써 신화를 종결시킨다. 에리직톤은 결국 무서운 형벌을 받고 비참하게 죽지만 모세에게는 정반대의 일이 일어난다. 반역자들이 성공한다. 모세를 벌하려는 파라오의 시도는 에리직톤을 벌하는 데 성공하는 시어리어스와 달리 번번이 실패한다. 모세가 이겼기 때문이다. 그리하여 비로소 인간을 억압하는 잘못된 신화가 해체되면서 경이적인 새로운 신화가 싹트기 시작한다. 새로운 신화 속에서 신적인 힘은 이제 더 이상 억압적인 절대 권력을 후원하는 역할을 하지 않는다. 우리는 여기서 잘못된 권력 구조를 영속적으로 보장해주는 대신 억눌린 자들의 옹호자, 노예들의 구원자로 다시 태어나는 신적 권위를 만난다. 신화에 기댄 권력은 사실상 붕괴되고, 안정과 질서의 신화는 자유와 해방의 삶으로 대치된다. 모세에게 와서 비로소 에리직톤은 명예를 회복한다. 그러니까 모세는 비신화화한 에리직톤이다.

나의 고민은 우리가 에리직톤이라는 이름으로 불리는 것이 아니라 에리직톤이라는 이름으로밖에 불리지 못하는 데 있다. 혜령은 아무리 훌륭한 대의를 위해서라도 폭력적인 방법을 쓰는 것은 용납되지 않는다는 취지의 말을 했다. 이 나라의 옳지 않은 정치가들이 그와 똑같은 목소리를 내고 있다는 사실을 나는 지적했다. 누가 누구를 모방한 것일까? 혜령의 신앙을 정치가들이 모방했단 말인가. 아니면 혜령의 신앙이 정치를? 지금 중요한 문제는 그걸 따지는 것이 아니다. 어떤 식의 모방이든 무의식적이고 무의지적일 가능성이 높으니까. 우려해야 하는 것은, 그녀가 가지고 있는 것과 같은 믿음이 정치에 의해 부적절히게 이용된다는 것이다. 수직과 초월의 논리는, 그것이 유포되는 상황에 대한 인식이 결여되어 있을 때는 종종 안정을 내세워 현상 구조를 영구화하려는 정치적 테마에 절묘하게 흡수되고 만다.

그녀는 나를 에리직톤에 비유하려 했다. 옳다. 나는 기꺼이 에리직톤이기를 원한다. 에리직톤의 신화를 부수기 위해 더 많은 에리직톤들이 필요하다는 것이 내 믿음이다. 에리직톤들이 결속하여 마침내 신화를 부수게 되는 순간에 얻게 될 빛나는 이름을 나는 알고 있다. 그것은 모세이다. 즉 해방자이다. 모세가 그 완강한 파라오의 권력에 도전하여 신화를 해체하지 못했다면 그 역시 불경하고 저속한 자 에리직톤이라는 이름으로 우리에게 전해졌을 것이다.

내 방법─그녀는 폭력이라고 말했다. 내 방법이 고통과 슬픔의 공식화에 다름 아님을 그녀는 이해하지 못한다─은 신의 방법과 같지 않다고 그녀는 말한다. 나는 지나치게 수평적이고 인간적이라고, 마치 수평과 인간이 비난받아 마땅한, 대단히 불경한 이름이라도 되는 것처럼 말한다. 나는 인간적인 것이 어째서 비난받아야 하느냐고 묻지 않을 수 없었다. 내게는 수직과 수평, 신적인 것과 인간적인 것을 구별 짓는 것이 무의미하게 생각된다. 신은 인간적이지 않으면 안 되고, 인간은 신적이지 않으면 안 된다. 수평은 수직을 지향하고, 수직은 수평에 의해 지지된다. 신은 단순히 의인화된 자연일 수 없다. 그분은 하늘이 아니고, 저 하늘 어딘가에 좌정하고 있는 분은 더욱 아니다. 그것은 신을 신화화함으로써, 신화 속에 가둠으로써, 현상 구조를 영속화하려는 자들이 고안해낸 음탕한 외설이다.

그러니까 신은 신화를 거부한다. 신화를 창조하고 신화 속에 안주하는 것은 신이 아니라 인간들, 신과 신화를 이용해 현실을 유지시키려는 자들이다. 신을 신화 속에 가두지 말아야 한다. 신은 인간들의 처소에서 인간과 함께 활동하기를 좋아하는 분임을 나는 안다. 신이 인간이 되어 인간 속으로 들어왔다. 그것이 예수의 이야기이다. 그러니까 인간의 관심과 방법은 곧바로 신의 관심과 방법이기도 한 것이다. 이것이 그 잘난 신에 대해 내가 아직까지 붙잡고 있는 믿음이고 희망이다. 나는 그런 뜻에서 신을 믿는다. 신을 희망한다. 더 큰 악, 인간을 부자유하게 만드는 정치적 억압을 제거하기 위한 목적으로 사용된 것이라면, 상대적으로 작은 악인 폭력은 정당화되어야 한다는 주장은 바로 그런 믿음에 근거한다.

이스라엘의 묵시주의자들이 그랬던 것처럼, 그리고 중세의 일부 신비주의자들이 그랬고, 이 땅의 많은 종교인들이 답습하고 있는 것처럼 신에게 피신함으로써 현실의 고통으로부터 자유로울 수 있으리라는 희망은 환상이다. 신은 피난민을 위해 숙소를 제공하는 자가 아니다. 먼저 나가고 같이 싸우는 투사라면 모를까…….

08
이곳에 살기 위하여 1

 "병욱 씨, 요새 아무래도 이상해요. 무슨 일 있지요? 말해봐요. 무엇 때문에 그래요? 무엇 때문에 그렇게 바쁜 척을 해요? 갑자기 부담스러워지기라도 한 건가요? 결혼이? 아니면 내가? 은근히 사람 자존심을 긁어내리는 묘한 재주를 가지고 있는 것 같아요, 병욱 씨 말이에요. 전화도 없고, 시간도 없고……. 대체 왜 그러는지 말이나 좀 들어보자고요."

 입이 퉁퉁 부어 투덜거리는 희수 앞에서 나는 좀 바쁘다는 말 말고는 하지 못했다. 그런 말이 먹혀들지 않으리라는 걸 모르지 않았다. 예상대로 희수는, 누군 시간이 모래 더미처럼 쌓여 있어서 이러는 줄 알아요? 하고 받아쳤다. 그녀가 속에 쌓인 불만을 다 쏟아내도록 내버려둘 수밖에 없었다. 변명할 말이 없기도 했지만, 그것이 그녀를 대하는 내 비겁한 방법이기도 했다. 미안하지만 할 말이 없을 때면 늘 그 방법을 써먹었다. 그녀는 쏟아내야 했고 나는 들어주어야 했다. 아니나 다를까, 혼자서 한참 씩씩거리던 그녀는 그만하면 되었다 싶었는지 이제까지의 기세와는 영 어울리지 않는 어조로 토를 달았다.

"아빠가 좀 보재요. 병욱 씨, 각오해야 할 거예요."

 말하자면 그런 식의 응석이 희수의 사랑스러운 면이라고 할 수 있었다. 나는 정말 큰일 났다는 듯 좀 과장된 표정을 지어 보였고 그녀는 밉지 않게 눈을 흘겼다. 금세 기분이 풀린 그녀는 만나지 못하는 동안 참아왔던 이야기들을 털어놓아야 한다며 쉴 새 없이 재잘거렸다. 노래 부르는 누구가 패션모델을 하는 어떤 여자와 수상한 사이라는 여성지 기사에서부터 텔레비전 외화 프로그램의 사라 마일스라는 여배우를 거쳐 시집간 친구가 동창 모임에 입고 나온 물방울무늬 원피스에 이르기까지 그녀의 수닷거리는 끝이 없었다. 이야기하는 데 집중하느라 커피는 마시지도 않았다. 듣다 못한 내가 배가 고프지 않느냐고, 밥을 먹으러 가자고 할 때까지 그녀의 수다가 이어졌다. "충분히 들어주었다 그거죠?" 토라진 것 같은 표를 내보이며 그녀는 커피를 반이나 남긴 채 일어났다. 그러나 거기서 끝난 것이 아니었다. 식당에 들어간 다음에는 내가 수첩 사이에 끼고 나온 신문을 펼쳐놓고 투덜거리기를 계속했다.

 "요새 신문은 뭐, 읽으나 마나 한 기사만 나오니 신문 읽는 시간이 많이 절약되어 좋네요. 그 신문이 그 신문이고, 그 기사가 그 기사던데…… 가만 있자. 이게 뭐예요? 이거 읽었어요? 신문사에서 나온 사람한테 신문 읽었느냐고 물어보는 게 좀 이상하긴 하네요."

"뭔데?"

"해외 토픽요. 들어볼래요? 교황을 저격하려던 정신이상자가 현장에서 붙잡혔는데 말이지요. 작자가 한 말이 걸작이에요. 한 사람이 터무니없이 많은 사람들의 주목을 받는 것은 옳지 못하다. 부도덕하다. 삶은 총을 똑바로 쏘는 것이다……. 정신병자가 한 말치고는 제법 의미심장한데요. 하기야 정신병자들은 모두들 약간씩은 철학자들이라니까."

"교황? 그 총을 쏜 사람이 동양인이 아닌지 살펴봐."

나는 어떤 예감이 떠오르는 걸 주저앉히며 그렇게 물었다.

"동양인? 모르겠네요. 그런 말은 없어요. 근데 그건 왜요?"

"아니, 그냥. 그러면 더 뉴스거리가 될 테니까. 식사나 하지."

나는 그녀 앞으로 음식 접시를 밀었다. 머릿속에서는 형석이 어른거렸다. 삶은 총을 똑바로 쏘는 것이라고 말한 사람이 형석일지 모른다는 생각에 시달리느라 나는 밥을 제대로 먹지 못했다.

식당에서 나온 다음에는 객석에 정신없이 총알을 쏘아대는 미국 영화를 한 편 보았다. 지난 토요일에 같이 보려고 그녀가 예매했다는 영화였다. 내가 약속을 지키지 않아 기분도 나쁘고 흥도 나지 않아 동생에게 영화 표를 주어버렸노라고 했다. 영화 속에서는 근육질의 남자가 밀림 속을 헤치고 다니며 M60을 갈겨대고 있었다. 그녀는 이상하게도 그런 유의 폭력물을 좋아하는 편이었다. 나는 영화에 관해 특별한 취향이 없기 때문에 그녀가 보자고 하는 것만 보았다. 좋지는 않지만 나쁘지도 않았다.

영화관에서 나왔을 때는 밤이 깊어져 있었다. 나는 택시를 잡기 위해 차도에 섰다.

"그냥 갈 거예요?"

그녀는 영화 보고 나와서 그냥 헤어지는 것은 반칙이라고 투정을 부렸다. 지난번 약속 펑크 낸 벌로 커피를 한 잔 사야 한다고 우겼다. 나는 밤이 늦었으니 오늘은 그만 헤어지는 것이 좋겠다고 설득했으나 그녀는 고집을 굽히지 않았다. 그녀는 심술꾸러기 어린애처럼 굴었다. 결국 내가 양보하게 되리라는 건 그녀도 나도 알고 있었다. 나는 할 수 없이 근처 카페를 찾아 들어갔다. 그러나 커피를 마시기가 쉽지 않았다. 나비넥타이를 단정하게 맨 젊은 종업원은 고개를 꾸벅 숙이며, 지금은 커피를 팔지 않는다고 했다.

"여기 커피, 라고 쓰여 있잖아요. 보세요. 커피 800원, 주스 1,000원……."

희수가 메뉴판을 손가락으로 짚으며 말했다.

"죄송합니다. 저녁 6시 이후에는 커피와 음료수를 팔지 않습니다."

"이런……."

희수는 투덜거리며 그 집을 나왔다. 그러나 그 집만 그런 것이 아니었다. 공교롭게도 그 일대의 모든 카페와 레스토랑이 일제히 커피 손님을 사절하고 있었다. 찻집 간판은 눈에 띄지 않았다. 그녀는 이곳저곳 기웃거리며 끈질기게 커피 마실 집을 찾아

다녔지만, 번번이 거절당했다.

"순 사기꾼들 같으니. 메뉴판에 버젓이 적힌 걸 왜 안 팔겠다고 하는 거야."

그녀는 공중에 발길질을 해가며 불만을 터뜨렸다.

"거봐. 이 늦은 시간에 무슨 커피야?"

시계를 들여다보면서 나는 다시 슬금슬금 차도 쪽으로 걸어갔다. 그런데 그녀가 내 말을 잘못 알아들었을까? 아니면 일부러 잘못 알아들은 척한 것인지도 모르겠다. 그녀는 갑자기 좋은 묘안이라도 떠오른 것처럼 금세 표정이 밝아지더니 내 팔을 붙들었다.

"맞아요. 반드시 커피를 마셔야 하는 건 아니지요. 공연한 수고를 하고 다녔네요. 우리, 맨 처음 우리를 쫓아낸 집에 들어가서 당당하게 맥주를 시켜 마셔요. 딱 한 잔씩만. 불만 없죠?"

그녀는 나를 끌다시피 해서 오던 길을 되돌아갔다. 입구에서 만난 나비넥타이에게, 걱정 마요, 술 마시러 왔어요, 하고 핀잔까지 주면서 씩씩하게 걸어 들어갔다. 어쩔 수 없는 일이었다. 희수는 대개 제멋대로였지만 나는 또 그런 그녀를 예뻐한 것이 사실이었다.

혜령에 대한 감정과 희수에 대한 감정 사이에는 처음부터 묘한 이질감이 자리하고 있었다. 나는 혜령을 사랑했다. 그녀는 그때 내 마음에 꼭 드는 유일한 여자였다. 아무 과장 없이 내가 좋아할 모든 요소를 두루 갖추고 있는 여자라고 나는 생각했다. 그녀는 거의 완벽했고, 과분했다. 그녀에 대한 내 사랑은, 따라서 불가항력이었다. 적어도 사랑에 붙들려 있던 당시의 나는 그렇게 느꼈다. 혜령이 아닌 다른 여자를 사랑할 수 있으리라고 상상하는 것조차 불가능했다. 말하자면 나는 혜령이라는 한 여자, 개별적인 존재가 아니라, 그 너머에 있는 사랑의 이데아―그런 게 있다면―를 만나고 사랑하고 있다고 믿었던 셈이다. 그렇기 때문에 내 사랑은 혜령으로부터 한 발짝도 자유로울 수 없었다. 사랑이 곧 혜령이었으니까. 조금 냉정하게 말하자면 내가 사랑한 혜령은 감각을 가진 존재가 아니라 하나의 추상이었다. 물론 나는 내 사랑에 감각, 좀 더 구체적으로 성적인 것은 개입할 여지가 전혀 없었다고 강변하려는 것이 아니다. 어떤 작가는 우리의 영혼조차도 일종의 성을 가지고 있노라고 말하지 않던가. 그런데 어떻게 사랑에서 성적인 것을 완전히 배제했다고 말할 수 있겠는가. 만일 그렇다면 그것을 어떻게 사랑이라고 부를 수 있겠는가. 그러나 그런 것들은 부차적인 것이었고, 심지어 떠오르면 얼른 털어내야 하는 불결한 것이기도 했다.

나는 희수를 꽤 오랫동안 만나오고 있고, 어떻게 하다 보니 구체적이고 진지하게 결혼을 이야기하는 단계에 이르렀다. 그런데도 혜령에 대해 느꼈던 감정을 희수로부터는 좀처럼 느낄 수가 없다. 희수로부터는 아무 감정도 느끼지 못한다는 뜻이 아니다. 이해할 수 없을지 모르지만, 나는 희수에게 사랑한다는 감정을 가져본 적이 있었던 것 같지 않다. 적어도 혜령에게 느꼈던 것과 같은 사랑의 감정은 느끼지 못했다.

희수는 귀엽고 밝고 구김살 없고 다정다감하다. 그녀를 만나면 목을 조르고 있던 넥타이를 풀어도 될 것 같은 편안함을 느낄 수 있어서 좋다. 그녀는 사소한 일상 속에서 무궁무진한 기쁨을 캐낼 줄 아는 여자이다. 그 편안함과 기쁨은 어쩐지 사랑과는 좀 다른 것 같다. 아니면 다른 사랑인 것 같다. 역설이지만 그래서 결혼을 이야기할 정도의 사이가 되었는지 모른다. 상기하건대 내게 사랑은 늘 불편하고 심각하고 무거운 것이었다. 넥타이를 푸는 것이 아니라 넥타이를 조여 매는 것에 가까웠다. 그것이 혜령의 분위기 때문이라는 걸 부정할 순 없을 것 같다. 나는 혜령과 사랑을 동일시해온 셈이니까.

"뭐해요, 마시지 않고? 12시 전에는 보내드립니다. 걱정 마시고 얼굴 좀 펴고 마셔요."

희수가 장난스럽게 내 어깨를 툭 쳤다. 그 순간 그녀의 때 묻지 않은 마음이 새삼스럽게 고마워졌고, 그러자 천진한 사람에게 못 할 짓을 하고 있는 것 같은 미안한 마음이 치솟았다. 변명 비슷한 것이라도 해야 할 것 같은 충동이 일었다. 그것이 그녀에 대한 최소한의 배려라는 생각이 들었다. 그 충동이 나로 하여금 최근에 내 주변에서 벌어진 복잡한 일들을 비교적 소상하게 털어놓게 했다. 내 이야기 속에는 혜령과 태혁과 형석이 모두 등장했다. 대학 시절과 뮌헨과 교황, 그리고 수녀원이 나왔다. 그녀는 비교적 구김살 없고 단순 명쾌한 성품의 소유자이긴 하지만,

그런 성품 탓에 자신의 감정이 훼손당하는 것도 잘 못 견뎌 한다는 사실을 염두에 두지 않은 것이 실수였을까. 그녀의 의외의 반응은 나를 놀라게 했다.

"이제 보니까 생각보다 상당히 복잡한 남자네요. 요즘 어째 좀 이상하다 했더니, 이제 일목요연해지는군요. 그러니까 몽매에도 그리던 옛사랑 때문이라는 거지요? 한순간도 그녀를 잊지 못하며 살아왔는데 마침내 다시 그 사랑을 재개할 기회가 있다, 희망이 보인다, 그거잖아요. 아주 눈물겨운 순애보네요."

그녀는 반드시 주역이라고 할 수는 없는 혜령에게만 집중해서 내 이야기를 곡해했다. 그럴 수 있는 가능성을 예상하지 못하고 가감 없이 털어놓은 게 잘못이라면 잘못이었다. 예상치 못한 반응에 당황한 나는 급히 손을 저었다.

"오해하지 마. 그녀는, 말했잖아, 수녀라고."

"병욱 씨 애인이기도 하고요. 안 그래요? 잘해보세요."

그녀는 벌떡 일어나더니 들어올 때보다 더 당당한 걸음걸이로 밖으로 나가버렸다. 그녀를 잡아야 한다고 생각하면서도 몸을 일으킬 수 없었다. 좀 허전했고, 피곤이 몰려오는 게 느껴졌고, 어처구니없다는 생각이 들었다. 나는 탁자에 머리를 박고 쿡쿡 실없이 웃었다. 술도 마시지 않은 채 한참을 더 그 자리에 앉아 있다가 12시가 넘어서야 나왔다.

우리나라 목회자들의 평균 월 급여액이 다른 직종에 비해 터무니없이 낮다는 한 기독교계 잡지의 보고서를 적당히 발췌해서 기사를 하나 만들어 부장 책상에 올려놓았다. 영혼을 다루는 종교의 영역 역시 자본주의의 위세로부터 자유로울 수는 없는 모양이었다. 그 잡지의 보고에 의하면, 기술자나 봉급생활자들과 마찬가지로 성직자들의 세계에도 소득 격차가 엄연히 존재했다. 서울의 큰 교회 목회자들 가운데는 한 달에 백만 원을 훌쩍 넘겨 받는 이도 있었지만 반면에 최저생계비에도 못 미치는 돈을 사례비로 받는 이도 상당히 많았다.

이런 기사를 쓰면서까지 신경을 곤두세워야 하는 현실에 짜증이 났다. 기사의 내용만이 아니라 취잿거리를 찾아다니는 데도 자체 검열의 과정을 거쳐야 하는 상황이었다. 취재에 의욕이 생길 리 없었다. 종교 담당이라고 그런 신경질적인 간섭으로부터 배제될 수 있는 것은 아니었다. 얼마 전에 개신교의 보수 교단들이 여의도 광장을 빌려 '구국 대성회'라는 이름 아래 벌인 대규모 집회에 대해 다소 비판적인 시각으로 칼럼을 쓴 적이 있었다. 그때 부장이 보인 태도에서 나는 나보다 훨씬 많은 책임을 지고 있는 사람의 긴장감을 읽어내고는 씁쓸해했었다. 그것이 현실이라는 걸 나는 아주 잘 이해하고 있는 것이다.

사실 그 글은 대단한 게 아니었다. '문화 칼럼'이라는, 문화부 담당 기자들이 돌아가면서 한 번씩 쓰는 고정란에, 나는 우선 구국 대성회가 열리게 된 배경과 동기에 대한 주최 측의 목소리를 그대로 옮겨 적었다. '작금의 사회적·경제적 위기와 이를 악용하려는 북한 공산 집단의 위협으로부터 이 나라와 민족을 보호하기 위해 일천만 그리스도인들이 범교단적으로 회개하고 기도하는 시간을 갖기로 결의했다'는 취지의 내용이었다. 이어서 행사의 진행 일정과 담당자들의 면면을 소개한 다음 그 행사에 대해 몇 가지 의견을 덧붙였다. 우선 범교단적이라고 주장하지만 실제로는 사회참여에 적극적인 입장을 보이는 일부 진보 교단들은 참가하지 않았다는 점을 지적했다. 이어서 현 사회를 보는 시각과 실천 방법을 놓고 첨예하게 대립하고 있는 기독교단들 간의 골이 이런 행사를 통해 더 깊어질 가능성이 있다는 우려를 첨가했다. 또한 이 행사가 야외에서의 집단행동을 금하고 있는 현 시국에서 전국적인 규모로 사흘씩이나 열리게 된 것은 정부 당국의 적극적인 지원에 힘입고 있는 것이 명백하며, 이는 대통령 조찬 기도회와 마찬가지로 하나의 역설적인 정치 참여 행위로서 종교 본연의 자유롭고 초월적인 입지를 스스로 위축시키는 결과를 낳을지 모른다는 사실을 지적했다. 기사를 작성하기 위해 원고지에 펜을 대면 붉은 볼펜을 쥔 검열관이 어김없이 내 옆에 서곤 했다. 나는 그 검열관을 너무나 똑똑히 의식하고 있었다. 그 글을 쓸 때도 마찬가지였다. 이 정도는 넘어가줄 거라는 기대가 있었던 것 같다. 그러나 초판이 나오고 얼마 지나지 않아 데스크가 부랴부랴 나를 찾았고, 난처한 입장을 노골적으로 드러냈다.

"우리 신문사 담당하는 저쪽 사람들이 자네 글을……. 말 안

해도 알겠지? 조심하는 게 좋지 뭐, 피차. 시대가 시대인 만치."

조심해야 했다, 매사에. 마침 사내에는 심심찮게 감원 소문이 나돌고 있었다. 자매지 중에 하나가 폐간될 전망이라는 것이 그 소문의 내용이었다. 근거를 확인할 수는 없었지만 그런 소문이 돌면서 그렇지 않아도 어수선한 사무실 안의 공기가 한층 불안정해진 것이 사실이었다. 눈에 보이지 않는 공포가 세균처럼 일터에 점령해 들어와 있었다. 공포를 조장하는 편에서 보면 더할 수 없이 효과적인 통치 수단이라고 할 수 있었다.

기사를 넘길 때마다 찾아오는 개운치 않은 기분을 억지로 털어내며, 일찌감치 점심이나 먹을 요량으로 사무실을 나오다가 최 기자와 맞부딪쳤다. 그는 자신의 출입처를 벌써 한 바퀴 돌고 오는 모양이었다. 최는 근래 '언론 자유를 위한 공정 보도 촉구 팀'이라는 걸 만들어가지고 거의 매일 회사 간부들과 입씨름을 벌였다. 각 부서에서 한 명씩 참가하게 되어 있는 그 '……공정 보도 촉구 팀'에 그가 나를 집어넣는 바람에 나 역시 본의 아니게 요주의 인물이 되어 있었다. 자매지 폐간과 그에 따른 감원이라는, 실체가 불분명한 소문이 겨냥하는 표적이 있다면, 아마도 최를 비롯한 공정 보도 촉구 팀일 터였다. 그 사실을 간파한 촉구 팀이 가만히 있을 리 없었다. 최가 초안을 만들어 발표한 결의문에는, 눈에 거슬리는 사원을 제거하기 위한 편법으로서의 위장 폐간 기도는 결코 수용할 수 없다는 경고를 담고 있었다.

"벌써 점심? 종교가 역시 뱃속이 편하구만. 하긴, 밥이라도 꼬박꼬박 챙겨 넣어야 그나마 조금 덜 손해 보는 것 같은 세상이니. 잠깐 기다려. 같이 가자고…….”

자기 자리로 돌아간 최는 그 큰 덩치에 어울리는 과장된 제스처를 써가며 뭐라고 한참 동안 떠들어대더니 끝내 그쪽 책상에 한바탕 차진 웃음을 쏟아내놓고 돌아왔다.

"오늘은 또 뭘 먹나?"

"뭐 좀 참신한 거 없을까?"

"그러게."

참신한 먹을거리를 찾아 이런저런 종류의 음식점들이 즐비하게 늘어선 골목을 천천히 한 바퀴 돌고 나서 우리는 결국 가장 익숙한 메뉴인 설렁탕집의 문을 밀고 들어갔다. 점심시간마다 새로운 먹을 것을 찾아내려고 음식점 골목들을 순례하듯 쏘다니지만, 그 시도는 번번이 실패로 끝났다. 골목을 두 바퀴나 돌고도 찾지 못해 결국 늘 다니던 음식점 문을 밀고 들어갈 때도 많았다. 그런 우리를 향해 최는 점심 한 끼의 모험조차 되도록 피하고 싶어 하는, 할 수 없는 소시민들이라고, 자조를 섞어 말하곤 했다.

"신태혁이 말이야. 친구라고 했지?"

설렁탕 그릇을 다 비우고 담배를 꺼내 문 그가 갑자기 정색을 하고 나왔다. 나는 태혁이 어디 있는지 알아봐달라는 부탁을 해놓은 걸 잊고 있었다. 그것은 혜령이 내게 부탁한 일이기도 했다.

"알아낸 게 있어?"

"알아보긴 했는데, 그 사람이…… 병원에 있다는군. 조사를 받던 중 자해를 했다는 게 공식적인 발표인데, 자해는 무슨……. 고문을 너무 심하게 한 거겠지. 개새끼들……."

"그걸 어떻게 알아냈어?"

"그 수녀원 일이 내내 마음에 걸리더라고. 김 형 부탁도 있었고. 그래서 좀 알아봤지. 어렵사리 얻어들은 거야. 그 이상은 나도 몰라."

"어딘지 알아? 갈 수 있어?"

"어딜? 병원? 언제? 지금?"

나는 고개를 끄덕였고, 최는 팔을 들어 시간을 읽었다.

"3시까지 시간이 있긴 한데, 가능할지 몰라. 까짓것, 한번 시도해봐?"

우리는 식당에서 나오자마자 바로 택시를 탔다. 최는 못 만나더라도 일단 부딪쳐보긴 하겠지만 들여보내줄지 장담할 수 없다는 말을 택시 안에서 여러 번 했다. 실망하지 말라는 뜻이었다. 나는 괜찮다고, 근처에라도 가보자고 했다. 태혁이 입원해 있는 병실은 사람의 출입이 거의 없는 맨 꼭대기 층에 있었다. 예상대로 두 명의 건장한 사내가 버티고 서 있는 병실 앞에서 우리는 제지당했다. 최는 자기 신분을 밝히고, 취재를 하기 위해 온 것이 아니라는 사실도 밝혔다. 아주 가까운 친구 사이라고, 얼굴만 보게 해달라고 여러 차례 사정을 했지만, 사내들은 벽처럼 버티고 서서 막무가내로 막기만 했다.

"이 사람들이, 안 된다면 안 되는 줄 알아야지."

"기자는 무슨 말라비틀어진…… 기자도 벼슬이야?"

그들은 노골적으로 우리를 힐난했다. 자존심이 상한 최는 흥분해서 씩씩거리다가, 잠깐 기다리라고 하더니 어딘가로 전화를 걸었다. 최가 사내들 가운데 한 명에게 전화를 받게 한 다음에야 태혁의 병실 안으로 들어가는 것이 허용되었다. 최는 벽을 통과하는 법을 익히고 있었다. 전화기를 받아 들고 통화를 끝낸 사내가, 개미 한 마리 얼씬 못하게 하라고 할 때는 언제고, 하며 투덜거리더니 우리를 향해 눈알을 부라리며 퉁명스럽게 내뱉었다.

"십 분입니다. 십 분 안에 나와요."

태혁은 이불을 뒤집어쓴 채 이불 밖으로 얼굴을 내놓고 있었는데, 얼굴에는 흰 붕대가 친친 감겨 있었다. 그는 말 그대로 죽은 듯 누워 있었다. 눈도 보이지 않는 그 사람이 태혁이라는 증거는 어디에도 없었다.

나는 그에게 무슨 말을 했던가. 이불 속을 더듬어 손을 잡으며 고생이 많았겠구나, 하고 말했고, 이런 모습으로 만나다니 인생이 참 얄궂구나, 하는 말을 했고, 그러다가 그의 무반응이 너무 의심스러운 나머지 대체 지금 놈이 어떤 상태냐고, 내 말이 들리기는 하냐고, 아니 내가 누구인지 알기는 하겠느냐고 물었다.

태혁은 시종 아무 말도 하지 않았다. 사실은 아무 말도 할 수 없는 상황이었다. 그는 눈만 아니라 입도 잃어버린 상태였다. 이것저것 횡설수설 늘어놓는 나 자신이 우스꽝스럽게 여겨졌다.

나를 향해 희미하게 웃어 보이는 것 같다는 느낌을 받았지만, 그것이 착각이라는 걸 모를 수는 없었다. 붕대로 동여매진 얼굴에서 어떤 표정을 읽어낸다는 건 불가능했다. 얼마간 답답한 시간이 흐른 후 그의 손을 쥐고 있는 내 손에 힘이 주어지는 것이 느껴졌다. 그의 얼굴을 보았지만 얼굴에서는 여전히 아무것도 읽을 수 없었다. 그의 손은 뜻밖에 따뜻했다. 나는 그것으로 그가 나를 알아보았음을 알리는 것이라고 생각했다. 무슨 말인가 하고 싶은 것이 있을 것이다. 그러나 그는 말을 하지 않거나 못 했고 내 손에 온기를 전하는 그의 따뜻한 손이 무슨 말을 하고 싶어 하는지는 유감스럽게도 해독할 수 없었다. 그럴 리 없는데도 그가 나를 못마땅하게 여기거나 비웃고 있을지 모른다는 생각이 문득 들었다. 세상에 적당히 타협하며 사는 약삭빠른 실용주의자쯤으로 매도하고 있을지 모른다는 생각이 한번 들자 마음이 갑자기 초조해졌고, 그러자 그가 잡고 있는 손이 몹시 불편해졌다. 내가 그의 손을 찾아 쥔 것이 아니라 그가 내 손을 틀어잡고 있는 것처럼 여겨졌다. 나는 가만히 손을 빼려 했지만, 그가 내 손을 놓아주지 않았다. 더듬거리며 앞뒤 없이 횡설수설하는 내 모습을 흥미롭다는 듯 지켜보고 있을 등 뒤의 최 기자의 시선도 은근히 신경 쓰였다.

"어떻게 된 거야? 어쩌다 이렇게?"

대답 대신 그가 조용히 손을 들어 손가락으로 허공에 글씨를 썼다. 손가락이 공중에서 몹시 힘들게 움직였다. 나는 그의 손가락이 쓰는 글씨를 주목해서 보았다. 그는 '박 신부님은?' 하고 썼다. 나는 그가 반응을 보여준 것이 반갑고 고마워서 안도의 한숨까지 쉬며 빠르게 말했다.

"염려하지 마라. 벌써 나왔다. 범인 은닉인가 하는 걸로 잡아넣으려 했던 모양인데, 가톨릭교회에서 손을 쓴 듯하다. 종교계에서, 특히 가톨릭에선 이번 일을 크게 문제 삼을 기세다만, 반향은 크지 않은 편이다."

'가브리엘라'라고 그가 다시 허공에 글씨를 썼다. 처음에 나는 그것이 혜령의 세례명이라는 걸 알아차리지 못했다. 그가 다시 손가락을 들려고 했을 때에야 혜령을 가리킨다는 사실이 깨달아졌다.

"혜령이도 고생을 좀 한 모양이더라. 하지만 지금은 집에 와 있고, 많이 안정이 된 상태이다. 그녀 역시 너를 염려하고 있어. 지금 남 걱정할 때가 아닌 것 같다. 남 걱정은 말고 네 몸이나 생각해라."

더 이상의 의사 교환은 불가능했다. 통증이 심한지 그가 침묵 상태로 들어가버린 때문이기도 했지만, 그때 마침 문을 열고 들어온 사내들이 시간이 다 되었다며 우리를 내보냈기 때문이다. 나는 한 차례 더 태혁의 손을 잡아주고 최와 함께 병실을 빠져나와야 했다. 안타깝지만 어쩔 수 없는 일이었다.

나는 다시 오겠다고 하고 나오긴 했지만, 그건 물론 장담할 수 있는 말은 아니었다. 장담할 수 있는 것은 아무것도 없었다. 어떤 희망도 설계도 불가능했다. 현실은 불확실하고 미래는 불투명했다. 불확실과 불투명이 어느 정도 존재의 본질에 속한다고 할지라도, 그것을 이유로 어떤 전망도 불가능하게 하는 나쁜 구조를 용인할 수는 없는 일이다. 예컨대 사적인 약속까지도 전적으로 보장하기가 쉽지 않은 현실은 정상이 아닌 것이다.

"전적으로 믿을 수는 없지만, 저들의 설명에 의하면 그 친구가 혀를 깨물었다는군. 사실이라면 말을 하지 않겠다는 의지를 표명한 거라고 할 수 있겠고. 독종이라고 혀를 내두르던데, 어디까지 믿어야 할지 원……."

기사화하지 않겠다는 다짐을 거듭해주고 병원 문을 나서면서 최가 내게 한 말이었다. 나는 현관에 서서 잠깐 그의 병실이 있는 5층 창문을 올려다보긴 했지만, 그것 말고 할 수 있는 일이 없었다. 참담한 기분이었다. 그의 아픔을 목도하고서도 아무것도 해줄 수 없다는 현실이 무력하고 비참한 기분에 빠뜨렸다. 돌아오는 차 안에서 나는 줄곧 우울했다. 최라고 사정이 다를 리 없었다. 우리는 서로에게 말을 붙이지 못하고 오래 침묵했다.

최가 갑자기 내 어깨를 세게 내려치며 엉뚱한 권유를 하고 나선 것은 신문사에 거의 다다랐을 때였다.

"이 허깨비 같은 직업에 무슨 미련이 있는 거야? 내가 김 형이라면 벌써 그만두고 목사 했을 거다. 좋잖아, 목사. 내가 요새 자매지 폐간 반대 운동을 하고 다니는 게 혹시 감원 대상에 낄까봐 안달하는 것으로 비칠지 모르겠는데, 그렇지 않아. 이 더러운 세상 밑이나 닦는 것 같은 이 직업에 구역질이 나. 하루에도 몇 번씩 이놈의 신문사 건물에 불을 지르는 백일몽을 꾸곤 한다니까. 더러운 꿈이지. 충고하는데, 목사 할 수 있으면 목사 해라. 이렇게 한심하고 끔찍한 현실을 두고 한가하게 무슨 종교 타령이냐고 할 사람도 있겠지. 그건 편협한 생각이고, 내 생각은 달라. 오히려 그렇기 때문에 하는 말이야. 나는 도망가라고 하는 게 아니야. 정치가 무소부재인 세상 아닌가. 우리는 이 추악한 정치권력에 맞설 수 있는 힘을 어딘가에 축적해두어야 해. 그런데 그 힘은 정치권력과는 근본적으로 질이 다른 성격이어야 하겠지. 힘의 출처가 근본적으로 다른 데에 있는, 전혀 다른 기반에 뿌리 내린 권위. 우리가 복종해야 할 권위가 가이사밖에 없는 현실을 생각해봐. 끔찍하지 않아? 가이사의 권력이 끔찍한 게 아니라 가이사 말고는 다른 권력이 없는 현실이 끔찍한 거라구. 우리는 가이사에게만이 아니라 가이사와는 질적으로 다른, 제대로 된 권위를 향해 우리 자신을 바칠 수 있어야 한다고 생각해. 이런 시대에 더욱 종교가 요청되는 건 그 때문이야. 김 형이 목사 하면 나도 김 형 교회에 나갈게, 진짜로."

나는 아무 대답도 하지 못한 채, 정색을 하고 정 교수와 같은 권고를 하는 엉뚱한 신문기자를 한참 동안 쳐다보기만 했다.

예감대로 그 병원에서 태혁을 다시 만날 수는 없었다. 상업고등학교를 나온 후 조그만 개인 회사에 취직하여 거의 하루 종일

타이프를 친다는 태혁의 여동생을 데리고 이틀 후 다시 병원을 찾아갔을 때, 그 병실의 주인은 바뀌어 있었다. 재판이 열리는 날까지 그는 자취가 묘연했다. 이렇게 완벽하게 한 젊은이가 공개적으로 실종될 수도 있다는 사실이 경악스러울 뿐이었다.

09
인간의 이름으로

 세상과 일과 정신이 두루 산만하고 혼란스럽던 그 무렵, 나는 또다시 신문사로 배달된 우편물을 받았다. 바이에른의 소인이 찍힌 그 우편물이 형석으로부터 온 것임을 나는 직감적으로 알아보았다. 그는 어째서 나에게 잊을 만하면 한 번씩 이런 식으로 연락을 해오는 것일까? 그는 나를 택한 것일까? 그는 나를 왜 택한 것일까? 그가 내게 원하는 것이 있을까? 그가 내게 원하는 것이 무엇일까? 그런 질문들이 들끓었지만 나는 아무것도 묻지 않기로 했다. 모든 의문들을 덮어두고, 나는 이제 여기에, 어떻게든 자신을 스스로 구원하기를 원했던, 그러나 그 방법을 찾지 못했던, 또는 비뚤어진 길 말고는 다른 길을 알지 못했던 한 젊은이의 숨김없는 내면을 공개하려고 한다. 그것은, 어떤 농기로는 그가 내게 이 기록을 보내왔기 때문이며, 그가 겪은 일들이 표면적으로는 매우 예외적으로 보이긴 하지만 그렇다고 해서 그 경험들에 보편적인 성격이 전혀 없거나 비현실적이기만 한 것은 아니라는 나름대로의 판단 때문이다. 그렇게 함으로써, 혹시 내 속에서 들끓는 의문들에 답할 희미한 힌트라도 제공받게 될지 모른다는 희망이 없지 않았다. 어쨌든 그는 우리들 가운데 한 사람이며, 어떤 점에서는 우리의 내부 깊숙한 곳에 숨겨져 있는 진짜 얼굴일지 모른다는 생각을 지우기 어렵다.

─────── 인간의 역사 가운데 폭력은 가장 오래된 층에 속해 있다. 인간의 역사는 왜 폭력으로부터 시작되었는가. 우리는 아벨을 죽인 카인과 카인에게 죽임을 당한 아벨에 대해 알고 있다. 죽었기 때문에 아벨은 선한 사람이고, 죽였기 때문에 카인은 악한 사람이라고 말하는 것은 지나치게 단순하고 유치한 추리가 아닌가. 선한 자가 약할 수는 있지만, 약한 자들이 다 선한 것은 아니지 않은가. 설화들 속에서 형들은 왜 악한가, 하는 질문 역시 어리석기 짝이 없는 것이다. 악한 형이 있긴 하지만, 그가 형이기 때문에 악한 것은 아니다.

형과 아우, 선한 사람과 악한 사람의 구분은 애초에 편의적인 것이다. 아담이라는 인류 최초의 인간에게 부여된 이름의 뜻이 그런 것처럼, 사실은 카인도 아벨도 '인간'의 다른 이름에 지나지 않는다. 따라서 카인이 아벨을 살해했다는 문장에 인간이 인간을 살해했다는 뜻 이상의 해석을 가할 필요는 없다. 카인을 살인자라고 부르고 아벨을 희생자라고 부르는 것은, 인간이 살인자이기도 하고 동시에 희생자이기도 하다는 뜻 외에 아무것도 아니다. 처음부터 카인, 즉 살인자가 따로 있고, 아벨, 즉 희생자가 따로 있는 것이 아니라는 뜻이다. 인간은 살인자이고 동시에 희생자이다. 이것이 진실이다. 카인은 아벨의 숨겨진 얼굴이고, 아벨은 카인의 다른 모습이다.

생각이 여기에 이르면, 구원과 폭력이 왜 뗄 수 없는 관계에 있는지 어렴풋이나마 짐작할 수 있게 된다. 유대인의 설화 속에서 모세는 지배국의 시민인 한 이집트인을 죽인다. 당시로서는 매우 낯선 신이었을 야훼의 이름으로. 카인은 살인자였지만, 동일한 살인 행위를 저지른 모세는 살인자로 불리지 않는다. 모세의 행위는 노예들의 구원의 역사 속으로 편입되면서 자연스럽게 정당화되고 심지어 찬양된다. 살인자 카인은 구원자 모세에 이르러, 모세를 통해 명예를 회복한다.

그러나 여기에서도 아직 모세와 이집트인, 살인자와 희생자의 완고한 이분법은 유지되고 있다. 이 이분법의 구별이 완벽하게 소멸되는 역사적 사건을 알고 있다. 예수는 스스로 죽이고 스스로 죽는다. 어떤 힘도 그를 죽게 할 수 없었다. 오직 그만이 그를 죽일 수 있었다. 예수는 폭력과 희생을 한 몸으로 껴안는다. 예수에게서 더 이상 폭력과 희생은 구별되지 않는다. 구원의 완성이라고 기독교는 말한다. 옳다. 그것은 '그의 구원의 완성'이다. 구원은 이처럼 두 가지 얼굴을 하고 있다. 하나는 희생이고, 다른 하나는, 이해하기 어렵겠지만, 폭력이다. 그리고 그 둘은 한 몸이다.

삶은 총을 똑바로 쏘는 것이다.

이 말은 물론 내 말이 아니다. 델브루케 씨가 내게 해준 말이다. 그러나 실은 그의 말도 아니다.

한 아름다운 부잣집 딸이 테러리스트들에게 납치되었다가 자신을 납치한 자들에게 동화되어 테러리스트로 변한 사건이 있었다. 1974년의 일이었고, 그 사건의 주인공은 페티 허스트였다. 허스트가 추종했던 공생해방군(SLA)이라는 테러 단체의 우두머리였던 싱크가 이 멋진 말을 했다.

"삶이란 총을 똑바로 쏘는 것이다. 삶이란 총을 쏘는 것이고, 똑바로 쏘는 것이다."

델브루케 씨가 이 촌철살인의 문장을 들려준 것은 사격 연습장에서였다. 그는 허공에 요란한 총소리만 실속 없이 만들어 보내고 있는 나의 등을 토닥이며 혀를 끌끌 찼고, 그리고 이 말을 했다. 나중에 안 사실이지만 그 말은 자기 자신에게 한 말이기도 했다.

그는 총을 똑바로 쏠 절호의 기회를 놓친 사실을 몹시 안타까워했다. 로마에서 터키 청년에게 기회를 빼앗기고 돌아온 이후 그는 눈에 띄게 풀이 죽어 지냈다. 병명도 모른 채 자리에 누워 시름시름 앓기까지 했다.

"아그자, 그 개자식. 벼락 맞아 죽을 놈."

그는 총을 똑바로 쏘지 못한 것은 표적을 놓쳤기 때문이고, 아그자가 자기 표적을 빼앗았기 때문이라고 생각한다. 옆에서 지켜보는 내가 안타까울 정도로 그의 낙심은 커 보였다. 그 일을 모의하고 준비하는 동안 그가 얼마나 생기 넘치고 의욕적이었는지를 생각하면 땅에 떨어진 그의 의기소침을 이해 못할 바도 아니다.

나는 켈러 스트라세 일대에 있는 그의 점포들 가운데 있어도 그만, 없어도 그만인 사격 연습장의 지배인 행세를 하면서 지내고 있다. 지배인이라고 해서 딱히 할 일이 있는 것은 아니다. 귀가 멍멍할 정도로 시끄러운 사격장 안에서 스크린에 나타나는 표적을 조준하고 하릴없이 총질이나 하면서 시간들을 쓰러뜨리면 되는 것이다. 대부분의 경우 나는 전과 마찬가지로 한 개의 표적도 쓰러뜨리지 못한다. 내가 자신 있게 쓰러뜨릴 수 있는 것은 지천에 널린 시간뿐이다. 델브루케 씨의 지적에 의하면, 내가 명중을 시키지 못하는 것은 내 안에 표적이 없기 때문이다. 그럴지도 모른다. 나는 어디서도 나를 자극하는 것을 발견할 수 없다. 내 몸과 정신은 물속에 잠긴 죽처럼 풀어져 흐물흐물하다.

표적이 없지 않았다. 쓰러뜨려야 할 표적이 분명히 있었던 것 같다. 돌이켜보면 그때 내 삶은 델브루케 씨 못지않게 활기에 넘쳤고, 방아쇠를 당기는 손끝은 팽팽하게 긴장을 유지하고 있었다. 표적은, 그러니까 내가 쓰러뜨려야 할 목표물이면서 나를 지탱해주는 자극이었다. 내가 쓰러뜨려야 할 표적이 나를 세우기도 한다는 것은 하나의 역설일 것이다. 그러나 역설이 진리를 품고 있다는 것은 더 이상 역설이 아니다. 나에게는 표적이 필요하다. 그 표적은 막강할수록, 권위적일수록, 도달이 불가능할수록, 그리고 상징적일수록, 즉 비현실적일수록 효과적이다.

여느 때와 마찬가지로 걷잡을 수 없는 열패감을 다독거리며 사격선에서 필사적으로 표적을 노려보고 있는데, 델브루케 씨가 내 어깨를 쳤다.

"삶이란 총을 똑바로 쏘는 거야, 똑바로."

그의 목소리는 지하에서 들려오는 것처럼 음침하고 섬뜩하기까지 했다.

피에 대한 욕구가 신성과 연결되어 있다는 것은 시초에 신에게 바쳐진 제물이 피였다는 사실에서 확인된다. 오래전에 사람들은 금방 죽인 양이나 비둘기의 피를 제단에 뿌렸다. 고도로 발달된 종교 가운데 하나라고 하는 기독교에서는 피의 상징으로 포도주를 마시는 성례를 치른다. 그 의식 속에서 포도주는 곧 피다. 그들은 피를, 그것도 특정인의 피를 상징적으로 마신다. 사람들은 알고 있는 것이다. 피야말로 생명이라는 것을. 신성한 생명력과 맞닿아 있다는 것을. 따라서 피를 흘리는 것은 원초적인 생명력과 만나는 것이 된다. 사람들은 피를 그리워한다. 피 또한 사람을 그리워한다. 이 그리움은 생명에 대한 충동과 맞닿아 있기 때문에 원초적이고, 따라서 인간의 역사는 불가피하게 피로 얼룩질 수밖에 없다.

나는 이제 자신의 손으로 자기 귀를 자른 화가를 이해할 수 있다. 아마도 그는, 자신의 육체 안에 아직 생명이 생생하게 흐르고 있다는 것을 피를 봄으로써 직접 확인하고 싶은 충동을 참아낼 수 없었을 것이다. 자신이 무생물이 아니라 몸 안에 뜨거운 피가 도는 생명체임을 확인할 수 있는 확실한 한 가지 방법을 그는 알고 있었던 것이다. 확실한 한 가지 방법만 알고 있었던 것이다. 그리고 내가 지금 그러하다. 나는 내 안의 생명을 보고 싶은 불같은 충동을 이겨내지 못하고 기어이 그 화가를 모방하고 말았다.

사실 처음부터 귀를 자를 생각을 했던 것은 아니다. 쓰러뜨려도 쓰러뜨려도 없어지지 않고 다시 나타나는 사격장의 표적판처럼 끊어지지 않고 일어서는 그놈의 지독한 시간이 나를 무기력과 나태와 권태의 늪 속으로 밀어 넣었다. 깜깜한 동굴 속에 들어가 앉은 것처럼 방향감각이 없어졌고, 까닭을 알 수 없는 불안이 수시로 엄습했고, 몸은 바윗덩어리처럼 무거웠다. 나는 내가 살아 있다는 실감을 원했다. 나는 아직 생명인가, 아니, 한 번이라도 생명이었던 적이 있었던가를 의심스러워했다. 나는 내 속에 생명이 꿈틀거리고 있다는 것을 스스로에게 증명해 보여야 한다는 강박에 사로잡혔다.

여자를 샀다. 델브루케 씨가 소유하고 있는 켈러 스트라세의 건물 중에는 술집도 두 개나 있어서 마음만 먹으면, 물론 돈도 좀 있어야 하지만 얼마든지 푸른 눈과 금발을 가진 미인을 품에 안을 수 있었다. 나는 돈을 주고 여자를 사기로 했다. 여자를 돈으로 사서 안을 생각을 했을 때 어떤 기대인가가 내 속에 있었다. 그런데 내가 돈을 주고 산, 나보다 머리 하나는 크고 엉덩이가 엄청나게 위력적인 게르만계의 풍만한 여자는 처음부터 나를 질리게 만들었다. 그 때문이라고 단정할 수는 없지만, 여자의 벗은 몸을 안았을 때 의욕과 상관없이 몸이 말을 들으려 하지 않았다. 여자의 끈질긴 노력과 봉사에도 불구하고 내 몸은 어떤 감각도 느끼지 못했고 어떤 반응도 보이지 않았다.

"젊은 사람이 이거 형편없네."

여자의 비아냥거리는 소리가 나를 더욱 위축시켰다. 식은땀이 났다. 미칠 것 같았다.

"가만있어봐요. 내가 어떻게 해볼 테니까."

마침내 여자는 그 육중한 덩치를 내 몸 위로 올려놓았다. 여자의 육중한 몸이 내 왜소한 몸뚱이를 깔아뭉개는 느낌이었다. 흐릿한 불빛 아래서 내 몸을 찍어 누르는, 엄청나게 큰 체구의 서양 여자는 가면 같은 얼굴에 웃음을 잔뜩 바르고 있었다. 여자는 어떤 사명감에 사로잡힌 사람처럼 열성적으로 움직였다. 여자가 움직일 때마다 가면 같은 얼굴이 부풀었다 쪼그라들었다 했다. 순간 나는 걷잡을 길 없는 모멸감에 사로잡혔다. 나는 나 자신을, 나를 누르고 있는 여자의 몸으로부터 벗어나려고 필사적으로 꿈틀거리는 한 마리 구더기처럼 느꼈다. 익숙한 감각이 엄습했다. 눈알이 따끔거리고 목 근처의 뼈마디로 찌르는 듯한 통증이 찾아왔다. 얼굴은 당혹과 모멸감으로 달아올랐다. 몸의 한 부분이 흥분하기를 기대할 수 없었을 뿐 아니라 그런 걸 바라고 있을 형편이 아니었다.

"비켜. 비키라고."

나는 악을 쓰며 여자를 밀어냈다. 그러나 여자는 내 몸 위에 걸터앉은 채로 그러는 내 모습이 재미있다는 듯 피식피식 웃으며 내 몸의 이곳저곳을 주물러댔다.

"나를 믿어요. 조금 기다려보세요. 금방 될 거예요."

"비켜. 이 쌍년아!"

나는 욕을 하며 발버둥쳤다. 그 육중한 여자의 몸뚱이 밑에서, 나를 내려다보며 비웃고 있는 가면 같은 웃음으로부터 빠져나오기 위해서. 그러나 이 손님, 이거 정말 안 되네, 젊은 사람이 벌써, 안됐다, 어쩌구 지껄이며 여자가 스스로 손놀림을 그만둘 때까지 나는 그 무시무시한 여자의 몸뚱이로부터 결코 빠져나올 수 없었다.

빌어먹을! 나는 여자를 발로 차서 그 자리에 넘어뜨렸다. 죽여버리겠어, 이 쌍년……. 나는 몇 차례 더 발길질을 했다. 그러고 나서 무슨 말인지 알아들을 수 없는 소리를 꽥꽥 질러대는 여자를 그대로 둔 채 도망치듯 그 방에서 빠져나왔다. 내 속에서 날카로운 살의가 무섭게 일어서고 있었다. 그곳을 빠져나오지 않았다면 무슨 일을 일으켰을지 모를 일이었다. 그것이 피에 대한 충동이었음을 이제 알겠다.

나는 내 방에 들어오자마자 방에 들어올 때까지 생각하지 않았던 일을 충동적으로 했다. 예리한 칼을 들고 내 귀를 자른 것이다. 잘려져 나간 귀가 손안에서 파르르 떠는 것 같았다. 나는 옷을 모두 벗어던지고 알몸으로 거울 앞에 섰다. 귀에서 떨어지는 붉은 피를 머리부터 발가락까지 온몸에다 발랐다. 하염없이 눈물이 나왔다. 나는 귀에서 피를 쏟으며 동시에 눈에서 눈물을 쏟았다. 유감스럽게도 나는 화가가 아니라서 초상화는 그리지 못했다.

내 볼과 목과 어깨와 가슴과 배와 다리와 성기를 어루만지며 흘러내리는 내 검붉은 피를 바라보면서 나는 걷잡을 수 없는 쾌감의 터널 속으로 빠져들었다. 가물가물한 의식 속에서 채 완성되지 않은 조각품처럼 표정이 불안정한 한 소년이 검붉은 손목을 움켜쥐고 있는 모습을 보았다.

아주 어렸을 때부터 나는 혼자였다.

아버지는 노름꾼에 아편 중독자였다. 그는 거의 집에 없었다. 어쩌다 얼굴을 마주치더라도 친근한 표시를 하지 않았다. 그는 어린 아들인 내게 아버지임을 인상 지으려는 어떤 의도도 갖고 있지 않았음이 분명하다. 그렇기 때문에 나는 그와 어떻게 관계를 맺어야 할지 어려움을 느꼈다. 그를 아버지라고 불러야 하는지조차 알 수 없었다. 그래서 나는 그를 아버지라고 부르지 않았다. 그 앞에서 내 태도와 표정이 언제나 어정쩡한 것은 그 때문이었다. 아버지는 내게 늘 낯설고 이상하고 어정쩡한 존재였다.

어머니는 아침마다 밥을 해놓고 내 손에 먹을 것을 쥐어준 다음 밖으로 나갔다. 나는 그녀가 어디서 무슨 일을 하는지 알지 못했다. 그러나 어머니가 매일 외출해서 벌어 온 돈으로 우리가 밥을 먹고, 아버지가 아편을 맞을 수 있었다는 걸 나중에 알았다. 어머니는 자주 신경질을 부렸고, 더 자주 자신의 신세를 한탄했다. 내 존재를 억지로 떠맡은 쓸모없는 짐짝처럼 표현하기도 했다. 어머니는 대개 밤늦게 들어왔지만 집에 들어오지 않은 날도 많았다. 그럴 때면 나는 혼자 이 방 저 방 엉금엉금 기어다니면서 때로는 노래를 부르고 때로는 울고 그러다 지쳐 그대로 잠이 들곤 했다.
  나는 사육되는 한 마리 가축과 같았다. 아니, 가축이 아니었다. 아무도 내가 무엇인지, 무엇이어야 하는지 말해주지 않았다. 따라서 내가 막연하게 나 자신을 인간이라고 생각해온 것은 어쩌면 오해인지 모른다. 반복되는 습관과 타성에 의해 자연스럽게 받아들여진 오류를 깨닫지 못하고 착각 속에서 인간 행세를 하며 살아가고 있는지 누가 알겠는가. 반복되는 습관과 타성은, 판단을 위해 고려하거나 혹은 배제해야 하는 요소일 수는 있지만, 그것 자체가 판단의 결정적인 근거가 되지는 않는다. 태양은 한 번도 거르는 일 없이 반복적으로 동쪽에서 떠서 서쪽으로 진다. 그렇지만 태양이 하루에 한 번씩 지구의 동쪽에서 서쪽으로 움직인다는 것은 진리가 아니다.
  그때 나는, 지금도 크게 다르진 않지만, 내가 인간인지 아닌지 확신할 수 없었다. 아무도, 그리고 무엇도 내가 인간이라는 사실을 알려주지 않았고 무엇으로도 증명해주지 않았다. 소문과 검증되지 않은 습관의 반복이 있을 뿐이었다. 그러니까 나는, 한번쯤은, 무슨 수를 써서라도 내가 인간임을, 스스로에게 납득시키고 싶었다. 그것이 유일한 동기였고…… 그 동기는 회피할 수 없을 정도로 강렬했다. 나는 겁도 없이 내 손목에 연필 깎는 칼을 들이댔다. 그렇게 하는 것이 인간임을 증명할 수 있는 방법이 된다는 걸 어떻게 알았을까. 아마 본능이 가르쳐주었을 것이다. 나는 내 몸속에 붉은 피가 흐르고 있는지 없는지 눈으로 보고 싶었다. 우울한 이야기이지만, 그것 말고 내 존재를 증명해 보일 다른 방법을 알지 못했다. 생명을 보장해주는 신성한 붉은 피는 내 몸속의 이곳저곳을 돌고 있었다. 팔뚝을 붉게 물들이며 방바닥으로 뚝뚝 떨어져 내리는 뜨거운 피를 나는 눈물을 흘리며 내 입술로 거칠게 빨아들였다. 하염없이, 까닭도 알 수 없는 눈물이 자꾸만 나왔다. 그때 내 나이 아홉 살이었다.

테러리스트 가운데는 순교자를 자처하는 경우가 있는데, 이들은 희생을 주저하지 않으며 극단적인 모험도 마다하지 않는다. 그런 점에서 그들은 이상주의자들이다. 그들에게 법이나 사회규범이나 도덕은 문제가 되지 않는다. 그들이 추구하는 것은 이 세상의 법이나 사회규범이나 도덕이 아니라 초월적인 관념이다. 그들은 법이나 사회규범이나 도덕에 미치지 못한 것이 아니라 그것을 초월하고 있다.

  그러나 순교자를 자처하는 이들의 이상주의란 것이 실상은 얼굴을 감춘 가면에 다름 아니라는 걸 누가 모를까. 만인의 행복이니, 인류애니 애국이니 정의니 하는 보편주의를 나는 신뢰하지 않는다. 인간을 행동하게 하는 동기는 언제나 개인적이고 심리적이라는 것이 내 생각이다. 그들이 내세우는 고상한 이념이나 그럴듯한 명분은 개인의 욕망이나 절망, 혹은 불안 같은 것을 반영 내지 투사하는 껍데기에 불과하다. 이상주의를 표방하거나 집단의 행복을 앞세우는 자들은 솔직하지 못하다. 무엇보다 자기 자신에게 솔직하지 못하다.

  테러리스트를 광인형이네 범죄형이네 순교자형이네 하고 분류하는 것 자체가 부질없다. 그것은 복잡한 개연성의 존재인 인간을 인위적이고 편의적으로 미친 사람과 범죄자와 순교자로 구분한 것이 아닌가. 그 이론에 의하면 미친 사람은 순교할 수 없으며, 순교자는 범죄를 저지를 수 없다. 그러나 인간의 현실은 그렇게 간단명료하지 않다. 인간은 근본에 있어서 미친놈이며 범죄자이며 동시에 순교자이기도 하다. 우리는 개인의 특별한 정서를 악의적으로 해석하려 해서는 안 된다. 내면이야말로 개인에게 고유한 영역이다. 모든 일이 그곳으로부터 비롯한다.

  중요한 것은 사는 것이다. 아니 죽는 것이다.

  델브루케 씨가 내게 한 권의 잡지를 건네준 것은 저녁식사가 끝나고 나서였다. 자기 서재로 나를 데리고 간 그는 《지츠 임 레벤》이라는 시사 잡지의 어떤 페이지를 펴서 읽어보라고 했다. 그가 붉은 펜으로 박스를 쳐놓은 자리에 '교황 저격 사건의 실상'이라는 기사가 실려 있었다. 한 언론인이 끈질긴 추적 끝에 밝혀냈다는 이른바 실상이라는 것에 나는 별 흥미를 느끼지 않았다. 아그자의 행적을 KGB와 연결시킨 대목도 썩 설득력 있게 여겨지지 않았다. 그처럼 엄청난 세기적 사건을 지극히 사적인 동기에 의해 개인이 독자적으로 기도했다고 보기 어렵고, 따라서 보다 분명한 동기와 목적이 있어야 하고 조직적인 집단에 의해서만 시도될 수 있다는 선입견 위에 허술하게 세워진 추리로밖에 여겨지지 않았다. 나는 델브루케 씨와 함께, 아그자와 마찬가지로 지극히 사적인 동기를 가지고, 사건 현장에 있지 않았는가. 나는 물론이고, 내가 아는 한, 델브루케 씨에게도 사적인 욕망 말고 다른 동기나 목적 같은 건 없었으며, 조직적인 무슨 배후 집단 같은 것 역시 없었다. 만일 아그자 대신 우리가 그 일에 성공했다면 그들은 나와 델브루케 씨를 KGB와 연결시켜 시나리오를 만들어냈을 게 아닌가.

나는 그때 바티칸의 성 베드로 광장에 있었다. 아주 가까운 거리에서 범인의 얼굴도 직접 보았다. 사건이 일어나고 한참이나 지난 다음에 이런 추측 기사가 무슨 소용이란 말인가. 심드렁한 표정으로 잡지를 돌려주는데, 그가 한군데를 손가락으로 짚었다. 붉은 사인펜으로 동그라미가 쳐져 있었다. '첼릭과 신원 미상의 동양인'이라는 부분이었다.

성 베드로 광장에 나타난 첼릭은 신원 미상의 동양인과 동행했고, 그들은 둘 다 권총을 휴대하고 있었다. 수사관들은 그들이 폭탄이 터지는 소동을 틈타 아그자를 사살하려 했던 것으로 추리하고 있다. 주변 사람들의 증언에 의하면 아그자가 교황을 향해 방아쇠를 당기는 순간에 그들 역시 권총을 빼어 들려고 했다. 그것이 증거이다…….

"첼릭과 신원 미상의 동양인?"

"누구일 것 같나?"

"설마?"

"맞아. 바로 자네와 나이지."

"설마, 당신이……."

머릿속이 어지러워졌다. 델브루케 씨가 첼릭? 회색늑대단이니 뭐니 하는 단체와 어떤 연관이라도 맺고 있다는 뜻인가. 불가리아의 비밀경찰이나 KGB와도? 이 사람이 나를 이용했단 말인가? ……내 속에서 일어나는 혼란과 의혹을 들여다보기라도 한 듯 델브루케 씨가 고개를 저었다. 눈빛은 날카롭고 음성은 음침했다.

"내가 주목하는 부분은 이 문장이야. 수사관들은 그들이, 즉 자네와 내가 폭탄이 터지는 소동을 틈타 아그자를 사살하려 했다고 추리한다는 거야. 우리가 왜? 왜 아그자를? 그들은 잘못 추리하고 있어. 우리는 아그자와 동일한 목적을 가지고 그 자리에 있었지. 그와 우리의 표적은 같았어. 그렇지 않나?"

"그렇지요."

나는 고개를 끄덕였다.

"지금도 여전히 그렇고. 표적이 바뀔 순 없지. 그렇지 않나? 다음 주에 나는 로마로 갈 거네. 강요하진 않지만 동행을 원한다면 마다하지는 않겠네."

"로마?"

델브루케 씨는 말없이 나를 쏘아보기만 했다. 탐조등 같은 그 눈이 무엇을 수색하는 듯 매섭게 빛을 내고 있었다. 오랜만에 대하는 눈빛이었다. 표적을 향하고 있을 때의 그의 눈빛이었다. 저항할 수 없는 주술적인 힘 같은 것이 그 눈빛에 담겨 있었다. 심상치 않다고 생각했다. 그는 그 일을 다시 하려는 것일까.

"삶이란 총을 똑바로 쏘는 것이야. 똑바로, 총을, 쏘는 것이야."

그는 천천히 다가와서 내 어깨를 감쌌다. 말은 필요하지 않았다. 그것으로 그는 하고 싶은 말을 한 것이고, 나는 그가 하는 말을 하나도 빼놓지 않고 모두 알아들었다. 내 어깨를 부드럽게 쓰다듬는 그의 손바닥이 뜨거웠다. 그의 손바닥에 반응하는 내 육체가 뜨거운 건지 모를 일이었다. 그 뜨거움은 언뜻 잃어버린 육체의 욕망을 상기시켰다. 그것은 성욕과 매우 흡사했다.

그날 밤에, 그는 마침내 내 옷을 벗기고, 내 몸의 이곳저곳을 정성 들여 씻어주었다. 무슨 의식을 벌이는 것과 같았다. 나는 저항할 수 없었다. 저항하는 대신 나도 그의 몸을 씻어주어야 했다. 정결 의식과 같다는 생각이 들었으므로 뿌리칠 수 없었고, 그러자 어색함도 부자연스러움도 사라졌다. 그의 몸은 야위고 가벼웠지만 여전히 불처럼 뜨거웠다. 의식은 이어졌다. 물에서 나온 후 그는 나를 안았다. 애인처럼 부드럽게. 그러다가 정부처럼 거칠게. 나는 저항할 생각을 하지 못했다.

"우리는 한 몸이야."

내 벗은 가슴에 입술을 대고 애무하면서 그가 음울한 목소리로 속삭였다. 감전이라도 된 것처럼 섬뜩한 전율과 함께 묘한 쾌감이 전신에 빠르게 퍼져나가는 것을 느끼면서 나는 부르르 몸을 떨었다. 귀에 칼을 대고 피를 불렀을 때와 동일한 종류의 아득한 쾌감이 내 몸 구석구석으로 퍼져나갔다. 몸이 일어서고 있었다. 감각이 살아나고 있었다. 신기한 일이었다.

개개인의 고유한 정열에 대해 그것의 합당함과 부당함을 일방적으로 선언하는 것은 옳지 않다. 모든 정열은 하나다. 오직 삶에 대한 정열이 있을 뿐이다. 그 정열이 구체화되어 표현되는 양상이 예외적이고 특별하다고 해서 그 예외적이고 특별한 양상에만 주목해서 비난해서는 안 된다. 우리는 개인에게 자신의 고유한 삶에 대응하는 그만의 정열에 대한 자유로운 선택권을 인정해야 한다. 자신의 삶에 의미를 부여하기 위해서 그가 택한 길이 무엇이든, 혹은 택하지 않은 길이 무엇이든 그것은 그 사람의 몫인 것이다. 그 자리에 도덕이나 규범을 끌어들이면 우스꽝스러워진다. 그것들은 삶의 발가락에 낀 어울리지 않는 장식물에 다름 아니다. 삶이 문제 되고 있는 자리에서 도덕이나 규범은 발언권이 없다. 삶이 문제이기를 그친 자리에서만 장식은 더러 얼굴을 내밀 수 있을 뿐.

그러니까 어떤 사람에게는 누군가에게 총을 겨누는 것이 삶일 수가 있다. 가령 미국의 민주당 대통령 후보 가운데 한 사람이었던 조지 월리스 지사의 암살을 기도했던 아더 브래머가 그러하다. 그는 자신을 찍어 누르고 있던, 견딜 수 없는 무력감으로부터 탈출하기 위해 폭력이 필요했다고 말한다.

"나는 누군가를 죽이지 않으면 안 되었다. 그렇게 해서라도 내 죽음을 삶보다 의미 있는 것으로 만들고 싶었던 것이다."

어떤 사람에게는 죽이는 것이 곧 사는 것이다.

나는 죽인다. 고로 나는 존재한다.

생존을 위한 동기와 상관없이 동료를 죽일 수 있는 유일한 영장류가 인간이다. 크고 작은 모든 전쟁에는 배경과 동기가 작용한다고 알려져 있다. 그러나 그런 것들은 명분에 불과하다는 것이 내 생각이다. 전쟁을 유발하는 진정한 동기는 하나밖에 없다. 그것은 인간이라는 것이다. 전쟁은 인간의 공격적 본성을 합법적으로 충족시켜주는 대단히 정교한 장치이다. 전쟁이 없는 시대나 사회는 다른 방식으로 그 본능을 발산할 수밖에 없다. 소위 폭력 범죄와 반사회적 행동들은 전쟁을 잃어버린 사회가 불가

피하게 받아들여야 하는 어둡고 뒤틀린 병리 현상일 따름이다. 전쟁이 인간의 공격 본능을 합법적으로 충족시켜주는 곳에선 다른 폭력 범죄가 발붙일 여지가 없다.

소위 문명 시대의 인간들은 이런 파괴 본능을 투사시킬 상징적인 제도들을 만들어서 대리 충족을 해오고 있는데, 대표적인 것이 결혼 제도일 것이다. 사람들은 결혼 생활을 통해 본능적인 공격성을 충족하고 충족시켜주면서 산다. 부부를 이어주는 유인력으로 사랑이나 호의 못지않게 증오와 공격적 욕구가 차지하는 비중이 높다는 것은 잘 알려져 있지 않지만 사실이다. 파괴 본능을 은밀하게 충족할 수 있는 기회를 제공하여 사회를 안전하게 유지하기 위해 결혼 제도가 고안되었다. 사디즘이니 마조히즘이니 하는 용어들이 침실에서 쓰이는 언어일 수만은 없는 이유가 여기에 있다. 한 심리학자의 분석대로 '그들은 갈등에도 불구하고 살아가고 있는 것이 아니라, 갈등 때문에 살아가고 있는 것이다.' 그들은 사랑 때문에 함께 살아가는 것이 아니라 서로의 폭력 본능을 발산할 수 있는 기회를 제공해주기 때문에 함께 살아가는 것이다.

서울에 편지를 보냈다.《지츠 임 레벤》지의 아그자 관련 서평을 복사하고, 『암살자의 시대』라는 책을 구입해서 신문사의 김 선배에게 보냈다. 나는 왜 그에게 다시 편지를 쓴 것일까. 어떤 기대나 욕망이 있는 것일까? 어떤 통로가 필요한 것일까? 어떤 통로? 설명할 순 없지만 일종의 친밀감이라고 말할 수밖에 없는 어떤 감정을 그에게서 느낀다. 델브루케 씨가 내게 그런 것처럼? 우리는 종종 적, 즉 공격의 대상을 자신과 동일시해서 끌어들이려는 습관이 있는 것 같다. 말을 바꾸면, 친밀감을 표시하는 바로 그 대상에게 우리는 실상 적의를 품고 있는 것이다. 그 친밀감으로 적의를 감추고 있는 것이다.

날이 밝으면 로마로 간다. '펜시와기이사'에서 하룻밤을 묵을 것이다. 물론 델브루케 씨와 함께.

다시 찾아온 로마는 여전히 복잡하고 요란했다. 성 베드로 광장은 세계 각지에서 온 관광객과 순례객들로 발 들일 틈이 없을 지경이었다. 생각난다. 그러고 보니 그때도 5월이었다. 변한 것은 없었다. 나 역시 변하지 않았다.

사람들은 서 있거나 앉아 있었다. 광장 바닥에 무릎을 꿇고 있는 사람도 있고 손을 흔드는 사람도 있었다. 알아듣지 못할 큰소리를 열광적으로 내질러대는 사람도 있었다. 하지만 모든 사람의 시선은 한곳에 집중해 있었다. 까마득하게 높은 곳에 하나님이 계셨다. 은빛 가운과 황금색의 관을 햇살에 반사해내며, 아래를 내려다보고 서 있는 그 자태는 신이 아니라면 감히 그 누구도 취할 수 없는 위엄으로 치장하고 있었다. 신이 아니라면 도저히 허락될 수 없는 권위와 자만과 우월함으로 눈이 부셨다. 신의 대리자. 이것이 그분의 이름이다. 아! 신음 같은 것이 내 입을 뚫고 나왔다. 그분은 너무 높은 곳에, 너무 인간과 동떨어져 계셨기 때문에, 그리고 나는 너무도 낮은 곳에서 한 마리의 구더기처럼 꿈틀대고 있었기 때문에 그 순간 목 근처의 마디마디를 찌르는 듯한 통증이 엄습하는 것을 느껴야 했다. 그것만이 아니었다. 더 나쁜 것은 그 순간 다시 찾아온 모멸감이었다. 나는 흥분과 혼란과 당혹 속에서 모멸감이 삽시간에 퍼져나가는 것을 표정을 일그러뜨림으로써 힘들게 받아들여야 했다.

막연하게만 붙들고 있던 살의가 구체적인 행동의 이유를 부여받는 순간이었다. 델브루케 씨의 살의가 나의 살의로 이월되고 있었던 것이다. 말하자면 그것은, 내가 찾아낸, 어쩌면 나를 찾아온 표적이었다. 표적을 발견한 것이다. 표적이 발견된 것이다. 누구도 비난할 수 없는 분명한 표적.

내려와야 한다. 만나려면 위에서 내려와야 한다. 아래에서 올라가는 길은 없다. 불가능하다. 내려올 때는 저 호화로운 옷도, 저 눈부신 금관도, 저 빛나는 옥좌도 모두 버려야 할 것이다. 예수가 그랬던 것처럼……. 입으로는 그렇게 되뇌며 내 오른손은 양복저고리의 안쪽 주머니 속으로 미끄러져 들어갔다. 그곳에서 나의 다섯 손가락은 탐지기처럼 예민하게 금속의 단단하고 차가운 기운을 흡수해 올리고 있었다. 주머니 속에서 가만히 권총을 쥐고 방아쇠의 홈에다 검지손가락을 살짝 집어넣었다. 조금의 오차도 없이 꼭 들어맞는 권총의 감촉이 여간 기분 좋은 게 아니었다.

델브루케 씨가 고개를 돌려 나를 쳐다보았다. 그는 나의 상기된 표정에서 내가 무슨 일을 하려고 하는지 알아차린 듯했다. 그는 고개를 가로로 흔들면서 내 손을 제지했다.

"아직 일러."

그가 낮게 속삭였다. 5월의 기분 좋은 공기처럼 그 속삭임은 가벼웠다. 나는 그가 믿음직스러웠다.

"서두르지 마."

그는 내게 충고하고는 광장 앞쪽으로 헤치고 나갔다.

이윽고 높은 곳에 앉은 분이 무개차를 타고 군중 사이로 돌아다니기 시작했다. 그분은 인자하게 미소 지으며 손을 흔들고, 어린아이의 볼에 키스를 했다. 순례자들은 더욱 열광적으로 손을 흔들었다. 그러나 그분은 여전히 높았고, 여전히 찬란했고, 여전히 인간과 동떨어져 있었다. 그분을 태운 무개차가 드디어 우리가 있는 곳 가까이 이르렀다. 그분의 인자해 보이는 웃음과 지혜로워 보이는 하얀 머리가, 또렷한 얼굴 윤곽과 함께 선명히 부각되었다. 사람들은 손을 흔들며 환호를 계속했다. 그때, 두 발의 총성이 햇빛의 수정 같은 결정을 뚫고 울려 퍼졌다. 그분이 얼굴을 일그러뜨리며 주저앉는 모습이 보였다. 바로 내 눈앞에서 벌어진 일이었다. 삽시간에 광장이 발칵 뒤집혔다.

사람들은 이리 밀치고 저리 밀리며 우왕좌왕 어찌할 바를 몰라 했다. 순식간에 아수라장이 되었다. 무개차 쪽으로 달려가는 사람도 있고 무개차 쪽에서 달려 나오는 사람도 있었다. 얼굴을 가리며 비명을 질러대는 여자들이 많았다.

내가 있는 곳에서 앞쪽으로 열 발짝도 채 안 떨어진 곳에서 갑자기 떠들썩하게 소란이 일었다. 주변에 있던 사람들이 한 남자를 덮쳐서 붙드는 중이었다. 세상에! 나는 하마터면 자리에 그대로 주저앉을 뻔했다. 델브루케 씨였던 것이다. 사람들에게 붙들려 결박당한 델브루케 씨가 하늘을 향해 큰소리로 고함을 지른 것은 바로 그 순간이었다.

"한 사람이 터무니없이 많은 사람들의 주목을 받는 것은 옳지 못하다. 정의롭지 않다. 삶은 총을 똑바로 쏘는 것이다. 나는 총을 쏘았다……."

그러나 그는 모르고 있었다. 모른 채 개처럼 끌려갔다. 그렇게 오랫동안, 그렇게 간절하게 갈구하며 똑바로 쏘기를 원했던 그의 총알은 유감스럽게도 표적을 맞히지 못한 채 빗나가고 말았던 것이다. 놀랄 일도 의아해할 일도 아니다. 그는, 즉 우리는 인간인 것이다. 할 수 없는 구더기인 것이다.

10
이곳에 살기 위하여 2

 서울 외곽에 있는 천사원으로 가는 버스에 올랐을 때 나에게는 혜령에게 할 말이 많이 있었다. 나에게 알려진 태혁과 형석의 소식을 그녀에게 전해야 할 것 같았다. 그 소식들은 그녀에게 전달되기 위해 나에게 온 것이라는 생각도 들었다.
 최와 함께 태혁이 누워 있는 병원에 갔다 온 날 곧바로 혜령에게 전화를 걸었었다. 혜령은 서울에 없었다. 어디 있는지 명확하지 않았다. 그녀의 어머니는 수녀원으로 돌아간 것 같다고 말하면서 말끝을 흐렸는데, 무언가 알고 있는 것을 감추는 것이 아니라, 딸이 어디 있는지를 정말로 몰라서 부끄러워하는 것으로 들렸다. 조금 더 말을 하게 하면 울음을 쏟아낼 것 같은 목소리였기 때문에 나는 더 이상 자세한 사정을 물어보지 못했다. 연락할 방법이 없어 초조해하고 있는데 어제 정 교수가 전화를 걸어 혜령의 거처를 알려왔다. 안양 어디 있는 고아원이라고 했다.
 정 교수가 가르쳐준 주소를 들고 나는 그곳을 직접 찾아가기로 했다. 무엇보다도 나에게는 그녀에게 전해야 할 소식이 있었다. 형석이 보내온 노트만이라면 그렇게 부담스럽지 않았을 것이다. 부담스럽지만 피할 수 없는 일이 나에게 주어졌다. 며칠 전 바이에른 소인이 찍힌 우편물이 하나 더 배달되어 왔는데, 그것은 나 혼자 처리할 수 있는 것이 아니었다. 형석의 노트를 받은 지 일주일 만의 일이었다. 우편물은 가르미슈파르텐키르헨이라는 제법 긴 이름을 가진 도시의 시립 병원에서 보낸 것이었다. 내용은 다음과 같았다.

― 신상 : 30세 전후로 추정되는 동양인 남자. 한쪽 귀가 잘려 나가고 없었음. 흑발이고 키는 163센티미터 정도. 성명 불명. 주소 불명.

― 발생 경위 : 추크슈피체(해발 2,963미터)의 계곡에서 한 등산가에 의해 발견. 발견 당시 배낭을 멘 채 엎드린 자세였으며 이미 숨이 끊어져 있었음. 벼랑에서 추락한 것으로 추정되나 자살인지, 실족사인지, 아니면 타살인지 확인하기 어려움. 추락에 의한 외상 외 다른 사인은 발견할 수 없었음.

― 사망사의 배낭에서 조그만 수첩이 하나 발견되었는데, 그 수첩에는 귀하의 이름과 주소만 적혀 있었습니다. 연고자일 거라고 믿고 이렇게 알려드립니다. 유해를 확인하시려면 저희 가르미슈파르텐키르헨 시립 병원으로 오시거나 유선전화로 연락 바랍니다. 주소와 전화번호는 하단에 적혀 있습니다. 오늘부터 14일 이내 아무런 연락이 없으면 유해는 임의로 처리하게 됨을 유의하십

시오.

그의 사인이 자살인지 실족사인지 혹은 타살인지 알 수 있는 길은 없었다. 어렴풋하게나마 자살 쪽으로 마음이 기우는 것은 죽기 직전에 보낸 것으로 추측되는 그의 노트 때문이었다. 과도한 열정으로 폭력과 죽음(혹은 죽임)에 집착하는 광기의 자의식을 고백체로 기술하고 있는 노트의 내용도 내용이려니와, 그 수첩을 나에게 보낸 시점이 그런 생각을 하게 했다. 죽음을 맞이할 준비를 하는 자리에서는 자신만 간직하고 있던 비밀을 누구에겐가 알리고 싶어지는 것이 사람의 본성 아닌가. 물론 어디까지나 우연의 일치일 가능성이 있었다. 더구나 폭력과 파괴에 대해 비정상적인 집착을 보이는 그 기록의 내용도, 해석하기에 따라서는, 생명에 대한 강렬한 애착의 전도된 표현으로 이해할 수 있는 측면이 있었다. 그를 이해하려고 할 때, 방향이 비뚤어졌을망정 자신의 삶에 의미를 부여하기 위해 누구보다 치열한 싸움을 벌였다는 사실은 부정할 수 없었다. 그러니까 그의 죽음의 성격에 대한 의문은 그의 그렇듯 치열한 싸움의 성패와 곧바로 직결되는 셈이었다. 그에게 죽음은 파괴였을까, 구원이었을까. 나는 답할 수 없었다.

포장도 되어 있지 않은 좁은 길이 끝나는 언덕 아래에 천사원이 있었다. 반쯤 열린 문을 밀고 들어갔을 때 서너 살쯤 먹었을 것으로 보이는 사내아이의 코를 풀어주는 여자의 뒷모습이 보였다. 사내아이는 더러운 손으로 여자의 얼굴을 만지며 엄마, 엄마, 하고 보챘다. 엄마라고 불린 여자는 무릎을 꿇고 앉아서 아이를 어루만졌다. 엄마라고 불리는 여자의 얼굴을 보았을 때 얼어붙듯 멈춰 서고 말았다. 내게는 익숙한 풍경일 리 없었다.

"엄마, 누구 왔어. 저어기."

사내애보다 조금 큰 여자애가 그녀에게 나의 존재를 알렸다. 혜령이 고개를 돌려 나를 보았다. 그녀의 얼굴에 동요의 표정 같은 건 나타나지 않았다. 고개를 다시 돌려 아이 귀에 뭐라고 속삭인 다음 그녀가 몸을 일으켜 세웠다.

"올 줄 알았어요."

그것이 그녀의 첫마디였다.

아이들을 운동장에서 뛰어놀게 해놓고 그녀가 사무실인 듯한 작은 방으로 나를 데리고 들어갔다. 책상이 둘, 의자가 셋, 낡은 철제 캐비닛이 하나, 동화책 따위가 꽂혀 있는 책장이 둘……. 방 안을 둘러보는 내게 의자를 권하면서 그녀가 놀랐지요? 하고 물었다. 씩 웃어 보이기까지 했다. 미소가 밝아 보였다. 오랜만에 대하는 모습이어서, 그리고 예상과 다른 모습이기도 해서 의아스러웠다. 그렇지만 그 때문에 긴장이 풀리면서 마음이 조금 가벼워지는 것 같기도 했다. 비교적 쉽게 형석에 대한 이야기를 꺼낼 수 있겠구나 싶었다.

"놀랐지요?"

그녀가 다시 물었다.

"조금."

"많이 생각하고 결정한 거예요. 즉흥적으로 한 거 아니에요. 여기 온 거요. 사람들 속에서가 아니면 하나님을 만날 수 없다는 이 단순하고 소박한 진리를 깨닫기가 왜 그렇게 어려웠는지 모르겠어요. 애초에 신앙과 삶을 별개인 양 구별해서 생각한 게 착각이었다고 해야 할까? 믿음이 삶과 떨어져서 독자적으로 존재하는 무엇이 아니잖아요. 삶에서 떨어져 나간 신앙이란 있을 수 없고, 따라서 인간에게서 떨어져 나간 신 또한 무의미하겠지요."

"그래도 그렇다고……."

"난 지금 어느 때보다 행복해요. 저 아이들이 나를 행복하게 해요. 저 버려진 아이들의 천진난만한 표정들을 보세요. 저 아이들 속에서 나는 하나님을 만나요. 하나님을 섬기듯 저들을 섬기려고요. 아니, 저들을 섬기듯 하나님을 섬기겠다고 해야 하나. 저들이 내 하나님이거든요. 저 아이들이 나를 구원한다고 말하면 좀 과장한 걸까요?"

그녀는 부드럽지만 담담하게 말했다. 나는 혜령의 변신을 어렵지 않게 눈치챘다. 그 변신을 나는 다소 정치적인 감각으로 이해하려고 했다. 그녀는, 그동안 견지해오던 완고한 수직주의 입장을 수정하고자 한다. 그러나 변혁을 위해 삶 전체를 던져 넣는 (예컨대 태혁처럼) 투사의 자리로 나아가는 것은 형식과 질서, 그리고 경건한 종교성이 체질화된 그녀에게는 간단한 일이 아니었다. 그렇다고 현실에 타협하는 실용주의자가 되기에는 개혁과 비전, 그리고 유토피아에 대한 기대를 무시할 수 없었을 것이다. 그러니까 그녀의 선택은 불가피했을 거라고 나는 어렴풋이 느꼈다.

개혁과 형식, 그 사이에 누구나 자기 자리를 잡는다. 그 두 양식을 하나로 포용하는 것이 아니라 두 양식 사이에서 팽팽하게 긴장을 유지하는 것이 우리의 삶이다. 긴장이 사라지면, 그러니까 어느 한편으로 쏠려버리면 우리의 정신은 쉽게 부패해버리고 만다. 아무리 고상한 것이라고 해도 부패하면 악취를 풍긴다. 무질서와 혼란이 선이 아닌 것처럼 억압과 경직 또한 선이 아니다. 수직과 수평에 대해서도 같은 말을 할 수 있다. 그것들은 한쪽이 승리함으로써 다른 한쪽을 폐기해야 하는 적대적 관계가 아니다. 절대자와의 비뚤어진 수직 관계를 방치한 채 인간 사이의 평등한 관계만을 기획하는 것이 환상에 불과하다면, 인간 사이의 비뚤어진 수평 관계를 방치한 채 절대자와의 수직 관계만을 일방적으로 강조하는 것은 한낱 공허에 다름 아닐 것이다. 그렇다고 수직과 수평이 하나로 포섭되는 자리를 이상적인 것으로 설정하는 것은, 실천적 지평을 담보할 수 없으므로 논리의 기만이 되기 쉽다. 그것들은 우리의 삶을 가운데 두고 팽팽하게 긴장을 유지하며 흔들린다. 삶은 움직이고 흔들리는 데 뜻이 있다. 견고한 것, 딱딱하게 굳은 것, 움직이지 않고 한군데 고착된 것에 희망을 걸 수 없다……

나는 아주 먼 곳을 돌아 그녀가 제자리로 돌아온 것처럼 느꼈다.

"태혁이를 만났어."

"……."

"병원에서. 좀 다친 것 같았어. 혜령이 안부를 묻더군. 자기 때문에 혜령이가 욕을 보았다고 미안해하고 안타까워했어."

"……."

"재판 일정도 잡히지 않았고, 면회도 잘 안 돼. 돌아가는 판이 심상치 않아. 단순 방화범 차원에서 끝나지 않으리라는 건 예상했지만, 그동안의 노동운동 전력에다 사상에 대한 의심도 더해져서……."

"……."

혜령은 내 이야기를 듣기만 할 뿐 한마디도 하지 않았다. 나는 그녀가 태혁의 소식을 듣고 싶어 할 거라고 생각했기 때문에 그런 반응이 조금 당황스러웠다. 어색해진 나는 말을 중단했다.

바깥에서 아이들이 떠드는 소리가 들려왔다. 어린아이의 울음소리도 섞여 들렸다. 고개를 창 쪽으로 돌리자 아까 혜령의 품속으로 파고들며 엄마, 엄마, 하던 아이가 유리창에 얼굴을 대고 안을 들여다보는 모습이 보였다. 무엇인가를 간절히 구하는 듯한 그 아이의 표정이 내 가슴에 날카로운 선을 그었다. 나는 고개를 돌려 그 애를 외면했다. 이윽고 혜령이 조용히 몸을 일으키더니 낡은 캐비닛 문을 열었다. 돌아선 그녀의 손에 누런 종이에 싼 물건이 들려 있었다.

"이게 뭔데?"

나는 엉겁결에 그것을 받아 들고 물었다.

"스웨터. 손으로 떴어요. 다시 만나게 되면 태혁이에게 갖다줬으면 해요."

나는 고개를 끄덕였다. 그 순간 내 안에서 물결친 감정의 성격을 굳이 따지고 싶지 않다. 하지만 심장 한쪽을 무언가가 스윽 긋고 지나가는 듯한 느낌이 있었다는 사실은 굳이 숨길 필요가 없을 것 같다.

아이의 울음소리가 다시, 이번에는 조금 크게 들렸다. 그 울음소리가 혜령의 몸을 일으켜 세웠다.

"나가봐야겠어요. 아이들을 씻길 시간이에요. 말했지요? 저 아이들이 내 하나님이라고."

그녀는 밝게 웃음을 지어 보였다. 나는 그녀가 그럴 필요가 없는데도, 필요 이상으로 자신의 행복을 노출하고 싶어 한다는 인상을 받았다. 그것은 그녀가 안간힘을 쓰고 있다는 생각으로 이어졌다. 나는 입술을 지그시 깨물며 입에 담긴 말들을 삼켰다. 그녀에게 심각한 파문을 일으킬 것이 뻔한 형석의 죽음을 알릴 수 없었다. 형석은 그녀에게 알려주기를 원할 거라고 생각했지만, 그래서 미안하지만, 나로서는 다른 선택을 할 만한 여유가 없었다.

잠으로부터 거부당하는 밤이 부쩍 많아졌다. 상대적으로 커피 소비량이 늘어났다. 잠들지 못하는 밤마다 이곳저곳을 왔다

갔다 하며 무의식적으로 커피포트에 물을 끓여대는 버릇 탓이다. 커피포트가 더할 수 없이 깊고 아늑한 밤의 적막에 한 줄의 선을 그으며 물을 끓일 때 나는 그 뜨겁고 자극적인 커피의 유혹을 물리칠 수 없었다.

커피를 마시거나 담배를 피우면서 나는 형석의 유해를 어떻게 할 것인지 생각했다. 혜령에게 알리지 않기로 결정하고 나자 온전히 나 혼자 떠맡아야 할 일이 되었다. 그에게 가족이 있던가? 혜령에게 물어보면 어떤 답을 들을 수 있을 것이다. 그러나 그 일을 알리지 않기로 작정한 터에 그걸 물어볼 수는 없었다. 설혹 그에게 가족이 있다고 해도 그 일을 떠넘기기 위해 그의 가족을 찾는 일이 떳떳한가, 하는 질문이 나를 괴롭혔다. 우편물은 나에게 왔다. 그의 가족은 그가 더 잘 알고 있을 것이다. 그러나 그는 나에게만 전달되도록 마지막 남은 수첩에 내 이름과 주소만을 적어놓았다. 그가 스스로 목숨을 끊은 것이라면 더욱 자신의 마지막을 맡길 사람으로 나를 택한 것이라고 할 수 있다. 내게 보낸 노트에는 나에 대한 친밀감이 군데군데 표현되어 있기도 했다. 현재로서는 그의 죽음이 자살인지 아닌지 분명히 판단할 수 없지만, 어느 경우든 그는 나를 택했고, 나에게 자신의 마지막을 위해 어떤 처신을 해줄 것을 지시한 셈이었다. 그런데 왜? 그는 왜 자신의 죽음을 나에게만 알리려 했을까?

창밖에서는 여느 때와 마찬가지로 붉은 네온의 십자가가 꺼졌다 켜졌다를 반복하며 밤을 지키고 있었다. 바람을 타고 그곳으로부터 한 묶음의 기도 소리가 들려오는 것 같기도 했다. 그 소리들 역시 수렁처럼 깊어진 어둠을 주시하고 있었다. 그들이 주시하는 것은 단순히 밤의 어둠만이 아닐지도 모른다. 그들은 밤새 쉴 새 없이 바뀌는 내 생각과 감정과 언어와 움직임까지도 주목하고 있는 것이 아닐까.

오랫동안 창가를 떠나지 못하고 서서 어둠과 어둠 속의 네온 십자가와 바람을 타고 날아오는 기도 소리를 마주하고 있는데, 그 어느 순간 최 기자가 했던 충고가 문득 떠올랐다. 목사 해라, 하고 그는 말했다. "우리는 이 추악한 정치권력에 맞설 수 있는 힘을 어딘가에 축적해두어야 해. 그런데 그 힘은 정치권력과는 근본적으로 질이 다른 성격이어야 하겠지. 힘의 출처가 근본적으로 다른 데에 있는, 전혀 다른 기반에 뿌리내린 권위. 우리가 복종해야 할 권위가 가이사밖에 없는 현실을 생각해봐. 끔찍하지 않아? 가이사의 권력이 끔찍한 게 아니라 가이사 말고는 다른 권력이 없는 게 끔찍한 거라구. 우리는 가이사에게만이 아니라 가이사와는 질적으로 다른 제대로 된 권위를 향해 우리 자신을 바칠 수 있어야 한다고 생각해. 이런 시대에 더욱 종교가 요청되는 건 그 때문이야." 나는 다시 커피포트에 물을 끓이기 위해 창문에서 물러났다.

형석에 대한 길고 복잡한 상념과 무절제하게 마셔댄 커피의 영향으로 동쪽 하늘이 서서히 열릴 무렵에야 겨우 잠 속에 들어갈 수 있었다. 어지러운 꿈속을 헤매 다니다가 늦잠을 자고 말았다. 헝클어진 머리를 흔들며 재빨리 얼굴을 씻고, 쓴입에 억지로 우유를 들이부으면서 차도로 뛰어들어 택시를 잡았다. 출근길의 택시 잡기는 쉽지 않았고, 올라탄 택시가 복잡한 시내를 통과하는 것은 더욱 쉽지 않았다. 나는 자주 시계를 들여다보았다. 9시에 회의가 잡혀 있었다. 그리고 곧바로 수유리에 있는 크리스천 아카데미로 가야 했다. 기독교와 불교, 천도교 등 여섯 개의 큰 종파 원로들이 참여하는 '종교인의 대화'가 11시에 열릴 예정이었다. 그 모임을 취재하여 서너 장짜리 원고를 만들면 오늘 일과는 끝이었다.

속으로 일거리를 챙기며 허겁지겁 들어섰는데, 신문사는 어이없는 일을 준비해놓고 나를 기다리고 있었다. 하긴 어느 정도는 예감된 일이라고 할 수 있었다. 그러나 예감하고 있었다고 해서 충격 없이 받아들일 수 있는 것은 아니었다. 편집국 안이 술렁거렸다. 자기 자리에 앉아 있는 사람이 없었다. 사무실과 휴게실과 복도에 삼삼오오 모여 서거나 앉아서 더러는 소곤거리고 더러는 큰소리를 지르며 대화를 나누고 있었다. 불안정하고 어수선한 분위기였다. 그런 이상한 분위기 속에 차갑고 경직된 공기가 흐르는 걸 감지하는 건 어렵지 않았다. 파국에 대한 예감이 송곳처럼 뾰족하게 폐부를 찔렀다.

"봤어, 김 형?"

문이 편집국 안으로 들어서는 나를 손짓해 부르더니 나지막하게 물었다. 그의 눈빛이 흔들렸다.

"뭘?"

"일루 와봐."

그가 어리둥절한 표정의 나를 이끌었다. 여기저기 모여 있는 동료들이 힐끔거리는 걸 느끼면서 나는 그를 따라 복도로 나갔다. 복도가 끝나는 곳에 자동판매기가 몇 대 설치되어 있고, 그 옆에 게시판이 있었다. 거기에 게시된 공고문을 읽기도 전에 나는 사태의 심각성을 이해했다. 그 앞에 모여서 수군거리는 동료들이 대강의 사정을 눈치채게 했다. 무슨 일이 생기면 흥분부터 하고 보는 최가 마침 특유의 상소리를 섞어가며 소리를 질러대고 있었다.

"아주 말아먹어라, 이 개자식들아. 요따위 종잇장 하나에 이름을 쫙 써 붙여놓으면 다야? 우리가 뭐 창고에 쌓아두었다가 방출하는 무슨 공산품이야? 대체 이 시대가 어느 시대야? 연산군 시대야, 최 씨 정권 시대야? 모가지가 잘려 나가야 하는 놈이 누군데, 누가 누구를 자르겠다는 거야? 주객전도도 분수가 있어야지. 난 투쟁할 거야. 끝까지 싸울 거라구."

나는 동료들의 어깨 너머로 게시문을 읽었다. 여러 가지 사정에 의해 부득이 신문사의 기구를 축소할 수밖에 없다는 내용이 적혀 있었다. 경제지가 폐간됨에 따라 어쩔 수 없이 인사 조치를 단행할 수밖에 없다는 설명이 붙어 있었다. 나름대로 선정 원칙을 엿볼 수 있는 표현이 있었는데, 역사의식 불투명, 국가관 흐릿, 시대의 흐름에 반하고 국가이익에 역행, 경거망동, 위화감

조성 등이 그것들이었다. 그러니까 최 기자가 주도해온 '공정 보도 촉구 팀'에 소속된 이들이 대부분 그 명단에 들어 있는 것은 당연하다고 할 수 있었다. 물론 거기에는 내 이름도 있었다.

군대가 도시를 장악한 이후 납득하기 어려운 일들이 이곳저곳에서 부지기수로 벌어지고 있었다. 이 땅의 시민들은 상식적으로 받아들이기 힘든 일도 기꺼이 받아들일 수 있는 특수한 메커니즘을 개발해 내장하고 다니도록 강요받고 있었다. 말이 안 돼, 라고 말하면서 말이 안 되는 상황을 받아들였다. 다른 방법이 없었기 때문이었다.

나는 더 이상 공고문을 읽을 필요를 느끼지 않았다. 그 엉뚱한 사태를 뒤집을 묘안 같은 게 내게 있을 리 없었다. 어처구니가 없고 서글플 뿐 분노 같은 것도 생기지 않았다. 어렴풋하지만 이런 사태를 예감하지 못한 게 아니라는 사실이 부끄러울 뿐이었다. 개자식, 소자식 해가며 상소리를 지껄여대는 최라고 사태를 바꿀 묘수를 가지고 있을 리 없었다. 소리를 지르고 있다는 것, 소리만 지르고 있다는 것이 그 증거였다. 하긴 소리조차 지르지 않는 것이야말로 더 확실한 증거였다. 최를 제외하고는 소리조차 지르지 않았다. 창가에 말없이 서서 속없이 높이 솟은 남산의 전망탑을 아무런 감동 없이 바라보거나 공연히 담배에 불을 붙여 빨아대거나 했다. 허공에다 소득 없이 주먹질을 해대는 이도 있었다. 다들 공허하고 허전한 표정들이었다. 공고문에 이름이 붙은 이나 그렇지 않은 이나 다르지 않았다. 내 앞에서 보이는 그들의 난처한 모습이 안쓰러움을 불러일으켰다. 나 역시 그 안쓰러운 그림 속에 잘못 놓인 엉뚱한 정물처럼 어색하게 자리하고 있다는 데에 생각이 미치자 그 자리를 더 지키고 있기가 어려워졌다. 나는 그 어색한 그림 속에서 나를 끄집어내고 싶어졌다.

교정의 경사진 시멘트 길 양편에 여러 개의 현수막들이 어수선하게 걸려 있었다. 나는 〈드고아에서 온 사람〉이라는 연극 포스터와 '군부독재 타도', '억눌린 자에게 자유를, 소경에게 빛을' 같은 글자들을 천천히 읽으며 교정을 올라갔다.

신문사를 나왔을 때 나에게는 무작정 걷는 것 말고 뚜렷한 목적지가 없었다. 할 일도 갈 곳도 정해져 있지 않았다. 그렇다고 아무 일도 하지 않거나 아무 데도 가지 않은 것은 아니었다. 길을 걷다 구멍가게에 들어가 음료수를 하나 사서 마셨고, 바람에 날리는 가벼운 구름을 무슨 뜻이라도 있는 것처럼 한참 쳐다보았고, 지하상가의 보행로까지 침범해서 진열된 상품들을 마치 찾는 물건이 있는 것처럼 주의 깊게 살피기도 했다. 그러다가 우체국이 눈에 띄자 나로서는 여전히 이름이 생소할 수밖에 없는 독일의 소도시 가르미슈파르텐키르헨의 시립 병원으로 국제우편을 보냈다. 우체국 창틀에 편지지를 올려놓고 '당신들이 제시한 기간 안에' 형석의 유해를 찾으러 가겠다는 내용의 글을 짤막하게 적었다. 모르는 지역으로 여행을 떠나는 것도 나쁘지 않지, 이제 뭐 어차피 자유로운 몸인데, 하고 중얼거릴 때 나는 누군가 나를 조소하는 것 같은 느낌을 받았다. 그렇지만 그 순간 형석에 대한 남다른 감정이 솟아 울컥한 것은 사실이었다. 그가 내게 표시한 것과 같은 종류의 '친밀감'이 무엇인지 알 것 같은 심정이었다.

우체국에서 나와서도 어디를 가야겠다는 작정은 없었다. 그런데 어떻게 여기에? 혹시 내 어깨를 툭툭 치며 목사 하라고 했던 최의 충고가 내 안에 자리 잡고 있다가 내 발걸음이 방향을 잡지 못하고 헤매자 이곳으로 안내한 것일까? 인천을 향해 가는 1호선 전철 안에서 나는 내가 어디로 가고 있는지 깨달았다. 다른 선택을 하려고 궁리해보았으나 떠오르지 않았다. 나는 역곡역에 이를 때까지 아무 선택도 하지 못했다. 택시를 잡아타고, 신학대학 갑시다, 하고 발음하는데 무언가 뭉클한 것이 몸 안에 차올랐다. 나는 내가 왜 그곳에 가는지 확실하게 몰랐지만, 누구를 향해 가는지는 확실히 알고 있었다.

그런데 정 교수는 이번에도 학장실에 없었다. 아니, 그는 학장실에 있을 수가 없었다. 그곳에도 어이없는 일이 벌어져 있었다. 학장실에는 학장 대신 학생들이 있었다. 그들은 학장실을 점유하고서 꽹과리와 북을 치며 노래를 부르고 구호를 외쳤다. 그들의 구호 속에서 민주화, 구속 학우, 자유, 어용 교수, 퇴진, 쟁취 같은 첨예한 낱말들이 툭툭 튀어나왔다. 구호도 노래도 사납고 거칠었다. 송곳에 찔린 듯 여기저기가 아팠다. 테이블과 소파와 책장이 한쪽 벽에 아무렇게나 쌓여 있었다. 반대편 벽에서 분수의 물줄기와 십자가를 조화시킨 정 교수의 흑백사진이 무슨 상징처럼 그 어수선한 방 안을 말없이 내려다보고 있었다.

"뭐예요? 나가요. 여긴 못 들어와요."

'쟁취 민주화'라는 붉은 글씨의 띠를 머리에 두른 남학생이 문을 열고 들여다보는 나를 밀어냈다. 나는 아무 말도 하지 않고 문을 닫았다. 신학교의 교정 깊숙한 곳까지 침범해 들어온 무분별한 갈등의 현장을 확인하는 일은 결코 유쾌하지 않았다. 학생들의 강력한 지지를 받은 정 교수가 학장으로 취임한 지 채 두 학기도 채우지 않은 상황이었다. 그런데 특별한 이유도 없이, 다만 학장이라는 이유로 어용이 되고 퇴진의 대상이 되어 있었다.

채플 한쪽 방에 임시로 마련된 학장실에 정 교수와 마주 앉고 나서도 나는 한참 동안 아무 말도 꺼내지 못했다. 무슨 말을 하기 힘든 것은 정 교수도 마찬가지인 모양이었다. 그는 손수 커피를 끓여 내 앞에 내놓고는 의자에 깊숙이 몸을 묻은 다음 눈을 감았다. 미간의 찌푸린 주름이 심란하고 복잡한 심사를 짐작하게 했다. 나는 내심 어떤 위로 같은 걸 기대하고 찾아왔었던 것 같다. 그런데 위로를 받을 사람은 내가 아니라 그라는 생각이 들었다. 스승에게 어떤 위로를 건넬 수 있을까. 눈을 감고 상념에 빠진 정 교수 앞에서 나는 좀 난감한 기분을 느꼈다.

"학생들이 무엇 때문에 선생님께……."

겨우 그렇게 말을 붙여보았지만 선생은 자세를 바꾸지 않았다. 그가 입을 연 것은, 그 자리의 불편함을 참을 수 없게 된 내가 아무래도 잘못 찾아온 것 같다는 생각을 하며 살며시 몸을 일으키려고 할 때였다. 그의 목소리는 깊이 가라앉아 있었다.

"저 아이들에게는 돌을 던질 대상이 필요하네. 저들은 정상훈을 향해서가 아니라 학장실의 학장을 향해 돌을 던지고 있는 거네. 아니, 학장 역시 무엇인가의 대체물에 다름 아니지. 돌을 맞으면서 지켜내지 않으면 안 되는 자리가 있다는 걸 알게 되었네. 그게 이 시대에는 학장과 총장의 자리라는 것도."

그 말을 하고 그는 다시 침묵했다. 나 역시 아무 말도 덧붙이지 못했다. 학장실에서 학생들이 치는 꽹과리와 북 소리가 제법 야무지게 침묵의 골을 비집고 들어왔다. 가끔씩 정 교수는 눈살을 찌푸렸다. 기꺼이 돌을 맞겠다는 것, 그것을 이 시대의 학장인 자기가 해야 할 일로 받아들인다는 것은 학장실을 점거한 학생들에게 어떤 조치도 취하지 않겠다는 뜻이기도 했다. 그것은 또한 반대쪽에서 날아온 돌까지도 스스로 감당하겠다는 의지의 표현이기도 했다. 태혁을 학교에서 내쫓았을 때와는 사뭇 다른 모습이었다. 반대쪽에서 날아올 돌을 피하려면 학생들이 던지는 돌도 맞지 않아야 했다. 어느 한쪽 돌만 피하거나 맞을 수 없다는 것, 그것이 그의 자리의 어려움이었다. 이유를 정확하게 설명할 수는 없지만, 내 진심을 털어놓고 싶은 마음이 들었다. 나는 불쑥 입을 열었다.

"사실은, 오늘 신문사에서 잘렸습니다."

정 교수는 어떻게 된 일이냐고 묻지 않았다. 듣지 않아도 알

만하다는 것 같기도 하고 그까짓 일이야 어찌 되든 상관없다는 것 같기도 했다. 그때까지 지그시 감고 있던 눈을 떠서 나를 주의 깊게 바라보더니 잠시 후 상체를 구부려 내 손을 잡았다.

"이런 말을 듣게 될 날이 올 줄 알았지. 축하할 수는 없지만 안타까워할 일만은 아니야. 하나님이 자네를 포기하지 않고 있다고 생각하게. 지난번 내가 한 말 기억나나? 평생을 신학 교육에 헌신해온 여교수가 퇴직금을 바쳐서 교회를 개척하려고 하는데 동역할 젊은 목회자를 찾고 있네."

그는 어둡고 길고 거친 방황을 끝내고 마침내 아버지 집으로 돌아온 탕자를 대하듯 나를 대했다. 아주 그른 판단은 아닐 것이다. 돌이켜보면 나는 한 번도 마음이 편하지 않았다. 교회당의 십자가 탑을 제대로 올려다보지 못한 날이 많았다. 정말로 하나님이 집 나간 탕자를 기다리듯 나를 기다리고 계신 것일까? 이제 나는 어떤 결단인가를 내리지 않으면 안 되는 자리에 와 있었다. 문제는 내가 아직 어떤 것도 결정할 준비가 되어 있지 않다는 데 있었다.

"선생님께서 마음 써주셔서 고맙지만, 지금으로서는 그 제안을 받아들인다고 대답할 수가 없습니다. 아시다시피 저는 교회를 맡을 만한 자격이 없습니다. 준비도 되어 있지 않고요. 이렇게 막다른 골목에서 도망쳐 나온 것 같은 기분도 싫습니다. 목회를 한다면 아마 꽤 길고 엄격한 준비 기간을 거쳐야 할 거라고 생각합니다."

"그래. 서두를 필요는 없어. 시간을 가지고 진지하게 생각을 해보라고."

정 교수는 고개를 끄덕였다.

학생들이 학장실을 떠나지 않는 한 자기도 그 비좁고 어수선한 방에서 나가지 않겠다고 고집을 부리는 터라 나는 혼자 그 방을 나올 수밖에 없었다. 정 교수는 학생들이 밤을 새면 자기도 함께 밤을 새고, 학생들이 밥을 굶으면 자기도 함께 밥을 굶겠다는 각오를 내비쳤다. 그 밖에 학장실을 되찾기 위한 어떤 조치도 취하지 않을 거라고 했다. 나는 다시 오겠다고 인사했다. 정 교수와 악수를 하고 그 방을 나올 때 어둠이 두껍게 내린 교정에는 꽹과리 소리와 노랫소리가 여전히 맹렬하게 위세를 떨치고 있었다.

내 손을 놓기 전에 정 교수는 이제 결혼도 해야지, 하고 은밀한 목소리로 말했다. 나는 그런 말을 먼저 꺼내준 게 반가워서 얼른, 그렇지 않아도 주례를 부탁하려던 참이었습니다, 하며 쑥스럽게 웃었다.

"그거 반가운 소식이구만. 기꺼이 해야지. 자네에게 늘 빚진 것 같은 기분이었는데, 안 할 수 없지."

정 교수는 손에 힘을 주며 말했다.

"힘을 내세. 이런 시대일수록 하나님은 더 많은 일꾼들을 필요로 한다네."

교정을 벗어나기 전에 나는 희미한 가로등 불빛을 받고 서 있는 공중전화 박스를 발견했다. 나는, 줄곧 전화기를 찾고 있었던 것처럼 망설이지 않고 전화박스 안으로 들어갔다. 희수를 불러내기 위해 수화기를 들고 100원짜리 동전을 집어넣었다. 찰칵―동전 떨어지는 소리가 오랫동안 닫혀 있던 문이 열리는 소리처럼 들렸다.

| 작가의 말 |

중편소설 '에리직톤의 초상'은 내 첫 소설이다. 이 작품으로 나는 1981년 소설가가 되었다. 장편소설 '에리직톤의 초상'은 내 첫 장편이다. 데뷔작 분량만큼 추가하여 한 권의 책을 만들었다. 1990년의 일이다. 그러니까 장편소설 『에리직톤의 초상』의 1부는 1980년대 초반에 쓰인 1980년대 초반의 이야기이고, 2부는 1980년대 말에 쓰인 1980년대 말의 이야기이다.

내 이십 대의 십 년을 이 소설만 쓰고 산 것은 아니지만, 이 소설과 함께 산 것은 맞다. 무엇 때문인지 모르겠으나 나는 이 소설에 붙들려 있었고, 그러면서 이 소설에서 놓여나야 한다는 강박에 시달렸다. 외부의 시선을 의식하지 않았다고 할 수 없으나 더 큰 것은 내부의 자의식이었다. 놓여나야 한다는 강박이 더 붙들리게 했는지도 모른다. 혹은 놓여나야 한다는 강박으로 붙들고 있었던 것일까. 놓여나야 한다고 외치면서 실은 놓여나게 될까 봐, 놓여나서 공허해질까 봐, 놓여나면 아무것도 쓰지 못하는 사람이 될까 봐(왜냐하면 그것 말고 다른 무엇을 가지고 있다는 확신이 없었으니까) 전전긍긍했는지도 모르겠다.

생각해보면 그 십 년 이후에도 이 첫 소설에서 항상 자유로 웠던 것 같지는 않다. 삼십 년 넘게 소설을 쓰며 살아온 지금, 이 작품으로부터 꽤 멀어졌다고 주장하고 싶지만 과연 그런지, 얼마나 멀어졌는지, 잘 멀어졌는지 단언하기 어렵다. 그동안의 내 수고가 '에리직톤의 초상'이라는 말뚝에 묶인 채 나를 묶고 있는 고무줄을 늘여보려는 안간힘이나 아니었는지, 그것이 그나마 다행이라고 해야 할지.

소설을 고치면서 치기 어린 생각과 문장들에 한숨을 많이 내쉬어야 했다. 2010년대의 독자들에게도 여전히 받아들여질 무언가가 이 소설에 있기를, 그래서 재출간의 의욕을 보인 이 고마운 출판사의 호의가 무색하지 않기를 바랄 뿐이다.

2015년 11월
이승우

에리직톤의 초상

초판 1쇄 발행 2015년 11월 16일
초판 3쇄 발행 2024년 9월 2일

지은이 이승우
펴낸이 최순영

출판1본부장 한수미
라이프 팀장 곽지희
디자인 이세호
일러스트 이강훈

펴낸곳 ㈜위즈덤하우스 **출판등록** 2000년 5월 23일 제13-1071호
주소 서울특별시 마포구 양화로 19 합정오피스빌딩 17층
전화 02) 2179-5600 **홈페이지** www.wisdomhouse.co.kr

ⓒ 이승우, 2015

ISBN 978-89-5913-976-7 03810

- 이 책의 전부 또는 일부 내용을 재사용하려면 반드시 사전에 저작권자와 ㈜위즈덤하우스의 동의를 받아야 합니다.
- 인쇄·제작 및 유통상의 파본 도서는 구입하신 서점에서 바꿔드립니다.
- 책값은 뒤표지에 있습니다.